完全別居の契約婚ですが、氷の宰相様と
愛するモフモフたちに囲まれてハピエンです！

あゆみノワ

illustration 凪かすみ

ICHIJINSHA IRIS NEO

CONTENTS

この作品はフィクションです。
実際の人物・団体・事件などには関係ありません。

# 完全別居の契約婚ですが、氷の宰相様と愛するモフモフたちに囲まれてハピエンです！

# プロローグ　偽りの誓い

「病める時も健やかなる時も、汝この者を永遠に愛し敬うことを誓うか。ミュリル・タッカード」

しんと静まり返った聖堂に、神父の厳かな声が響きます。

新郎の宣誓が終わり、いよいよ新婦である私が誓う番――。けれどここは神の御前。本当にこの言葉を口にしていいのかと一瞬ためらい、その罪深さに思わずこくりと息をのみました。けれどもう後戻りはできません。

「……はい。誓います」

聖堂に私の宣誓が響き渡りました。

「では、指輪の交換を」

神父の言葉に従い隣に立つ男性と向かい合わせになると、白い手袋に覆われた手をそっと差し出しました。

新郎は、すらりとした長身の無駄な贅肉ひとつない非常に見目麗しい方です。その上今日は非の打ち所のない正装姿とあって、いつにも増してその整った顔立ちと凛としたお姿が引き立っているはず。それに見惚れた方々のものなのでしょう。会場のあちらこちらから、ほぅ……とも、あぁ……ともつかない吐息交じりの声がもれ聞こえます。

列席している皆さんが思わず見惚れてしまうのも無理もありません。青いリボンでひとつに束ねられた、さらりとした少し青みがかった銀髪。目は、冬のしんと冴えた湖面と表される深い青緑色。その美しくもちょっぴり近寄りがたく思わせる雰囲気が、女性たちの目を惹きつけてやまないのです。

その上なんといってもこの方は、非常に有能で国王陛下の信も篤いこの国の若き宰相様なのです。

そんなすごい方と私がこうして神の御前で結婚の誓いをすることになろうとは、まさか夢にも思いませんでした。祭壇の前に立っている今この時でさえ実感がわきません。

けれど、私は知っています。そのお顔は今にも倒れそうなほど顔面蒼白で、体には無数の発疹が浮かび上がっているであろうことを。もっとも私の視界は分厚い真っ白なベールに深く覆われていて、その姿が直に見えるわけではないのですが――。

その時ちらとベールの隙間から、新郎の手が痛々しいほどにぶるぶると震えているのが見えました。

「くっ……!!」

苦しげに息を吐き人さし指と親指で指輪をつまんだまま固まり続ける新郎に、神父が見るに見かねて小声でささやきます。

「さぁ、新婦に指輪を……。指の先に引っかけるだけで構いませんので……」

あぁ、本当に大丈夫でしょうか。ただでさえ新郎の右腕は真っ白な包帯でぐるぐる巻きにされた上肩から吊られていて、左手だけで私の指に指輪をはめなければならないのです。なのにそんなに手が震えていては余計に難易度が上がるばかりです。

しかし、ここはなんとしてでも踏ん張ってもらわなくては。せめて、この指輪交換だけは――。

「……宰相様。どうか早く新婦に指輪を……！」

なかなか指輪の交換がはじまらないこの状況に、聖堂内がざわつきはじめました。

そんな緊迫していく空気の中、新郎はぶるぶる震えながらもなんとかかんとか私の薬指に指輪を引っかけることに成功したのでした。その頑張りを無に帰してはならないと、私も続きます。緊張と恐怖に震える指で指輪を手に取ると、万が一にも新郎に触れないよう細心の注意を払いつつ指輪の交換を終えれば。

隠しきれない安堵の色をにじませた神父の声が、聖堂内に響き渡りました。

「これにてこのふたりは、神の御前にて正式に夫婦と認められました。ふたりに神の加護があらんことを」

婚礼の終わりを告げるその声に、聖堂内が大きくざわめき立ちました。

それも無理らしからぬこと。だって、このお式はあまりにも奇妙すぎました。

新郎と腕を組みエスコートされるはずの新婦は、新郎の右腕が真っ白な包帯で吊られているために、新郎の腕の通っていない空っぽの袖口をつかんで静々と入場。そして新婦の顔は終始厚いベールに覆われ、一度も顔を見せることなく誓いの口づけさえないまま今まさに終わろうとしていたのですから。

果たしてこれは正式な婚礼なのか、と疑問に満ちたざわめきが広がるのも当然でした。けれど。

「……ふたりに神の加護と祝福があらんことを！」

どこか圧をにじませた神父の声に、ようやく列席者たちから拍手がパラパラとわき起こりはじめました。そして困惑と疑いの空気を漂わせながらもなんとか無事に婚礼は終わり、私たちの婚姻は正式なものとして認められたのでした。

こうして私たちはこの日、夫婦として結婚という新しい門出へと足を踏み出したのです。

けれど、この結婚には秘密がありました。たった今愛を誓い合った私たちは実は男性恐怖症と女性恐怖症という秘密を抱えた者同士で、この結婚はただお互いの利害が一致しただけの形ばかりのものであるという大きな秘密が――。

# 1章　数奇な巡り合わせ

## 1

時をさかのぼること数カ月前、タッカード家の屋敷にて。

「ミュリル、お前ももう十八歳になる。そろそろ身の振り方を決めておかなければ……」

「……はい、お父様。わかっております」

ついにこの日がやってきたのね。そろそろそんなお話がある頃と思っていました。

「お前の道は二択だ。弟が結婚した後も独身のまま私たちとともにこの屋敷で暮らすか、もしくは、単身王都から離れた場所で人目を避けて暮らすか……」

そう話すお父様の顔は、ひどく曇っています。

「……マルクの幸せを邪魔するような真似、私にはできませんわ。それに私がこの屋敷で暮らし続けることは、お父様のお仕事にとってもマルクの将来にとってもプラスになりませんから。もう心は決まっています」

いずれは独身のままひとりで身を立てて生きていくしかないとわかっていました。その覚悟はとうにできておりますし、そのための能力もすでに習得済みです。

「では領地を離れ、ひとり寂しく暮らすと？」

「はい。そのためにこれまで色々と頑張ってきましたし、その準備も整えてありますからご心配には及びませんわ」

「しかし……。父親としてはまだ若いお前にそんな危険な人生をひとり歩ませるわけには……」

お父様の憂慮ももっともです。若い女性が結婚もせず、単身で自活して生きるのは難しい世の中ですから。けれど、私にはそうせざるをえない理由があるのです。

「お父様、私は平気です。男性との接触さえ避ければお仕事を持つこともできますし、町から離れた森の近くに小さな家を建てて畑でも耕せば、人並みの暮らしくらいどうにかなりますもの。それに動物たちだっていますし」

もちろん信頼できる使用人のひとりくらいいてくれたら、とは思います。けれどそんな不便な生活でもいいと言ってくれる殊勝な使用人がいるとも思えません。

「それに、自然豊かな場所でのんびり暮らすのもそう悪いものではありませんわ。むしろその方が私の性に合っていますし、楽しみにしているくらいで」

「とはいっても、お前はまだ若い……。森で獣に襲われたり、ひどい嵐で家が吹き飛んだりしたらどうする？　それに若い娘がひとりで暮らしていると知れれば、おかしな輩だって……」

お父様の心配は尽きません。確かに森には熊やら鹿やらもいるでしょうが、そこまで森の奥深くに引きこもるつもりはないのですが。

「お父様ったら心配性ね。大抵の動物はこちらから縄張りを荒らすようなことをしない限り、襲ってきませんわ。それにもし嵐で家が壊れたって、小さな家くらいなら自力で建て直せます。おかしな輩に襲われたって、丸太を振り回して撃退する自信はありますし」

安心させようと見た目はほっそりとした、けれど実はなかなかに筋肉質な二の腕の力こぶを自慢げに見せつけます。

「これこれ……。一応お前も年頃の娘なんだから、そんなものを人前で披露するものではないよ。

ミュリル」

「私の自慢なのに……。大事ですよ？　筋肉」

ひとりたくましく生き抜くには、一通りのことを自力でこなせるだけの体力と筋肉は必須。そのために日々鍛錬に励み、栄養たっぷりの食事もしっかりとりました。そのおかげで元々小柄で線の細い体つきながら、苦労に苦労を重ねてしなやかな筋肉と風邪ひとつひかない健康な体を手に入れることができたのです。

おかげで重い丸太も軽々担ぎ上げられるようになりましたし、木材加工だってお手のものです。それに案外丸太を担ぐのって、コツさえのみ込めば簡単なんですよ？　お父様。

そんな長年の努力の結晶でもある力こぶをそんなもの呼ばわりされて、思わず口を尖らせれば。

「……ああ！　それもこれもすべて私のせいだ。あの日私がお前から目を離したりしなければ、今頃お前も人並みの幸せを夢見ていたかもしれないのに……」

それは、これまで幾度となく繰り返されてきた後悔の言葉でした。

「お父様……。あれはお父様のせいなんかじゃありません」

「しかし、幼いお前をひとりにしてしまったからお前はあんな恐ろしい目に……。あの時私が片時もお前のそばを離れさえしなければあんな目にあわずに済んだし、今もこうしていらぬ苦労を背負わずに幸せに生きられたものを」

父親として子を守ることができなかった後悔は、きっとこの先も消えることはないのでしょう。そしてその原因は、私があんな事件に巻き込まれてしまったから――。

こんな苦しみを愛する両親に与えてしまった自分の不甲斐なさに、私の心も暗くうち沈みます。

「お父様……。もう過去を悔やんで嘆くのはやめましょう。それにいつも言っているでしょう？　私は簡単にめげたりしませんし、心身ともにたくましいんです。きっとひとりで立派に幸せに生き抜いてみせますわ。だから安心して？」

ことさらにそう明るく言い切ってみせたけれど、お父様の顔は晴れません。

「ひとりで立派に……か。お前の口癖だな。そんなお前だからこそ、余計に心配なのだよ……私は」

そんな物憂げなつぶやきを聞きながら、私は遠い日の記憶を思い返していました。そう――。私の運命が大きく変わってしまったあの恐ろしい出来事を。

あれは私が七歳の時。私はお父様と出かけた町で、運悪く質の悪い男たちに誘拐されたのです。身なりのよい金持ちの子どもを狙い、いわゆるそういう嗜好を持つ人間に売り飛ばしては金を稼ぐといった輩の仕業でした。

けれど以前から人身売買の罪で追われていた男たちはとうとう警邏隊に追いつめられ、自分たちの悪事が明るみに出ることを恐れ私を口封じのために殺そうとしたのです。

男たちの血走った目と、ナイフを手に覆いかぶさってくる大きな体。まるで猛獣のような荒い息と、にやにやとした薄笑い。ひと際体の大きな男にじりじりと追い詰められ首を絞められた私は、意識が遠くなりながらもうだめだと死を覚悟したのです。けれどその時――。

私はすんでのところで警邏隊に助け出され、事なきを得たのでした。けれど目を覚ました時、私は近くにいた警邏隊の若い隊員たちを見てパニックを起こし、絶叫しました。

男性恐怖症――。それが、医師の診立てでした。

その日以来、私は家族や子ども、老人以外の男性にひどく恐怖心を抱くようになりました。近い距離で向き合うこともできず、もし近づかれたり触れられでもしたら失神するかパニックを起こしてしまうという有り様で。成長とともに確実に手が届かない距離でかつ短時間であればなんとか少しは耐えられるようにはなったものの、まともに会話すらできない状態では結婚など望めるわけもありません。

よってこの日から私は運命づけられたのです。一生独り身のまま男性との接触を避け、生き抜く運命を。

かわいい弟のマルクはまだ十歳。家督を継ぐにはまだ幼く、お父様は領地経営のため王都を離れることはできません。体の弱いお母様が便の悪い田舎(いなか)で暮らすことも到底無理な話です。それにいつまでも未婚の姉が屋敷にいては、いずれマルクが結婚し家督を継ぐことになった時重荷になることは明らかでした。

だからこそ、家族と離れひとりで強くたくましく自活していけるようこれまで必死に励んできたのですが――。

「しかしそうはいっても、お前は母親によく似てかわいいからな。そんなお前を男たちが放っておくとは思えん。母さんだって結婚前は婚約希望者が殺到して、モテモテだったんだぞ？」

あら、さりげなくノロケですか？　お父様。夫婦仲がよろしいのは娘として嬉(うれ)しい限りではありますが、ほどほどにしていただけるとありがたいのですけれど。

「もしおかしな輩につきまとわれるようなことがあってもこの腕力で撃退できますし、それにいざとなればあの子たちが私を守ってくれますから心配いりません。知っているでしょう？　私のためならあの子たちはどんな相手にだって容赦しないのを」

そう。なんといっても私には心強い味方がいるのです。セリアンという名の馬と犬のオーレリー、モンタンという名のうさぎが。

どの子も私が森でけがをしているのをひろったり町でひどい扱いをされているのを見かねて引き取った子たちで、今や私の大切な家族であり心強いボディガードでもあるのです。あの子たちならきっと暴漢のひとりやふたり、簡単に追い払ってくれるに違いありません。

「ね？　だからそんなに心配しなくても大丈夫よ。きっとタッカード家の名に恥じぬよう立派に自活してみせるし、幸せに生き抜いてみせるから。どうか私を信じて。ね？　お父様」

「お前のことは信じているし、セリアンたちだってお前のためならどんなことでもして守り抜こうとするだろうとわかっている。だが、それでも私は心配なのだ……。なんとかしてお前が、この先の人生を心穏やかに幸せに暮らせる道があればよいのだが……」

「お父様……」

私を深く愛してくれているがゆえのお父様の懸念は、一向に晴れることはありません。それがわかるからこそ私の胸も痛みます。

私が男性恐怖症になどならなければ、お父様もお母様も娘の結婚や孫だのに一喜一憂する喜びを人並みに味わえたことでしょう。マルクだって余計な重荷を背負う必要もなかったのに。でも、私は強く生きていきたいのです。男性恐怖症などに負けて、一生めそめそと泣いて暮らすのは嫌なのです。

けれどそんな杞憂は無用でした。そんな杞憂など吹き飛ばすような驚くべきお話が、私に降りかかってきたのですから――。

「ミュリルと、あのジルベルト宰相の縁談……!?」

お父様の驚愕と困惑に満ちた叫びがタッカード家の屋敷に響き渡ったのは、まだ夜も明けきらぬ翌朝のことでした。

使者が恭しく差し出したのは、厳重に封がされたひと目で最上質な紙とわかる一通の封書。その封蝋印は差出人が国王陛下その人であることを示していて、タッカード家はそれはもう上を下への騒ぎになりました。

「つきましては、本日午後王宮にて陛下が極内密にお話をなさりたいとの仰せです」

「し……しかし、なぜ娘が宰相様のお相手に？　しかもなぜ陛下直々にこんなお話を……？」

もはやお父様の顔色は、真っ青を通り越して真っ白です。もちろんお母様もマルクも、当然のことながら私だって。

巷で氷の宰相と呼ばれているジルベルト宰相――ジルベルト・ヒューイッド様は、二十六歳という異例の若さで宰相となった大変に優れたお方です。

その呼び名の所以は、冬の凍てついた湖面を思わせる美しすぎる外見とどんな美しい女性にもなびかない冷徹とも思える態度、そして自分自身にも部下たちにもほんのわずかな妥協も許さない厳しい仕事ぶりからきているとか。

そんな優れた方なら、他にいくらだって良縁は望めるはずです。なのになぜ家格的にも釣り合いがとれているとは言い難いタッカード家に縁談を？　しかも私は社交界で存在すらまともに知られていないはずなのですが。

けれど使者の方の口は固く、それ以外のことは何ひとつ聞き出すことはできませんでした。それどころか。

「私からは何も申し上げることはできません。ただこのお話はくれぐれも他言無用とのことです。国家の安寧に関わる重大な事案だから、と——」

使者の方の言葉に、思わずお父様と顔を見合わせました。

いくら陛下直々の縁談話とはいえ、それが国家の安寧に関わるとは一体どういうことなのでしょう？

「国家の安寧……事案？⁇」

「重大な……事案？　あの、それは一体どのような……」

けれどその答えを口にすることはなく、事態をまったくのみ込めない私たちを残し使者は去っていきました。

そして私とお父様は為すすべもなく、困惑する頭を抱えたまま王宮へと急ぎはせ参じることになったのでした。

2

王宮に着くなり謁見室へと案内された私たちは、緊張と不安に身を強張らせながら陛下と対しました。ごく内密な縁談だという話を裏づけるように、謁見室にはごく限られた人間以外は人払いをしてあるようです。首を深く垂れながら、その時を待ちました。

「そなたの娘も行く末を考える年頃だというのに、男性に容易に近づくこともままならぬとなればさぞ父として心痛だろう？　男性恐怖症とはなんとも難儀だな」

それが陛下の第一声でした。その意味するところにお父様の喉がごきゅっ、と大きく鳴り、思いもしなかった言葉に私も見事に凍りつきました。

「あ……あの……なぜそれを……。娘の恐怖症のことを、なぜ陛下が……」

発言の許可を得るのも忘れ、そう問いかけたお父様の声は震えていました。

私が男性恐怖症であることは家族と我がタッカード家が昔からお世話になっている医師、忠実な屋敷の使用人たちといった深いつながりのあるごく一部の者しか知りえない秘密です。もし知れたら好奇の目にさらされるのは間違いないでしょうし、心ない噂を振りまく者もいますからずっと隠し通してきたのです。

なのになぜそれを、陛下がご存じなのでしょう？

いくら距離が離れているとはいえ、国王陛下だって男性に違いはありません。ゆえに逃げ出したい気持ちを必死に抑え込んでいた私でしたが、今は別の意味で足が震えていました。

すると陛下はこちらをじっと見据え、続けたのです。

「ちょっと訳あって、そなたのことを調べさせてもらったのだ。……ミュリルといったな。そなたは子どもと老人、近しい家族以外の男性には一切そばにも寄れずまともに会話もできないと聞いたが、それに相違ないか？　それゆえに結婚もあきらめている、というのは？」

陛下の静かな、けれど為政者としての威厳ある視線に思わず息をのみました。

どのような理由からかはわかりませんが、どうやらこちらの事情はすべてお見通しの様子。となれば、今さら嘘をついてごまかしても無駄でしょう。

　気が遠くなるのを感じながら、それでもぐっとお腹に力を入れなんとか平静を保ち口を開きます。

「……はい。おっしゃる通りでございます。ご覧の通りある程度の距離を保てばこのようにお話することもできますが、近い状態では逃げ出すか失神いたしますために、結婚など到底叶わぬ身でございます」

　覚悟を決めそう答えた私に、陛下は。

「ふむ。調べ通りだな。なるほど……」

　何やら口元にかすかな笑みを浮かべ小さくうなずくと、隣に座している王妃様に目配せしたのでした。

「まだ七歳の女の子をさらって傷つけようとするなんて、さぞ恐ろしかったでしょうね。恐怖症になるのも無理はないわ。そのために恋もできないなんて、こんなにかわいらしい方なのにあまりに不憫というものね……」

　王妃様のその言葉からしても、やはりすべてご存じのようです。

　王妃様はまだお若く、少女といってもいいかわいらしさと初々しさを漂わせていらっしゃる方です。が、そこはやはり国を統べる方の伴侶となられた方。居並ぶおふたりからは何ひとつ隠し立てしても無駄だ、という無言の圧力が漂っていました。

「そうはいっても、女性が結婚という後ろ盾なく生きていくのは難しい世の中だ。男性と一切関わらず暮らすには、少々無理があろう？」

「そうね。若い女性ひとりではあれやこれやと危険もあるし、不安よね。やはり守ってくださる方がそばにいた方が、安心して生きていけるというものだわ」

何かを申し合わせるようにうなずき合う陛下と王妃様の姿に、私はお父様とちらと視線を合わせました。

「……そこでだな。そんなそなたにぴったりな縁談を勧めたいと思っているのだ。いや、ある意味仕事の斡旋（あっせん）と言ってもいい。ちょっとわけありのな」

「……仕事の、斡旋……⁇」

陛下が口にした思いもよらない言葉に、思わず首を傾（かし）げます。

縁談と仕事の因果関係もさっぱりわかりませんし、わけありという言葉の意味にも見当がつきません。困惑する私たちをよそに、陛下は扉付近に立っていた衛兵につと手を上げると。

ギィイイイ……。

扉が開き、その人が姿を現したのです。この国の若き宰相、ジルベルト・ヒューイッド様が——。

「はじめてお目にかかります。ジルベルト・ヒューイッドと申します。この度は私のためにかような話に巻き込んでしまい、誠に申し訳ありません。心より謝罪いたします」

これが氷の宰相、ジルベルト様とのはじめての対面でした。

そのお姿にはっと息をのみました。だってあんまりにも——。

「……は、はじめてお目にかかります。ミュリル・タッカードと申します。本日は宰相様にお会いでき、大変嬉しく存じます」

なんとか型通りの挨拶（あいさつ）を終えそっと視線を上げれば、ほんの一瞬ジルベルト様と視線がかち合いました。なぜかすぐに視線を逸（そ）らされてしまいましたが。

視線が逸らされたのをいいことに、そっと目を上げそのお姿を観察します。

ジルベルト様の第一印象はなんといっても美しい、その一言に尽きました。宰相としての能力のみならず、外見も非常に優れた方だとは聞いていました。けれどまさかこれほどまでとは。性別を超えたまるで絵画のような美しさに、つい男性への恐怖も忘れて目が吸い寄せられます。

氷と表されるくらいですから、もっと冷徹な厳しい印象の方なのかと想像していたのです。けれど私の目には――。

目元にさらりとかかった艶のある銀髪。その隙間からのぞく目は、この国では珍しい青緑色。その深みのある神秘的な色に、思わず目が吸い寄せられていました。巷では冬の冷たく冴えた湖のようだ、とも称されるその目は、私にはむしろ新緑が映り込んだ夜の穏やかな湖面のように感じられました。その青みを浴びた銀髪も、まるで冴え冴えと光る美しい月明かりを反射してきらめいているように見えて。

けれど同時に、どこか人生に疲れたような何かをあきらめたようにも見える物憂げな空気がどうにも気にかかったのです。

そのせいかジルベルト様から視線を外すことができずにいた私に、陛下は静かに告げたのです。

「私はな、そなたとこの宰相との縁談をぜひとも提案したいのだ。この男は宰相としてはこの上なく有能で切れ者だが、実はちょっと特殊な事情を抱えていてな。だがそなたと結婚することで、その苦労を分かち合い助け合うことができるのではないかと思っているのだ」と。

その言葉に思わず首を傾げました。

「特殊な……事情⁇　分かち合い……助け合う……⁇」

特殊な事情とは一体どんなものでしょう？　私と分かち合うことができる事情とは？

そもそも私は、男性と至近距離で向き合うことも会話することもできない身なのです。どんな事情があるにせよ、そんな私がお力になれるようなことがあるとは到底思えないのですが。

表情を取りつくろうのも忘れ、怪訝な顔で陛下を見やれば。

「まぁ結論を出すのは詳しい事情を聞いてからでも遅くなかろう。……おい、ジルベルト。これはお前に降りかかった火の粉だ。あとは自分で話せ」

そういってジルベルト様を見やったのでした。

そのふたりのやりとりからは、どこか気安い空気感が漂っていました。きっと陛下はジルベルト様を心から信頼し、心を許しておいでなのでしょう。

ジルベルト様はそれに困ったように嘆息すると、口を開きました。

「……わかりました。……ではお話しします」

こうして、私と氷の宰相ジルベルト様の奇妙な縁談話は幕を開けたのでした。


「……えっ、女性恐怖症、ですか？　宰相様が？」

ジルベルト様の口から語られたその特別な事情とやらは、まさかの内容でした。

「はい。私はあなたと同じく、異性――つまり女性に対しての恐怖症を抱えているのです。老人や子ども以外の女性と接触すれば、直ちに吐き気や発疹、最悪の場合はその場で失神します。幼少の頃に色々とありまして、それが原因で……」

「まぁ……！」

思いもしなかったその告白に、驚きの声がもれました。

「で……でもお仕事はどうなさっているのですか……？　お立場上、外交などで女性と対面することも多々おありでしょう。時には握手だって……！」

ただの貴族の娘である私ですら、人並みの生活すら送れず大変な思いをしてきたのです。ちょっとした外出すらままならないというのに、国の要職についていらっしゃる宰相様ともなれば、お仕事上挨拶代わりの接触が必要になることもあるでしょう。まさか男性以外との対面を拒否するなんてことできっこありませんし。

するとジルベルト様は小さく首を振ると。

「私は幸い、常識的な距離間でかつ手袋越しの瞬間的な握手などはなんとか耐えられるのです。ですからごく一般的な挨拶などは可能なのです。もちろん握手なども素手では無理ですし、ほんの短い時間に限られますが……」

「あぁ……。そうなのですね。とはいえ、それはさぞ大変な思いをなさってきたのでしょうね……。心よりお察しいたします」

同じ恐怖症とはいえ、人により症状の現れ方はそれぞれです。確かにそれであれば周囲に恐怖症と悟られず、ただの女性嫌いだと思われるだけで済むかもしれません。どんな美しい女性にもなびかず冷たい態度を取るというあの噂は、きっとそうした不自然な態度からきているのでしょう。

同じ苦しみを抱えた仲間同士の連帯感というのか、同情にも似た感情がわき上がるのを感じていました。もっとも私に何か力になれることがあるとは思えないことに、変わりはありませんけれど。

心からの同情をそう口にすれば。

「いえ、あなたの幼少期の恐ろしい経験に比べればそう大したことでは……。とまぁそんな身ですので、私は生涯独り身を貫くつもりでいたのです。家督を継ぐものは他にもおりますし、仕事上も独身でも特に支障もありませんし。それにひとりの方がより仕事に打ち込めますから。……ですが」

ジルベルト様の表情が、目に見えて暗く曇りました。

「……？」

「先日それを阻む、少々——いや、とある大問題が持ち上がりまして……。それを解決するために、なんとしても結婚という既成事実を作らねばならなくなったのです……！」

「結婚という……既成事実……？」

その時、何やらジルベルト様の様子がおかしいのに気がつきました。

「……あの、宰相様？　ジルベルト様……、どうかなさいましたか？　なんだかお顔の色が……」

なんだか様子が変です。ジルベルト様の顔が大きく苦しげに歪(ゆが)み、その美しい顔からみるみる血の気が引いていっているような。一体何事かと驚き見つめる私たちの前で、ジルベルト様の口からなんとも不穏な音がもれはじめました。

「そ、それは……。うっ……うぷっ!!　ごふっ……!!」

「ジルベルト様？　宰相様っ？　一体どうなさったのです？」

蒼白(そうはく)な顔で口元を慌てて手の平で覆ったジルベルト様に、陛下の鋭い声が飛びました。

「……おい！　ジルベルト。吐くなら向こうの茂みにでも行けっ！　頼むから目の前では吐いてくれるなっ」

その言葉に弾(はじ)かれるように、ジルベルト様はものすごい勢いで庭園の奥の方へ慌ててかけていきました。

そして、待つことしばし。口元をハンカチで押さえ、先ほどよりは幾分かましな顔色になったジルベルト様がふらふらとした足取りで戻ってきたのでした。

「大変に失礼を……。うぷっ……」

「あの……もう少し休まれては？」

庭園の奥で何をなさってきたのかは、まぁ察します。

「いえ、ご心配には及びません。もうなんともありませんから……。大変お見苦しいところをお見せしました。うぷっ……」

どう見ても大丈夫には見えない様子に、陛下も心配げにジルベルト様を見やります。けれどジルベルト様はいまだ青白い顔をしながらゆるゆると首を横に振り、声を絞り出しました。

「で、では話の続きを……。ですが、この先のお話は何卒一切他言無用でお願いいたします。もし外部にもれれば、外交問題にもなりかねませんから」と前置きして――。

その言葉に、私はお父様と顔を見合わせごくりと大きく息をのみました。そしてこの時予感したのです。この話を聞いてしまったら最後、もう後戻りはできないだろう。自分の運命が音を立てて大きく変わっていくのかもしれない。そんな予感を――。

「実は先日、隣国の第三王女アリシア殿下に求婚されまして……」

ん？　今何と？

ジルベルト様の言葉に、きょとんと目を見張ります。

隣国の第三王女アリシア殿下のことはもちろん存じ上げています。我が国と友好関係にある隣国の、

まだお若い末姫様ですよね。その王女様が他国の宰相であるジルベルト様に求婚？　王女から、隣国の宰相に？

　思わず私は、瞬(まばた)きをぱちぱちと繰り返しました。

「求婚……？　王女様からジルベルト様に求婚、ですか？」

「ええ。その通りです」

「ええっと……、それはもしかして何か外交上の特別な理由が……？」

　王族の結婚は、国同士の友好であるとか外交上の利のためになされるもの。と考えれば、一国の王女と宰相の結婚という明らかな身分差のある縁組には何か外交上の特別な理由があってのことと考えるのが普通です。けれど。

「いえ、まったく。ただのアリシア王女殿下の自由意志によるものです」

「自由意志……ということは、つまりアリシア王女殿下はジルベルト様を愛しているがゆえに結婚を望んでいらっしゃる、と……⁇」

　その問いかけにジルベルト様はげんなりとした表情を浮かべ、こくりとうなずいたのでした。

　アリシア王女殿下は御年十五歳。結婚するのに若すぎるということはありませんが、身分も年齢差もあるジルベルト様と恋愛結婚などそう容易にできるはずもありません。それでもなおあきらめきれないほどに、恋い焦がれているということなのでしょうか。

「もちろんあちらの王室からの正式な申し入れなどではありませんが、王女直々の求婚ともなれば無下に断ることもできず……。ほとほと困り果てているのです……」

　思いもよらない理由に、ぽかんと口が開いてしまいました。それはお父様も同じらしく、間抜けな顔で見つめ合います。

なんとか気を取り直し、ジルベルト様に問いかけます。

「では、それをなんとか円満にお断りするために他の女性と結婚しているという既成事実をでっち上げよう……と?? それには同じ境遇の私が利害も一致してちょうどいいから……とそういうことなのですか？」

その問いかけに、ジルベルト様は深刻な顔でこくりとうなずいたのでした。

お隣の国は情熱的な気質の方が多いと聞きますし、アリシア王女殿下のアプローチもさぞ熱烈なのでしょう。思い出しただけで吐き気を催すくらいに。まして十五歳といえば恋に恋するような年頃ですし。若い頃の恋の熱は冷めるのも早いと言いますから、放っておけば殿下の恋心も冷めるのかもしれません。けれどもはやその猶予もないということなのでしょう。

けれどただ断ったのでは角が立ちますし、下手（へた）にこじれたら隣国との外交問題にも発展しかねません。それを回避するのにちょうどいい相手がいた、ということなのでしょう。

「あの方の気質からいって思い切った行動にでかねないというか、強引に事を運ぼうとしかねないというか。それが何分にも恐ろしく……。恐怖症であることを殿下に告げれば断ることは可能でしょうが、そこはやはり外交上の問題もあり……。逆手に取って悪用する者も現れかねませんから」

ジルベルト様は口元を押さえ、げんなりとした顔でうなだれたのです。

「なるほど……。そういうことだったのですね……」

確かに恐怖症のことを公にしたくないお気持ちは十分に理解できます。不用意に過去のあれこれを詮索（せんさく）されたくもありませんし、知られたことでさらに危険にさらされる恐れだってあるのですし。だからこそ、私も家族も皆これまでずっと秘密を固く守ってきたのですから。

ジルベルト様がうなだれる横で、陛下がだめ押しのように口を開きました。

「だから私がこの男にそなたとの縁談を勧めたのだ。正直こやつにいつまでもこんな腑抜(ふぬ)けの状態でいられては困るのだ。それに王族とて重婚は認められていない以上、王女も引き下がるしかないだろうからな」

その言葉に、私は小さく嘆息しました。

女性恐怖症のジルベルト様と、男性恐怖症の私。そのふたりが手を組んで形ばかりの結婚をでっち上げれば、アリシア王女殿下の求婚を安全に退けることができ、国の友好も守られる。そして私は絶対に触れ合わずに済むジルベルト様と形だけの結婚という協定を結ぶことにより、平穏に暮らすための後ろ盾を手に入れられる。つまりはそういうことなのですね。

「宰相の妻となればその立場上、そなたの身も人生もこれ以上なく安泰だ。そしてジルベルトにとっても利があるとなれば、これもひとつの良縁ではないかと思うのだが。どうかな？」

陛下はきっとジルベルト様の未来を慮(おもんぱか)って、そんなことを思いつかれたのでしょう。そしてそれは、私にとってもきっと利があるに違いないから、と。けれど、私は——。

「……つまり同じ異性への恐怖症を持つ私なら、身の安全や平穏な未来のために喜んで結婚を了承するだろうと？　後ろ盾を得られて、私も幸せになれるに違いないと……？」

「……？　ミュリル。お前まさか……」

不穏な空気を察したのでしょう。お父様がはっとした顔で慌てて私を止めようとしたのに気がつきましたが、一度こぼれ落ちた言葉はもう止めようもありませんでした。

心がとても波立っていました。陛下のさもいい考えだろうとでも言いたげな顔も、ジルベルト様の困りきった、けれどどこか他人事のようなお顔も無性に腹が立ったのです。

その空気を他の方々も察したのか、場の空気がしんと静まり返りました。

もし私がジルベルト様と結婚すればお父様の懸念はなくなり、宰相の妻という肩書のもときっと安穏に生きていくことができるでしょう。同じ恐怖症を抱えた者同士、当然何事かが起こる恐怖に怯える必要もなく心身ともに安楽に守られて。

けれど、一体誰が決めたのですか。女性ひとりでは平穏な暮らしもままならず、幸せに生きられないなんて。せっかく今まさにこれから私の新しい人生が幕を明けようとしていたのに、水をさすようなことを言われて気分が台なしです。

もちろんジルベルト様の事情には同情も共感もいたします。ですが、それとお話を受け入れるかどうかはまったく別のお話です。

「……では、私の答えを申し上げます」

お父様が頭を抱えるのが視界の隅に見えましたが、私の心は決まっていました。私はすっと顔を上げジルベルト様をまっすぐに見据え、口を開きました。

「その縁談、……お断りいたします！　大変に光栄なお話とは思いますが、それは私の望みではありませんから」

それが、私の出した結論でした。

「……は？」

「……ほぉ」

「……まぁ」

「あぁ……。ミュリル……」

場に響いた凛とした私の声に、沈黙が落ちました。

そりゃあこれは王命ですし、こんな都合のいい縁談話は他にないでしょう。でも土台無理なお話ですし、私の人生ですし。

「ミュ、ミュリル。しかしこれは陛下直々の縁談で、国のためでもあるんだぞ？」

お父様の顔色が、先ほどのジルベルト様に負けないくらいに蒼白に変わっていました。

「承知しております。けれど、夫となる方と隣に並んで立つこともできない身で安請け合いするわけにはまいりませんし、私はもう自分の人生を決めていますから」

お父様がこのお話に乗り気なのはよくわかっています。それが、私の身の安全や平穏を願ってのことだということも。けれど私には私の人生があるのです。私自身が選び取る、私の人生が。

「ではそなたはこの先どうやって生きていくつもりなのだ？　ずっと屋敷に引きこもってひとり寂しく生きるつもりか？」

陛下の視線がきらりと鋭さを増した気がします。けれど、それにひるむわけにはいきません。

「私は幸せに生きることをあきらめてはおりません。恐怖症を抱えてはいても、私なりの幸せな人生を歩むつもりでおります。運命を呪いながらめそめそと泣いて生きるのは嫌ですから。そのための準備も心構えもすでにできております！」

「準備……とな？　それは一体どのような？」

陛下の目の中に、一瞬こちらの心の奥底をのぞき込むような強い色がのぞいた気がしました。けれどそれにひるむわけにはいきません。

「私は……！」

私はすっとジルベルト様の方へと視線を向け、続けました。

男性恐怖症になってからずっと、時にめげそうになりながらも必死に前を向いて生きてきました。それはもちろん簡単なことではなく、あきらめてきたものもたくさんあり。だからこそ今さら譲れないものもあるのです。

こんな運命に負けたくありません。幸せをあきらめたくもありません。きっと私だけに歩める人生の喜びがどこかにあるはずです。そうでなければ悔しすぎます。だから。

「私はこの先の人生を、人里離れた場所でひとり自活して生きていくつもりでおります。多少は不便でしょうが、町から離れれば男性との接触を避けられますし、自然の恵みを得て自給自足することだってできますから」

そうきっぱり言ってのけた私を、ジルベルト様も陛下も呆然と見つめていらっしゃいました。

「家族とも離れ、誰の手も借りず年若い女性がたったひとりで、か……？」

お父様以外の皆の目が、驚きに見開かれていました。私は陛下の言葉にこくり、とうなずき返しました。

「畑仕事だって力仕事だって男性並みにこなすだけの力もあります。その技術も力も十分に身につけたつもりです。女性の細腕でそんなの無理だなんて、誰にも言わせません！」

「……ほう？」

きっぱりと言い切った私の言葉に、陛下の目がきらりと楽しげに輝いた気がしました。

貴族らしからぬおかしな娘だとあきれ返ったのかもしれません。礼も知らず現実も直視できない馬鹿な小娘だと。けれどどう思われても私は痛くも痒くもないのです。自分の目指す人生のためならば、そんなのどうってことありませんから。

「そんな私なりの新しい幸せな人生が、ようやくはじまると思っていたところなのです。……ですから、ご心配やご配慮はありがたく存じますが、私は世間体や形ばかりの平穏のために偽りの結婚をするつもりはございません」

偽りの結婚で表面だけの平穏を手に入れるより、自分の力で自由にのびのびと生きていきたい。その方がずっと私らしいですし、そうすることで私にとってかけがえのない大切なものを守ることができるのですから。

そう告げた次の瞬間、小さなつぶやきが聞こえました。

「自分なりの……幸せな人生をあきらめない……」

声のした方に視線をやれば、ジルベルト様の青緑色の目が私をまっすぐに見つめていました。ふとその目の中にゆらりと立ち上る熱のようなものが見えた気がして、胸の奥がドキリとざわめきます。

「あなたは……なぜそんなに……」

「え……？」

一瞬時が止まった気がしました。

「あなたは……どうしてそんなに……」

何かを言いかけ、口をつぐんだジルベルト様を陛下も王妃様も、お父様もじっと見つめていました。もちろん私も。

なぜでしょう。ジルベルト様のまっすぐな目から、視線を外すことができません。するとジルベルト様はしばし何かを考え込み、そして静かに口を開いたのです。

「……ミュリル・タッカード様。あなたのお気持ちもよく考えもせず突然にこのような一方的な話を持ちかけたこと、心から謝罪いたします。失礼を心からお詫びいたします」

思わず、息をのみました。

正直に言えば、お会いしてからずっとどこか他人事のような態度のジルベルト様にきっとお相手は私でなくともいいのだろうと思っていたのです。縁談をお断りしても、それはそれで別の方法を考えるのだろうと。でもここにきてようやく、はじめてまっすぐに向き合ったような気がします。

深い青緑色の目は私の心をひどくそわそわさせました。けれど不思議なことにこんなに強く見つめられても恐怖はまったく感じませんでした。こんなこと今まで一度だってなかったことです。

なんだか落ち着かない気持ちになってつい視線を逸らし、もごもごと言葉を返します。

「いえ、あの……ジルベルト様がさぞ大変な苦労を重ねてこられたのだろうことは、理解しているのです。尊敬もしておりますし、同じ苦しみを持つ者同士としての共感もあるのです。けれど、それでも私は……」

ジルベルト様がどんな苦しみの上で宰相という重責を負ってきたのか、少しは理解できるつもりです。恐怖症というものは努力でどうにかなるようなものではありませんから。その恐怖と常に隣り合わせで激務をこなしてこられたことは心から尊敬します。それでも、やはり。

「けれど私はとても宰相の妻がつとまるような人間ではありませんし、これ以上嘘をつきたくはないのです。……それに、私には願いがあるのです。どうしても王都を離れ、叶えねばならない大切な願いが……」

私のその言葉に、ジルベルト様が首を傾げました。

「叶えたい願い……？　それほどまでして王都から離れたい理由とは、一体何なのですか？　よろしければお聞かせ願えませんか？　ミュリル様」

「それは……」

私の願い、それは私に生きる希望を与えずっと支え続けてきてくれたあの子たち——セリアンとオーレリー、そしてモンタンを幸せにすること。王命や国の一大事に比べれば取るに足らない願いだと人は言うでしょう。けれど私にとってはこの上なく大切な、どうしても叶えたい願いなのです。

一瞬口にしようかどうか迷いました。こんな思いをそう簡単にはじめてお会いした方にわかってもらえるとは思えませんでしたし。けれど——。

「実は私には、両親と弟の他に馬や犬たちといった大切な家族がいるのです」

思い切って打ち明けることにしました。ジルベルト様も秘密を打ち明けてくださったのですから、こちらも心の内をきちんと打ち明けるのが筋というものです。

「馬……？　犬……？」

皆の顔に浮かんだ困惑の色。ジルベルト様も同様に首を傾げ、こちらを戸惑った様子で見つめていました。それでもぎゅっと手を握り合わせ、続けます。

「男性恐怖症となった私を、あの子たちはずっと支え励ましてきてくれました。もしあの子たちがいなかったら私は今頃人生にくじけ、生きる力を失っていたでしょう」

脳裏に今も私の帰りを待っているであろう、純粋な目をしたかわいい子たちの姿が浮かびます。

「……ですから私は、あの子たちに恩返しがしたいのです。私を救い勇気づけてきてくれたかけがえのない大切なあの子たちに、のびのびと暮らせる場所を与えてあげたいのです。窮屈な王都ではなく自然にあふれたのびのびと生きられる場所を……」

「……馬や犬？　そのために自然豊かな広々とした場所が必要だと……？」

「はい。あの子たちがいてくれたらどんな場所にあっても寂しくはありません。誰よりも心強いボディガードにもなってくれますし。ですから私は、王都を離れあの子たちとともに生きる人生を選びたいのです」

　けれど王都から離れたい本当の理由は、他にありました。私は苦しかったのです。これから先もずっと愛する家族に心配をかけて頼り切りで生きることが。恐怖症を克服できない私の弱さのために、皆を犠牲にしていることが辛くて仕方なかったのです。だからこその新しい人生のスタートだったのです。あの子たちと一緒なら、どんなことも笑顔で乗り越えられそうな気がしたから——。

　簡単には理解していただけないかもしれません。わざと人との関わりを避け孤独を求めるようなこんな生き方は。でも同じ苦しみの中でこれまで生きてこられたジルベルト様ならば、わかってくれるかもしれない。人の輪の中で秘密を抱え、恐怖を必死に隠しながら生きるこの苦しみを共有できるであろう、ジルベルト様ならば。

　ふとそんなことを思いました。いえ、わかってほしい。なぜかそう思ったのです。

「……ですから、私はジルベルト様と結婚できません。私自身のためにも、あの子たちのためにも。どうかご理解くださいませ」

　こうして祈るような気持ちですべてを打ち明けた私は、ジルベルト様のお返事を待ったのでした。

けれど一向に何の反応もないことに、ふと視線を上げれば。

「……??」

なんだかジルベルト様の様子がおかしいのは気のせいでしょうか。なぜそんなにも目をきらきらときらめかせて、身を乗り出すようにしてじっと私を見つめているのでしょう。

その視線に先ほどまでとはまた別の何か熱いものを感じて、困惑の表情を浮かべ見つめ返します。

「では、その子たちをあなたが思い描くような環境下で迎えるとしたらどうでしょう？　あなたの望む環境を私が用意できれば、私との結婚を考え直していただけますか？」

一瞬、思考が止まりました。

「……は？」

今なんと？　確かに今私は求婚をお断りしたはずです。けれど今ジルベルト様が口にしたのは、私の聞き間違いでなければその真逆の意味だったような。

呆気（あっけ）にとられ固まったのは私だけではありませんでした。

「……いや待て、ジルベルト。お前、今の話聞いてたか？」

陛下が身を乗り出すように、ジルベルト様に問いかければ。

「あらまぁ……」

王妃様もそうつぶやいたきり、言葉を失っておいでです。かくいう私もお口ぽかん状態です。

「馬と犬と、あとは何でしたか？　私の屋敷は敷地も建物も無駄に広いのです。動物たちを飼うのに十分な広さも豊かな自然もありますし、あなたの望む環境と近しいと思うのですが」

「え？　いえ、あの……。私は縁談をお断り……」

なぜか急にぐいぐいと話を詰めてきたジルベルト様に、思わず顔を引きつらせそう言えば。

「わかっています。けれどその上で、もう一度だけ考え直してみてはいただけませんか？　あなたの描く幸せが自然あふれる場所で動物たちとともに暮らすことなら、私にもお手伝いできますので」

「え……、ええっ⁉」

もしかすると、王女殿下からの求婚を一刻も早くお断りしてお仕事につつがなく打ち込みたいと焦るあまり、判断力が鈍っておいでなのかもしれません。けれど結婚といえば人生の一大事。気の迷いで簡単に決めてしまっては後悔なさるに決まっています。

「あの……ジルベルト様？　少し落ち着かれては……？」

けれどそんな私を含めた皆の反応をよそに、ジルベルト様はきっぱりと告げたのです。

「あなたの話を聞いて目が覚めました。私もあなたのように、自分の人生をあきらめず望む人生を貫きたいのです。そのために、どうか私にあなたの力を貸していただきたいのです！」と。

「私の力……？」

ぽかんと口を開き首を傾げる私に。

「ジルベルト……、お前……」

「あらあら……」

「宰相殿……？　本気にございますか……」

陛下と王妃様も思わず顔を見合わせる中、お父様だけがひとり期待を浮かべ目を輝かせていました。

どうやらこの縁談話は明後日（あさって）の方向に向かいはじめたようです。いえ、縁談話がというよりはジルベルト様が、と言った方がいいでしょうか。

困惑に顔を引きつらせ助けを求めようと周りを見渡してみましたが、皆一様に同じ顔を浮かべ沈黙するばかり。とても助け舟は期待できそうにありません。

「ええと……妻としての役目を果たせない私にジルベルト様のお役に立てるような力はないと思いますし、それに環境さえ整えば結婚してもいいという意味ではなく……。ええと、あの……」

ジルベルト様の気持ちをできるだけ落ち着かせるように穏やかな口調で伝えてはみるものの、態度に変化は見られません。それどころか。

「私にとって女性という存在は、自分の人生を阻む無用なものでしかありませんでした。そしてそれに恐怖し逃げ回ることに疲れ果て、宰相としての責を負い続けていくこともあきらめかけていたのです。けれどあなたの言葉を聞いて目が覚めました！」

「ええっ⁉」

「私にとって宰相という職は天職であり、人生そのものです。この国のために身命を賭したいという思いを、恐怖ゆえにあきらめたくはないのです！　私もあなたのように望む人生をまっすぐに貫きたい。あなたの言葉を聞いて、ようやくその覚悟ができました！」

そう語るジルベルト様の目はきらきらと熱を帯びて美しく燃え上がり、そこから伝わる熱い思いになぜか私は視線を外すことができずにいました。

「けれど恐怖と秘密をひとり抱え生きていくにはあまりにも苦しく難しい。だからこそ同じ痛みと苦しみを知る稀有な同士として励まし合い、支え合いながらあなたと生きていけたらと願うのです。ですからどうか……ミュリル・タッカード様。私と結婚していただけませんか……‼　私にはあなたが必要なのです‼」

「ええええっ⁉」

悲痛ともいえる叫びと真剣な表情に戸惑いながらも、胸の奥で何かがかちり、と音を立て動きはじめた気がしました。

異性としてではなくただ同じ秘密を抱えた同士として、同じ痛みと苦しみをわかち合える仲間として支え合い生きていく。そんな考えもしなかった新しい人生の可能性に心が大きく揺らぎました。

だって自分には一生無縁だと思っていたのです。結婚も、家族以外の誰かとともに暮らすことも。なのにまさかそんな新しい選択肢が、急に目の前に差し出されるなんて、と。

「で……ででで、でも！　恐怖症という秘密の上にさらに形ばかりの結婚という秘密を抱えてしまっては、余計に心苦しくなるのでは……⁉　も、もし誰かの口から秘密がもれて皆に知られてしまったら……」

「同じ苦しみを知る私たちならば、秘密を守り抜くことには慣れているはずです。それにヒューイッド家の屋敷の者たちは皆信用の置ける者たちばかりですので、ご安心ください。あぁ、それと私はもとより一切個人的な社交をしない主義ですので、妻としての社交も不要です」

「で、でも私は妻としても同士としても何もできませんし、きっとお荷物に……。それに動物同伴のお嫁入りなんて……」

ぐいぐい、じりじり。

「あなたは私の妻という立場で、近くにいてくださるだけでいいのです。あなたが自分自身の幸せのために日々頑張っていると思えば、それだけで勇気づけられますから。もちろん屋敷は完全別居、そもそも私は屋敷にほとんどおりませんし顔を合わせる懸念も一切ありません」

「私が……ジルベルト様に勇気を……!?」

ぐいぐい、じりじり。

「それに、あなたも動物たちもお荷物になるなどありえません。むしろあなたは私にとって、心強いお守りのような存在なのですから。あなたはあなた自身の幸せのために自由に暮らしてくださればよいのです」

「わ……私が……、ジルベルト様の……お……お守りっ!?」

お守りだとかそばにいてくれるだけでいいなんて、そんな甘い言葉を誰かに言われる日がくるとは思いませんでした。そんな言葉、巷で人気の恋愛小説の中だけとばかり。

思わぬ事態に動揺を隠しきれず、頬を赤らめじりじりと後ずさります。

次から次へと繰り出される一向にひるむことのないジルベルト様のまっすぐな言葉に、私はもうぐらぐらでした。困惑と同時にこみ上げるこの思いはなんでしょう。じわじわと胸の中にあたたかなものが灯る、この感じは。

一体どうしたものかとふと周囲を見渡せば、陛下は明らかに事の成り行きを興味津々に楽しんでおられるご様子。王妃様は口元を扇で隠していらっしゃいますが、これ以上ないくらいに目が輝いておいでです。もちろんお父様は……、説明の必要もありませんね。まるで懇願するように目を潤ませ、なりゆきを見守っていました。

「私……私は……」

ジルベルト様に視線を戻した私は、私をじっと見つめるその美しい青緑色の目に息をのみました。

——あぁ。もうこれは。

その真摯な熱を帯びた目に、嘆息したのです。この強いまっすぐな目からはもう逃げられない。そんな気がして。

　そしてそんな私にダメ押しをするかのように、ジルベルト様は私をしっかりと見据えたままひざまずくと――。

「ミュリル・タッカード様。あなたとあなたの大切な動物たちとの安寧で安全な生活を、私がお守りします。……愛の代わりに信頼で、あなたに応えるとお約束いたします。ですからどうか、私と結婚してください」

　まっすぐな目で、そう告げたのでした。

　きっとこの先、誰かにこれほど求めてもらえることはないでしょう。こんな私を認めてくれ、守りたいなどと言っていただけるなんて。私は嬉しかったのかもしれません。誰かのお荷物どころか、これほど誰かに必要としてもらえることが。

「……わかりました。私でお力になれるのでしたら、不束者（ふつつかもの）ではありますがお受けいたします。何卒よろしくお願いいたします」

　この時、私は決意したのです。新しい未知の人生へと踏み出してみようと。同じ苦しみを持つ氷の宰相、ジルベルト・ヒューイッドという男性とともに手をたずさえて生きてみよう、と――。

　私たちの間にあるのは、互いへの共感と生まれたばかりの信頼と利害の一致のみ。けれどこの時、私とジルベルト様の縁は確かに結ばれたのでした――。

「おい……、聞いたか？　婚約って、本当にあのジルベルト宰相のことだよな……⁇　同じ名前の別人じゃないよな⁉」

「あんなおっかない人がこの世に何人もいてたまるかよっ！　でも……想像つかないよなぁ。氷の宰相が婚約なんて……。俺、あの人は国と一生添い遂げるもんだと思ってたよ……」

「そうだよな……。でも一体いつの間に知り合ったんだろう……。年中仕事漬けのあの人にそんな暇、とてもあったとは思えないんだが……」

「婚約ってことは、それなりに相手とおしゃべりしたりデートとかしてたってこと、だよなぁ？　よくそんな暇あったよなぁ……」

「「……だよなぁ」」

　ジルベルトの部下たちは、なんとも疑い深い顔で首を傾げ合った。

　上司であるジルベルトが深窓の令嬢と婚約、ふた月後には結婚するというその話を、皆何かの冗談かと思った。相手の令嬢の身元が謎に包まれていたせいもあるし、何より家格的に政略的な結婚とは思えなかったから。政略でないのなら結婚する理由はただひとつ、愛ゆえだ。

　でも、どうしてもそんな甘やかなものとあの仕事一辺倒の氷の宰相のイメージとが結びつかない。

「あの氷の宰相が……結婚、ねぇ……。ほとんど屋敷に帰らず王宮が家みたいな人が……」

「どう考えてもまともに寝てないよな……、あの人。奥さんと一緒にいる時間……あるのかな⁇」

「そりゃあそこはなんとかするんじゃないか……？　じゃなきゃすぐさま離縁なんてことになりかね

ないし」

仕事一辺倒のジルベルトの結婚話は、部下たちにとってはどうにも信じがたい。

「でもまぁ、幸せなら……いいこと、だよな？　これでもしかしたらちゃんと食事をとってくれるようになるかもしれないし……」

「そうだな……。それに愛妻が屋敷で待ってるんだから、これからはちゃんと屋敷に帰って寝るだろうし……。今のまんまじゃ過労死まっしぐらだもんな……。おっかない人だけどやっぱり長生き……してほしいもんな……」

氷の宰相は実に怖い。けれど上司として信頼の置ける尊敬できる人には違いない。時々は優しさも見せてくれることもあるし。……ごくたまに、だけど。

そうつぶやき深くうなずき合ったその時、背後にゆらりと影を感じてはっと振り向けば――。

「もうとっくに始業の時間だが……？」

その冷たい声と怒りを含んだ冷たいブリザードに、部下たちは文字通り飛び上がった。

「ひぃいいいいいっ!!　す…すみませんっ!!　すぐ取りかかりますぅっ！」

「申し訳ありませんっ!!　今すぐ仕事しますっ」

「ごめんなさい〜っ！　あ、俺届け物に行ってきますっ！」

どう見てもいつも通りのジルベルトである。その相も変わらず恐ろしいブリザードっぷりに震え上がりながら、慌てて仕事へと取りかかる。その姿はとても婚約したて、結婚間近の幸せいっぱいな男には見えない。思わずやはりあの噂は嘘なんじゃ……なんて考えが頭をよぎる部下たちなのだった。

けれど実はこの時、ジルベルトはいつにないことで頭を悩ませていた。

ミュリルとの婚約が正式に決まり婚礼の準備と新生活の用意に追われる今、やることは膨大だった。ミュリルのための新しい家具一式も揃えねばならないし、馬たちがのびのびと暮らせるよう庭も大改造中だ。婚礼に向け、色々と乗り越えねばならないことも多い。とはいえ、思いの外それが楽しい気がするのが不思議だった。

なぜなのかはわからない。けれどミュリルとの出会いが自分の中にある空虚な部分を埋めてくれる、そんな予感がしていた。それがなんと呼ばれる感情であるのかは、さておき――。

ジルベルト様との婚礼まであとひと月に迫ったある日のこと。ヒューイッド家の使用人たちの檄が飛びます。

「ミュリル様……、どうかあと一歩。いえ、半歩で結構ですから、ジルベルト様に近づいてくださいませ！」

「ジルベルト様ももうちょっとお顔の筋肉の力を抜いて！　死地へ赴くわけではないのですよ！」

「時間がないのです、お二方とも！　ここさえ乗り切ればなんとかごまかせますから、もうちょっと耐えてくださいましっ」

私たちの結婚が真に愛で結ばれたものだと知らしめるために、婚礼は必須です。アリシア王女殿下はもちろんのこと、国内外の皆様に大々的に知っていただけなければ何の意味もありませんから。けれどまさか婚礼というものがこんなにも密着度の高いものだったとは――。

ジルベルト様との結婚が決まってからの日々は、それはもう目が回るほどの慌ただしさでした。なんといっても婚礼と新生活をはじめるまでにたったのふた月しかないのです。が、私たちには大きな壁が立ちはだかっていました。恐怖症という壁が。

「私……自信がありません。お顔を見なければ少しは近くで話せるようになりましたけど、まだ正面切って向き合うのは怖くて震えが……」

つい弱音を吐いた私に、ジルベルト様もため息で返します。

「まったく腕を組んで入場するなんて、どうかしている……。……あ、いえ。別にあなたが嫌だとかいう意味ではまったくなく……」

申し訳なさそうに付け加えたジルベルト様に、苦笑いで返します。

「いえ、わかっておりますのでどうかお気になさらず……。私ももっと形ばかりでさらりと済ませられるものとばかり思っておりました……。まさか婚礼というものがこんなに密着度が高い儀式だったなんて……。大変なんですのね、結婚って……」

いまだに腕を組んで入場すらできない私たちの遅々とした歩みに、ヒューイッド家の使用人の皆も意気消沈気味です。この調子ではとても神の御前で誓い合うことなどできそうもありません。となればこの結婚自体、意味をなさなくなってしまうのですが――。

ジルベルト様が疲れたお顔で大きなため息を吐き出しました。

「すまない……。この契約結婚を言い出した私がもっと頼りにならねばならないのだろうが、なんとも……」

「私こそ足手まといで申し訳ありません……。でも私たち、こんな調子で本当に無事に婚礼を挙げられるのでしょうか……？」

私も思わず大きく嘆息し、途方に暮れたため息がふたつ重なったのでした。

そんな私たちを見やり顔を見合わせた使用人たちが、ぽん、と手を打ち声を上げました。

「こうなったら致し方ございませんね……！　別の手を考えましょう！」

「別の……手とは⁇」

目を輝かせ身を乗り出したジルベルト様に、使用人たちはにっこりと笑みを浮かべると。

「腕を組んで入場することが難しいなら、ここはいっそ旦那様は当日おけがをされたということにして腕を包帯で吊っていただきましょう。そうすれば、物理的に腕組みはできませんから」

「腕を包帯で⁉」

思わず驚きの声を上げました。

婚礼当日に新郎が大けがで包帯ぐるぐる巻きだなんて、それはそれで物議をかもしそうな気がしますが大丈夫でしょうか。もっとも新婦が新郎にエスコートもされずすたすたひとりで祭壇へと向かって歩くというのも、それはそれで異様な光景ではありますが。

「ミュリル様は腕の通っていない袖口をつかんで入場すれば、遠目には手をつないでいるようにも見えますよ」

「えええええ……⁇」

そ、そうでしょうか……⁇

懐疑的になる私をよそに、皆さんの目が希望に輝きはじめました。ジルベルト様もさらに身を乗り出し、こくこくとうなずくと。

「ああ、なるほど。それはいい！　……しかし指輪交換はどうすれば？　さすがに片手のけがくらいでは指輪の交換ができないと言うには苦しいような……。かといって、両手ともけがをしているとなるとさすがに大事すぎるか……」

両手を包帯でぐるぐる巻きだなんて、それはもう婚礼どころの騒ぎではありません。ジルベルト様。思わず心の中でそう突っ込みつつも、他に案など浮かぶはずもなく。ジルベルト様の問いかけに、皆一様に渋い顔になりました。

「宣誓の口づけはミュリル様が成人となられる十八歳のお誕生日を迎える日まで控えているという体でなんとかごまかせるとしても、さすがに指輪の交換もなしではまずいですね……」

「た……確かに……。それはそうかもしれませんね……」

「し、しかしもし指と指とがわずかにでも触れ合ってしまっては……」

結婚指輪の交換、それは婚礼における宣誓の口づけと並ぶクライマックスシーンと言えるでしょう。まさかそれすらなしでは、さすがにこれが本当に愛で結ばれた結婚なのかと疑う者が出てきても不思議はありません。

ジルベルト様は私と向い合わせにはなれますし、手袋越しなら握手程度は可能なのです。問題は私です。どうしても男性と近距離で向かい合うと、子どもの頃にならず者たちに見下ろされた恐怖を思い出して無理なのです。まして指輪の交換など――。

それにジルベルト様だって手袋越しならばなんとかなるとはいっても、指輪をはめるという慣れない動きはそれなりに難易度が高いでしょうし。

「……ならば、ベールを目の前が見えないくらいに分厚くするのはどうでしょう？　ジルベルト様の姿が見えなければ、真っ白な壁と向き合っているようなものですし。手袋も分厚くすれば触れている感覚を鈍くすることはできるかもしれません」

「か……壁？　手袋も分厚く？」

確かに姿が見えなければ恐怖を感じずに済むかもしれませんが、新婦の顔が一切見えないほど分厚いベールなど見たことがありません。列席の皆様が一体何事かと怖がらないといいのですが。

「平気ですよ。きっと皆さん、新婦の恥じらいと思って納得してくださいます！　それに指輪も互いの薬指の先にでもちょっぴり引っ掛ければ上出来ですよ！　手元なんて列席の皆さんには見えませんしね！」

「そうだな……。最悪指輪は、はめる振りでも問題はないだろう！」

「そ……そうでしょうか？　確かに指先が見えなければ、もしかしたらなんとかなる……かも⁇　でももしジルベルト様に発疹が出たらどうしましょう？」

婚礼に向けての訓練中にも、ジルベルト様の体に幾度となく発疹が浮かび上がるのを目撃しています。婚礼衣装に赤い発疹は、きっと遠目でも目立つに違いありません。

「お化粧すればよろしいのですよ！　ジルベルト様は元々お肌もおきれいですし、きっとより一層美しくおなりです‼　一石二鳥でございますよ」

「お化粧……。ジルベルト様が……」

「……」

自信満々に繰り出されたその提案に、隣のジルベルト様ががっくりと肩を落としたのがわかりました。けれどここまできたら、打てるすべての手をもってしてなんとか無事に婚礼をやり遂げるしかありません。

「わかりました……！　私、なんとか頑張ってみます‼　なんとしても無事に婚礼を挙げて、お約束を果たしてみせます……‼　頑張りましょうっ。ジルベルト様‼」

「ミュリル……。あぁ……、そうだな。ここまできたらやるしかないのだからな……！　よろしく頼む。皆、ミュリル！」

拳（こぶし）を握りしめる私に、ジルベルト様もやる気になってきたようです。その様子を見ていた使用人たちも、力強くうなずきました。

「「はいっ‼　お任せくださいませっ‼　旦那様っ、ミュリル様！」」

皆の気持ちはひとつになりました。こうして私たちは心強い使用人たちの助けを得てうんざりするほど婚礼の訓練を幾度も重ね、ようやくあの奇妙な婚礼をつつがなく終えることができたのです。

そして私たちは、ついにヒューイッド家のお屋敷で新しい生活――完全別居の契約婚をスタートさせることになったのでした――。

## 2章　あなたは西で私は東で

1

「奥様は東、旦那(だんな)様は西棟にてお暮らしいただきます。中央棟のみ共同使用とはなりますが、お互いが顔を合わせずともお使いいただけるようこちらで時間を調整いたしますのでご懸念は不要です」

白髪交じりの落ち着いた風貌がなんとも素敵な執事のバルツが流れるような説明とともに広い屋敷の中を案内してくれるのを、思わず制止します。

「ちょっと待って。バルツ」

「なんでしょう、奥様」

穏やかな表情でバルツが足を止め、こちらを向きました。

「東棟の方が日当たりも窓からの景色もいいわよね。なら、東棟はジルベルト様にお使いいただかなくちゃ。なんといってもこのお屋敷の主人は、ジルベルト様なのだし。というか、どうしてそもそも棟ごとなの？」

王都とは思えないほど広々とした敷地に立つヒューイッド家のお屋敷は、予想をはるかに超える大きさでした。なんでも先々代のご当主が大の馬好きで、何頭もの馬をのびのびと飼いたいと敷地をどんどん広げていった結果、建物も大きくなっていったそうで。なんとも豪気なお話です。

無事に結婚したとはいえ互いに恐怖症を持つ私たちは、当然のことながら完全別居生活を送ることになります。そのため広いお屋敷の東と西にわかれてそれぞれに暮らすことになったのですが、なんとジルベルト様は私に東側の棟を丸ごと与えてくださるというのです。この十を優に超える部屋のある棟を丸ごと、です。ですが私の身はひとつきり、せいぜい数部屋あれば事足ります。

「いえ。旦那様は日当たりの良し悪しは気にしないからぜひこちらの棟を奥様に、と。そもそも明るい時間に旦那様がこの屋敷にいらっしゃることはほとんどございませんし」

「でもいくらなんでも広すぎるし、使用人の数だって多すぎるわ。身支度だって掃除だって私ひとりでできるのだし……。それに部屋の壁紙、あれは……」

「お気に召しませんでしたか？　ならばすぐに別のものを取り寄せますが……」

私の言葉を不満と受け取ったのか、バルツの顔がぱっと曇ったのを見て慌てて首を横に振ります。

「いえ。壁紙も家具もどれもとても素敵よ。ただあの壁紙はどうみてもタッカード家の私の自室と同じだし、家具も皆私好みすぎて……。なんだかまるで、ジルベルト様が私の好みを知っていらっしゃるみたいで……」

驚いたことに、私の居室に使われていた壁紙は子どもの頃からずっとお気に入りのよく見慣れた壁紙とまったく同じものでした。家具も、私の好みを知り尽くしているかのようなものばかりで違和感を覚えたのです。

するとバルツはほっと安堵の顔を浮かべ、にっこりと微笑んだのでした。

「あぁ、ならようございました。今日に間に合わせるために、大急ぎで取り揃えた甲斐がございました。ジルベルト様がタッカード家に問い合わせをして、お好みに合うものを急ぎ取り寄せたのですよ」

「まぁ……!!　ジルベルト様が、わざわざ……？」

私の望みをすべて叶えるというのが契約結婚の条件だったとはいえ、寝る間もないほどお忙しいはずのジルベルト様がまさかそこまでしてくださるなんて驚きを隠せません。

「なかなか楽しそうに選んでいらっしゃいましたよ？　少しでも奥様が気持ちよくこの屋敷で過ごせるようにと、それは熱心に。恐怖症をおして、安住の地である実家を離れ知らない者に囲まれて暮らすのは不安に違いない。ならばせめて好きなものに囲まれて暮らせば、気持ちも少しは和らぐのではないか、とおっしゃって」

その時の主人の様子を思い出してか、バルツの表情がやわらかくなりました。

「ジルベルト様が……そんなことを……」

肩の力がふわりと解けた気がしました。

きっとジルベルト様は、冷たそうな見た目とは裏腹に内面はとてもあたたかく真面目で、一度交わした約束は必ず守る信頼に値する方なのでしょう。初顔合わせの時に約束した通り、セリアンたちのための素晴らしい飼育環境もきちんと整えられていましたし。有能と言われるゆえんは、その気遣いや優しさも含めてのことなのかもしれません。

あまりの至れり尽くせりぶりに言葉を失っていると、バルツが胸元から何かを取り出しました。

「ああ、それと大事なことを忘れておりました。これを旦那様より預かっております」

手渡されたのは、一通の手紙でした。特に宛名も書かれていない、味も素っ気もないシンプルな封筒をしげしげと見つめます。

「これは？」

「そちらは旦那様から奥様宛てに書かれた、まぁ……業務連絡書のようなものでしょうか」

「……業務連絡書⁇」

なかなかに固い響きですね。でもまぁ、言わんとすることはわかります。

「ええと、つまりこれに予定や連絡事項が書かれているからそれに沿って生活すればいい、ということね？」

「さようにございます。旦那様はこれまでの人生において仕事しかしてまいりませんでしたから、こういったことはなんと言いますか……不慣れ、でございまして」

不慣れ、というよりはすべてがお仕事モードということなのでしょう。一生懸命家具や壁紙を選んでくださっている様子と、この手の中にある飾り気のない手紙から受ける印象がなんともちぐはぐで思わず笑いがこみ上げます。

「そう。ふふっ。わかったわ」

中には、この屋敷で暮らすに当たっての決まり事や妻となった私に対するお願い事、注意点などが事細かく的確に指示されていました。

一通りそれらに目を通し、うなずきました。

「……なるほど。よくわかりました。では私は家政と、時折ある来客の対応をすればいいのね」

「来客と申しましても、この屋敷に訪れるのはジルベルト様のごく近しいご親族くらいです。もし若い男性が訪ねていらした際は私が対応させていただきますので、ご安心ください」

「ありがとう。助かるわ」

そのくらいであれば、なんてことはありません。これほどまでに至れり尽くせりの環境を整えていただいたからには、精一杯宰相の妻としての役目を果たさせていただきます。

だって、とても嬉しかったのです。ジルベルト様が私のためにこれほどまでに心を尽くしてくれたことが、とても。だからつい思ってしまったのです。まるで本当に愛されてお嫁にきたみたい、と。

ジルベルト・ヒューイッド。我が国の若き氷の宰相、その妻。でもその実は、ただの利害が一致しただけの契約妻なのに――。

戸惑いと不安、けれど心に灯ったあたたかな喜びに胸を震わせる私に、バルツはまっすぐに向き直り口を開きました。

「奥様、私どもはもうとうにあきらめておりました。旦那様はきっとこのまま生涯おひとりきりで、仕事に追われるだけの人生を歩まれるのだろうと。人生の喜びも平穏も知らぬまま、安らぎとは無縁でたったひとり年を重ねていかれるのだろうと心を痛めていたのですよ」

そう話す顔には、主人を心から思う表情がにじんでいました。

「その旦那様が奥様を迎えられると聞いて、それはもう皆喜んだのです。しかもミュリル様と出会われてからの旦那様は、とても明るくなりました。きっと苦しみをわかち合うお相手ができて心が軽くなったのでしょう」

それはもしかしたら私も同じかもしれません。ずっと家族以外には吐き出せなかった、いえ、家族にも吐き出せなかった思いも、ジルベルト様にならわかっていただける気がしますから。それはきっととても幸運なことなのでしょう。

バルツは私をしっかりと見つめ、優しく微笑むと。

「ですからどうか、奥様は安心してお暮らしくださいませ。私どもも、奥様がここにきてよかったと思ってくださるよう心してお仕えさせていただきますので」

その言葉がしみじみと胸にしみました。本当はやっぱり不安ではあったのです。住み慣れた屋敷と家族の元を離れるのは寂しくも心細くもありますし、ヒューイッドのお屋敷でうまくやっていけるかどうかも心配でしたから。けれどこんなにもあたたかく迎え入れてもらえるなんて、と喜びと感謝の思いが込み上げます。となれば、私にできることはただひとつ。ジルベルト様がつつがなくお仕事に打ち込めるよう、伴侶（はんりょ）としてこのお屋敷を守ることだけです。たとえそれが、形ばかりの伴侶であっても。

「バルツ……、ありがとう。私、皆の期待に応えられるようジルベルト様のお役に立てるように頑張るわね！　お飾りの妻でも、きっと力になれることはあるはずだもの。こちらこそどうぞよろしくね。バルツ」

じんと胸が熱くなり、思わずにじんだ涙をごまかすためにそうおどけてみせれば。

「はい。ミュリル様――、いいえ、奥様。何卒（なにとぞ）、我が主人をよろしくお願いいたします。願わくば、末永く……」

バルツの安堵したような嬉しさと願いがにじんだ言葉に、自信がないながらもこのあふれんばかりの配慮と優しさに応えたい一心で、しっかりとうなずいたのでした。

それからひと月が過ぎ。

「ふんふふーん……。ふふふーんっ」

ブルルルルッ!!

ご機嫌に鼻歌を歌いながらせっせとセリアンのブラッシングに励んでいると、バルツが姿を現しました。

「奥様、そちらが終わりましたら少々お時間をいただけますでしょうか？　旦那様からお手紙が届いております」

「あら、ありがとう。バルツ」

バルツの声にブラッシングの手を止め、ジルベルト様からのお手紙を受け取ります。

ともに恐怖症を持つ私とジルベルト様は、相変わらず屋敷内完全別居生活を継続中です。必要な連絡は、バルツを介して例の業務連絡書でやり取りしているので特に問題なく平穏に過ごせております。その中身は実にそっけない飾り気のないものではありますが。

ヒューイッド家のお屋敷暮らしは、これ以上ないほどに快適かつ平穏でした。お抱えの料理人はとても腕利きで、日に三度の食事はもちろんスイーツも極上。メイドも使用人も皆いい人ばかり。文句のつけようもありません。

それになんといっても私の愛する家族——愛馬セリアンと犬のオーレリー、ウサギのモンタンのためにジルベルト様が用意してくださった広々としたお庭は、とても素晴らしいものでしたし。この子たちも以前とは比べものにならないほど広々としたお庭がお気に召したようで、毎日楽しそうに元気にかけ回っています。

「わかりました。今日の午後にお義母（かあ）様とお義姉（ねえ）様がいらっしゃるのね。ではおふたりのお好きなメレンゲパイといつもの銘柄のお茶の用意をお願いね」

いつものように手紙に目を通し、バルツに指示を出します。

「かしこまりました。にしても、お二方ともつい先日いらしたばかりですのに、間を置かずにまたいらっしゃるとは……。相当奥様のことを気に入られたのでしょうな」

バルツの声にやれやれといった色がにじみます。

まぁ気持ちはわかります。だってジルベルト様のお義母様とお義姉様は、ついほんの一週間ほど前に散々長時間おしゃべりをなさって楽しげに帰っていかれたばかりなのですから。まさかこんなに早く再訪されるとは予想外でした。

「でもまぁ、女性恐怖症のジルベルト様がお義母様とお義姉様のことを苦手に思われるの、少しだけわかる気がするわ。おふたりとも決して悪い方ではないのですけど、圧が凄いものね。あの勢いで熱烈に愛情を注がれたら少しひるんでしまうかも」

「ええ。愛情深い方々ではあるのですが、親子の相性が悪いといいますかなんといいますか……。なんとも残念なことでございます……」

しみじみとバルツと顔を見合わせ、苦笑いを浮かべます。

ジルベルト様のお義母様とお義姉様はとてもパワフルな明るい方たちで、ジルベルト様のことを熱烈に愛しておいでです。けれどその愛情のかけ方が、どちらかと言えば淡白で控えめなジルベルト様にとっては少々濃すぎるというか強すぎるというか。

別におふたりの存在が女性恐怖症の直接的な原因ではないようなのですが、ジルベルト様はおふたりのことがどうにも苦手なようなのです。

先日いらした時もお義母様がこんなことをおっしゃっていましたし。

『あの子が恐怖症になったきっかけを作ったのは私なの……。だめな母親ね。それに私のこの性格があの子にとっては怖いみたいで。嫌われているのよ』

そしてジルベルト様の七つ年の離れたお姉様であるルース様も。

『私は母の気性に似ているの。ついうっかりあの子がかわいすぎて、かまいすぎてしまうのよ。年も離れているせいか、ついつい調子に乗ってしまって……。きっとあの子は私を煙たがっているんだと思うわ……。とても残念だけど……』

そう言って悲しそうな顔をしていらっしゃいましたから。

そのせいかジルベルト様はおふたりがお屋敷にいらしても、お顔をお出しになることはありません。愛というのはなんとも難しいものです。

「にしても、奥様があれほどあのおふたりをうまくあしらわれるとは本当に驚きました。今ではおふたりともすっかりミュリル様のことを気に入られて。お見事な社交術です」

バルツの感心した声に、曖昧(あいまい)な苦笑を返します。

「社交術だなんて……大げさね」

正直に言えば、あれは社交というより野生動物を手懐(てなず)けるのに近い気がします。こんなこと口が裂けてもご本人の前では言えませんが。野生動物の扱いには慣れておりますので、どんとこいです。けれどせっかくの家族なのですから、いつの日かジルベルト様と一緒に家族の団らんを楽しめる日がくるといいな、なんて思ったりもします。

「でも気に入ってくださったのなら嬉しいわ。なんといってもジルベルト様の大事なご家族なのだし、いい関係を築けた方がいいに決まってるものね。……ところでよかったらブラッシングしていく？　バルツ」

ふとバルツの目がうっとりとセリアンに注がれたのを見て、すっとブラシを差し出せばその目がきらりと輝きました。

「よろしいのですかっ？」

「ふふっ!!　もちろんっ。さぁ、どうぞ？」

目の前に差し出されたブラシを、バルツは満面の笑みで受け取ると。

「では、早速……!!」

嬉々としてセリアンのブラッシングをはじめたバルツに、思わず笑いがこぼれます。

神経質で気性が荒く容易に人に心を開くことのないセリアンですが、どうやら大の馬好きのバルツをすっかり気に入ったようで。特にブラッシングしてもらうのが好きみたいです。バルツにとってもいい息抜きになりますし、ブラッシングくらいいつでもどうぞです。

「いやぁ、それにしてもセリアンの毛艶は見事ですなぁ。本当に素晴らしい。子どもの頃は、騎馬隊に憧れたものです」

「ふふっ。セリアンったら気持ちよさそうな顔しちゃって!!　よかったわね、ブラッシングしてもらえて！」

なんともご満悦な表情のひとりと一頭に、思わず噴き出します。

「さて、と！　じゃあそろそろお客様を迎える支度をしなくちゃ！　バルツはもう少しのんびりセリアンを愛でていくといいわ」

こうして私は足元にじゃれつくオーレリーとおいしそうに草を食むモンタンの頭をなで、一足先に屋敷の中へと戻ったのでした。

そんなある日のこと、私宛てに小包がひとつ届きました。差出人の名前に思わずメイドのラナと顔を見合わせ、恐る恐る中を改めてみれば――。

その日の午後いつものように業務連絡書を渡しにきたバルツにそれを手渡すと、顔色がさっと変わりました。

「この前お屋敷に乗り込んでこられた三人目の愛人志望の方から、今朝お手紙とこれが届いたのよ。この間は申し訳なかったって。お詫びの品だそうよ。応接室にぴったりな品だから飾っておいてもらえる？　バルツ」

「は……？　え……こ、この方はまさかっ……!?」

贈り主のその名前に、バルツの顔が蒼白になりました。

無理もありません。だってこの贈り主は先日屋敷に押しかけてきて、『愛人でもかまいません！　どうか私からジルベルト様を奪わないでっ!!』と叫びながら、刃物を振り回して暴れていった方なのですからね。そんな人からの届け物ですから、何か裏があるのではと勘繰りたくなるのも当然です。私だって一瞬呪いのナントカとかが入っていたらどうしようかと、ラナと顔を見合わせてしまいましたからね。

けれど中をあらためてみれば、王都で有名な店の美しい花器と、先日の振る舞いを穏便に許してくれたことへの感謝となぜか私への賛辞を書き連ねたお詫びの手紙が同封されていただけでした。ジルベルト様への思いは本気ではなく、ただ寂しさを紛らわせるために憧れを募らせていただけだったと。

けれどそんな胸に抱え込んだ寂しさや悩みを親身になって聞いてくれて救われた、と。

その手紙を読んだバルツが、やれやれと安堵したように息をつきました。

「愛人志願がいまや奥様のファンとは。奥様の人たらしの技も、ここまでくると驚きです……」

「人たらしなんて……私はただ話を聞いてあげただけよ？　それに暴れ馬に比べたら落ち着かせるのは簡単だし。力だって弱いし、武器さえ取り上げてしまえばわけないものね」

今でこそセリアンはああして私と仲良しですが、はじめて会った頃はとんでもない暴れ馬でしたからね。セリアンと仲良くなるまでのあの苦労を考えれば、大したことはありません。

それに実を言えばこうした騒ぎははじめてではないのです。

このお屋敷に来てからというもの、『私に妻の座を明け渡しなさい。あなたみたいなひよっ子に宰相の妻がつとまるもんですか！』とか、『私はジルベルト様ともう長く愛人関係にあるのよ。だからあなたはさっさと実家にお戻りになって！』とか言って乗り込んでくる女性たちがあとをたたないのですから。でもそれらが嘘であることは明白。ですから、いずれの方もできるだけ穏便に上手く対処して退散願ったのですが。

「にしてもお屋敷に突撃して寝込みを襲うなんて、随分アグレッシブな方が多いのね。そんな女性たちを上手に追い払うのも妻の役目だったなんて知らなかったわ……。お屋敷でうかうか安眠もできないなんて、ジルベルト様大変でしたね……」

ジルベルト様が女性たちに大人気なのは知っていましたが、さすがにここまでとは思いませんでした。いつ寝込みを襲われるともしれないとなれば、そりゃあお屋敷に帰ってこないのも当然です。

しみじみとこれまでのジルベルト様の苦悩の日々を思い、嘆息すれば。

「結婚される前は昼夜を問わず、正面玄関と裏口、さらには各階にも警備を置いていたくらいですから。おかげで旦那様は屋敷に帰ることもできず、毎夜不眠に悩まされておいででしたし……」

当時のことを思い出したのか、バルツの肩がぶるりと震えた気がします。きっとジルベルト様だけでなく、使用人の皆も気持ちが休まる暇がなかったのでしょう。

「ですがミュリル様がうまく取り計らってくださったおかげで、これからはこのお屋敷も平和になりそうです……」

「お役に立てているならよかったわ。何事も健康が第一ですからね。これからもこのお屋敷がジルベルト様にとって安らげる場所になるよう、お飾りの妻として頑張るわ！」

こうして屋敷も当たり前の平穏さをようやく取り戻しはじめた頃。

その穏やかさに心緩むように、私とジルベルト様の心の距離がほんの少し、本当にほんの少しだけ近づきはじめたような、そんな気持ちにさせる出来事が起きたのでした——。

「ミュリルがあの女たちを追い払った上、手懐けた……だと!?　まさかそんなことまで……」
バルツから母と姉をすっかり虜にしたことはすでに聞いていた。あんな一癖も二癖もあるふたりをたった一、二度会っただけで懐柔したことも驚きなのに、今度はまさか屋敷に乗り込んできた女たちまで大人しくさせたらしい。
「ええ。それはもう鮮やかな手腕でございました……。これでこのお屋敷もいよいよ平和になることでしょうな。この分なら旦那様もぐっすり安眠できましょうとも」

「そうか。この屋敷でまさか安眠できる日がやってくるとは……。すっかりあきらめていたんだが」

ミュリルは見た目はこれといって目立つ女性ではない。優しげな顔立ちも穏やかな雰囲気も非常に好感が持てるし、控えめながら凛とした性質も素晴らしいとは思う。そんなところが好ましく勇気づけられる気がして、この契約結婚をお願いしたのだったが――。

「まさかそんな技まで持ち合わせているとは……。驚いたな……」

どうやら自分はとんでもなく優れた女性を妻にしたのかもしれない。そんなことを思いはじめていた。

もはや屋敷は安全で心安らげる場所になりつつある。気のせいか、ミュリルが来てから使用人たちの表情もひときわ楽しそうに明るくなった気もする。これもすべてミュリルの人柄と頑張りのなせる業なのだろう。

となれば、それに対する感謝の気持ちを伝えねばならないだろう。安らぎと安全をくれたミュリルに、何か返せるものを――。

「バルツ……、ミュリルに感謝の気持ちを伝えるには私はどうすればいいだろうか？　たとえば何か欲しがっているものとか……」

「そうですなぁ……。ミュリル様は贅沢や華やかなものを好まれるような方ではありませんから、装飾品などはお望みではないでしょうし……。それに気がつくといつの間にかお掃除なども自らされてしまうほど、慎ましいお方ですから……」

確かにミュリルの日々の暮らしぶりは実に堅実だと聞いている。男性恐怖症ゆえ迂闊に外を自由に出歩くこともできないとあって、着飾る必要も機会もないのかもしれないが。それにしたって慎ましすぎやしないだろうか。もう少し何か、宝石でも洋服でも要求してくれて一向にかまわないのだが。

「むぅ……。では何をすれば喜んでもらえるのか……」

当然のことながら、お互いの情報はバルツたち使用人の話を介してしか知ることはできない。ともに同じ屋敷で暮らしているとはいっても、遠目で顔を合わせることすらほぼないと言っていい。

「いくら形だけの結婚とはいえ、私はミュリルのことを何も知らないな……。好きなものも、今何を思っているのかも……」

同じ屋敷に暮らしているというのに、ふたりの間の距離はなんて遠いのだろう、ふとそんな思いがよぎった。それはなんとも残念なようにも思われて。

「ならば、今流行りのものなどをまわりの方々に聞かれてみてはいかがでしょう？　旦那様が奥様のために贈り物を探していると噂になれば、より幸せなご結婚をされたとの印象を植えつけることもできますし。その中に、これと思う贈り物があるかもしれませんからな」

「それは名案だ。いまだに私が結婚したことを疑っている者も多いと聞くし……。これ以上おかしな者たちに屋敷に押しかけられては、ミュリルの負担が増すばかりだからな」

アリシア王女にも結婚話はすでに伝わっていると聞く。まさかこちらから出向いて断りの言葉を伝えるわけにもいかず、アリシア王女が身分が下の男に求婚して振られたという醜聞になりかねない内容の手紙を出すわけにもいかない。よってあちらがどういう反応をしたのかはわからないが。

ともかく周囲への説得力を増すためにも、バルツの提案は最適のように思われた。となれば――。

あくる日の早朝、ジルベルトは中央棟の二階から庭を見下ろしていた。

その視線の先にあるのは、きらめく朝日を浴びてせっせと動物たちの世話に励むミュリルの姿だ。毎朝早くから起き出してはセリアンたちと楽しげに語らいながら世話に励むミュリルを見ていると、なぜだか早起きも悪くないものだと思えるから不思議だ。

「……ん？」

その時ふと、ミュリルがモンタンを抱き上げながら庭の何かを手に取り、じっと見つめている気がした。妙に熱心に見つめているように見えて、ふむ……と考え込む。

恐怖症を持つ者同士、物理的な距離をつめて『欲しいものはないか？』とか『好きなものを教えてくれないか？』などと聞くわけにもいかない。となればこうして遠目からでも何かヒントを手に入れられないか、と観察に励んでいたのだが――。

おそらくミュリルが見ているのは庭に自生している野草だろう。そういえばあの辺りに小さな草花が生えていたような気もする。しかもそれを嬉しそうに何本も摘みはじめた。

「もしやあの花が好き……なのか？？　ふむ……」

ジルベルトはミュリルが屋敷の中へと入っていくのを見送ったあと、その花が咲いていた辺りへと足を向けた。

ブルルルルッ……。

その足音に、セリアンが警戒するように低くいないた。距離を慎重に詰めながら、できるだけ穏やかな口調で声をかける。

「や……やぁ。セリアン。元気か？」

いつものようにぎょろりとした大きな目に見据えられ、思わず身構えた。

どうもセリアンとは相性がよくないらしい。馬をはじめ動物は嫌いではないし、貴族社会の欲にまみれた人間たちに比べればはるかに好ましくすらある。元々この屋敷には馬も多くいたのだし、扱いにも慣れている。だがセリアンからはなぜか、初対面の時から敵意にも似た圧を感じるのだ。まるで『たとえ紙切れの上の契約とはいえ、お前がミュリルの夫だなど私は認めない』とでも言いたげな、ともすると背後から何か攻撃を仕掛けられかねないほどの圧を。

しかも時折こうして様子を見にくると、決まって――。

「おい……、だからリボンを食むのはやめてくれ。セリアン。お前は一体何度言えば……」

一瞬の隙をついて、セリアンが髪のリボンをむしゃむしゃと食んでいた。またやられた……、と嘆息しセリアンをじろりと見やる。

「なぜお前はいつも私のリボンを食べるんだ？　腹が減っているわけじゃあるまいし、うまいものでもないだろう……。まったく……」

ブルルル……。

けれどセリアンはどこ吹く風といった様子で、こちらの言うことを聞く気はさらさらないらしい。バルツには懐いているようなのに、なぜこの屋敷の主人である自分にはこんなにも塩対応なのか。しかもなぜいつも隙あらば髪のリボンを食べようとするのか、さっぱり解せない。

バルルルル……。むしゃむしゃむしゃ……。

「……」

どうやらひとしきり食んで気が済んだらしい。べったりとよだれにまみれたリボンをペッ、と吐き出すと、すっきりした顔で再び干し草に顔を突っ込みはじめたのだった。

げんなりとした顔でよだれまみれのリボンを手に持ち、ため息をついていると。

ワンワンワンッ‼

ぴょこんっ‼

「あぁ、オーレリー。お前はいつも愛想がいいな。おはよう。モンタンも変わりはないか？」

相変わらず元気印のオーレリーに声をかければ、明るい声で応えてくれた。モンタンはまぁ、いつも通りだ。その対応に気を取り直し、つい先ほどミュリルが触れていたあの花にそっと触れた。

そこからふわりと漂う爽やかな香りに、ふっと頬が緩んだ。

「いい香りだな……」

これまで庭にどんな花が咲いているのかなど気にしたこともなかった。けれどミュリルがこれを好きなのだと思うと、ここが世界で一番美しい場所であるように感じられるのはなぜだろう。

しばしその花を手に見つめ、そしてうなずいた。どうやらミュリルはこの花が好きらしい。ならば庭中に苗をたくさん植えればきっと喜ぶに違いない。

「……ふむ。ならさっそく手配するか……。だが一応あいつらにも他に適当なものがないか聞いてみるとしよう」

その後ジルベルトは爽やかな気分で仕事へと向かうと、部下たちに夫から妻へのちょっとした感謝を示すのに適した贈り物は何かとたずね回った。

あの氷の宰相ジルベルトが妻を喜ばせたい一心で頭を悩ませているらしいとの噂は静かに、けれど光の速さで王宮内に広まった。あの仕事一辺倒でどんな美女相手にも笑みひとつ浮かべなかった氷と呼ばれた男が、である。しかもその時の表情がそれまでに見たことのないような実に人間らしい……

というか凡人と変わりないごく普通の表情だったことも、王宮内をざわつかせた。

　そして部下たちは、上司のあまりの変容ぶりにあらためて本当にこの人は結婚して愛妻をもつ身となったのだと安堵し、うなずき合ったのだった。


　その日、私は鼻腔にふわりと爽やかな香りを感じて目を覚ましました。その香りの先にあったのは、昨日はなかったはずの可憐な花が生けられた花瓶でした。

「おはよう、ラナ。これ、確か庭に咲いているハーブ……よね?? ラナが摘んできてくれたの？ ありがとう。とても素敵だわ」

　するとラナが小さく笑い、首を横に振ったのです。

「ふふっ。実はそれ、旦那様が奥様にって朝早くに起き出してお庭で摘んでこられたんですよ。愛人志願の女性たちを撃退してくれたお礼だそうです。この屋敷を平穏にしてくれて感謝している、とかなんとか……」

「……ジルベルト様が……、花を??」

　ラナからもたらされたその事実に、思わず目を見開きました。だってあのジルベルト様がせっせとお庭の花を摘んでいる光景なんて、とても想像がつきません。

「いやぁ、あんなご機嫌な旦那様ははじめて見ましたよ！　本当に嬉しそうにウキウキとした顔でお花を摘んでいらして、遠くからでもその浮かれっぷりがありありと伝わってきましたもの。最近ではお屋敷でお過ごしになる時間も大分増えましたし、きっとミュリル様のいらっしゃる生活が嬉しいのでしょうねぇ」

「……そ……そう、かしら？　そうならまぁ嬉しい……けど、別に私は何もしていないわよ？　社交だってできないお飾りの妻なんだし……」

本来であれば、妻としてもっと家政にも社交にも励まなければならない身なのです。なのに日がな一日あの子たちの世話をしてのんびりと過ごしてばかりいるのですから、あのくらいの来客対応など役目を果たしているとはとても言えません。

けれどラナはぶんぶんと首を大きく振ると、きっぱり言い切ったのでした。

「奥様ったらもっと自信を持ってくださいませ……!!　あんなふうに愛人志願の方たちを華麗に撃退したり旦那様のご家族にあんなに気に入られる方なんて、ミュリル様をおいて他にいらっしゃいません！　そりゃあ旦那様も花くらいいくらでも摘みますともっ」

「ふふっ！　ラナったら……大げさね。でももし少しでもお役に立てているのなら嬉しいわ。こんなによくしてくれているのだもの。ラナにもいつも感謝しているわ。いつもありがとう」

にっこりと微笑み日頃の感謝を口にすれば、ラナの頬がぽっと染まりかわいらしく緩みました。

「奥様のためですもの……!!　このラナ、なんだって頑張ります」

「ふふっ。ありがとう！」

そして思ったのです。もし本当に私のしたことでジルベルト様がゆっくりとこのお屋敷でお休みになることができているのだとしたら、こんなに嬉しいことはないと。そしてそのお礼にとこうしてかわいらしい素朴な花たちをせっせと摘んでくれたのだとしたら、それはとても――。

そっと花をなで爽やかな香りを吸い込めば、胸の中がほんわりとあたたかなもので満たされた気がしました。

「あぁ、それより奥様！　今日は一日雨模様みたいですし、たまにはのんびり読書でもされてはいかがですか？　ここのところ奥様、大活躍でしたもの。さぞお疲れでしょう？　このお屋敷の図書室にはそれはそれは本がたくさんあるんですよっ！」

ラナの勧めに、そういえばまだ一度も図書室に足を踏み入れたことがなかったことを思い出しました。確かずいぶん立派な図書室だとかバルツも言っていた気がします。

「そうね。ここのところ来客が続いていたし、たまにはゆっくり読書でもしてのんびりするのもいいわね」

「ええ、そうですとも！　あとで、香りのいいお茶ととっておきのお菓子をお運びしますね。あとお昼寝用のブランケットも」

さすがはラナ、抜かりありませんね。読書に疲れたらそのまま寝ようとうとなんて最高の骨休めです。

こうして笑顔のラナに見送られ、さっそく図書室へと足を踏み入れたのでしたが――。

「なんてたくさんの本……！　これは図書室というより図書館ね……。でも私が読めそうな本はあるかしら。どれも難しそう……」

一歩中へ足を踏み入れた瞬間、目を見張りました。作りつけの立派な本棚に、天井まで届きそうなくらいぎっしりと並んだたくさんの本たち。圧倒されるようなその光景に言葉を失い、そしてそれらを一通り見やり苦笑しました。

当然のことながら、ここを利用するのはジルベルト様おひとりきり。となれば、ここにあるのはジルベルト様のお仕事に関わる小難しそうな専門書やら外国語で書かれた本ばかり。残念ながら、私に読みこなせそうなものはなさそうです。

　けれどどんな顔をしてジルベルト様がこの本を読んでいるのかと想像するのもそれはそれでなんだか楽しく、いくつかの本をパラパラとめくっていると。

「何かお気に召すものはございましたか？　奥様」

　お茶とお菓子を乗せたトレイを手にしたラナが、私の手元をのぞき込み嘆息しました。

「……そうでしたわ。ここは旦那様しかお使いになりませんから、女性が好まれるような読み物なんて一冊もあるわけなかったですわ……。私ったらついうっかりして……。やっぱり図書室で過ごすのはやめて、お部屋で過ごされますか？」

　申し訳なさそうな顔でしょんぼりするラナに、私は微笑み首を横に振りました。

「ふふっ。いいの。普段ジルベルト様がどう過ごされているのかのぞけるみたいで、これはこれで楽しいわ。それにお昼寝にはぴったりだしね！」

　心配そうなラナを横目に、ふかふかのソファにゆったりと体を沈めながら本をパラパラとめくります。いつしか雨も止み、窓から明るい陽の光がやわらかく差し込みはじめていました。そのうちに私はすやすやと眠りこけ、最高の骨休めを満喫したのでした。

　数日後、部屋に見慣れないものが置かれていることに気がつきました。

「……動物飼育の本に、こっちは花の育て方？　それにこれは今流行りの恋愛小説……。こんなものがなぜここに？」

　するとラナが楽しげに笑いながら教えてくれました。

「あぁ！　それ、昨夜遅くに旦那様が奥様にって置いていかれたんですよ。図書室には奥様が好まれるような本がないってお伝えしたら、とりあえずそれを渡しておいてくれ、と」

「私のために、わざわざこれを……⁇」

聞けば、私でも楽しめるような本をさらに手配してくださっている最中なのだとか。これらの本はそれらが届くまでのつなぎとして、取り急ぎ用意してくださったのだそうです。しかも先日摘んできてくれたハーブを庭に増やすべく、苗もどっさり注文なさっているとかで。

「えええええ……。でもあの花は……」

言いかけて、思わず口ごもりました。

とても言えません。あのハーブはモンタンの好物でおやつ代わりによくあげているだけで、特別大好きというわけではないなんてこと。あの日だってモンタンにおやつにあげようかと、そばに咲いていたあのハーブを摘んでいただけだなんて……。

「そ……そうなの……。それはとっても……嬉しいわ！」

せっかくのお心遣いなのですから、これは内緒にしておく方がよさそうです。それに大好きなおやつが庭に増えればモンタンは大喜びするに決まっていますし。あのハーブはとてもいい香りがしますし安眠効果もありますから、ジルベルト様のお部屋に飾っていただくのもいいかもしれません。

ひとつひとつは可憐でこれといって目立つお花ではありませんが、たくさん咲いたらきっと見事な景観になるでしょう。ふとその光景を想像して、口元が緩みます。

「ふふっ……‼　なんだか至れり尽くせりすぎて申し訳ないわ」

恐縮する私に、ラナがくすくす笑いながらパチリと片目をつぶってみせました。

「気になさることありません。絶対嬉々としてご用意されたに決まってますもの！　本当に旦那様ったらおもしろい方ですよね！」

なんだかとても楽しげなラナにつられて、気づけば私も声を上げて笑っていました。ジルベルト様が忙しいお仕事の合間を縫って、一体どんな顔をしてこれらを用意してくださったのかと思うと、嬉しいやらくすぐったいやらで。

なんだかジルベルト様との距離が少し近づいた気がします。もちろん物理的にではなく心が、という意味ですが。お手紙だって最近は以前に比べて大分堅苦しさが取れ、ちょっとした挨拶とか気遣う言葉などがさりげなく書き添えられていたりするのです。

だからふと思ったのです。お礼がてら、何か感謝の印に贈るというのはどうかと。秘密をわけ合う同士として、日頃の感謝と親愛の情を込めて――。

けれどまさかその贈り物が、私たちを巡るおかしな噂を生み出す発端になるなんてこの時の私は思いもしなかったのでした。

その日私は仕上がったばかりのそれを前に、眉間に皺を寄せ深く考え込んでいました。

「やっぱり普通に、刺繍入りのなんとかの方がよかったかしら……」

例のお花と本のお返しにと制作していたものが、ようやく完成したのです。出来としてはなかなかのものだと自負してはいます。けれどいざ完成品を目の前にすると、果たしてこれは妻から夫への贈り物として適切なのかと不安が拭えません。

「……せめて、定番の熊……とか？」

すっかり疑心暗鬼になった私は、しばし考え込み。

「こうなったらラナの意見を聞いてみましょう！　ラナならきっと正直な感想を言ってくれるでしょうし」

そうして私は忌憚のない意見を聞いてみるべく、さっそくラナを呼び出したのですが――。

「ど……どうかしら？　やっぱり他の贈り物に変えた方がいいかしら……⁇　ラナ、あなたの率直な意見を聞かせてほしいの」

その瞬間、ラナの表情が固まったのがわかりました。

「これは……」

そうつぶやいたっきり微動だにしません。やはりこれは微妙……ということなのでしょうか。

「あの……いいのよ。正直にこれはないならないと言ってくれれば、また別のものを考えるし……。やっぱりいっそ無難にハンカチあたりを用意した方が……？」

おずおずと声をかければ、ようやくラナがこちらを振り返りました。

「奥様……これは……これは……一体？」

「これは……見ての通り、木彫りの馬よ。彫像というか、木工作品と呼ばれるもの……かしらね」

「木彫り……。彫像……。木工作品……」

本とハーブのお返しにと私が用意したもの――。それは、セリアンをモチーフにした手彫りの木工作品でした。

妻が夫に贈るものとしては少々異質だという自覚はあるのです。ですが残念なことに私には、令嬢のたしなみとされる刺繍やら裁縫といった才がないのです。しかも恐怖症ゆえ気軽に外へ買い物に出ることもできませんし。よって、趣味である木工作品をと考えたのですが――。

ラナの反応を見るにこれは出来がよくないか、もしくは贈り物のチョイスがあまりにもニッチすぎたのかもしれません。

「……奥様」

「はい……」

「これは……」

「……」

ごくり。

いいのです。忌憚のない意見をお願いします。ラナ。

「これは……とても……」

「とても……？」

「とても……素晴らしいですっ！　なんて見事なんでしょうっ。私……私、感動しましたっ!!　この躍動感あふれるポーズ！　そして今にも走り出しそうなこの尻尾の流線に、この雄々しくも優美な生き生きとした顔。素晴らしい芸術作品ですっ！」

……は？

予想外の反応に、思わず固まりました。

「だめじゃないの……？　だってこんな女性らしくない贈り物なんて……。ここはもっとこう普通の刺繍入りのハンカチとか、そういうものの方が……??」

「こんなすごい作品の何がだめなんですかっ！　この馬のモデル、セリアンですよね？　木の塊から削り出して作ったんですか？　本当に？　こんなに細かい細工まで？　奥様って木彫りの才もお持ちだったんですね！　素晴らしいですっ、立派な木工芸術家ですっ‼」

「芸術家なんて、そんな……」

貴族の娘の趣味が木工細工なんて、あまり大声では言えません。大きな木片を小刀で彫り込んでいくというなかなかに力強い絵面ですし。

けれどこんなにほめてもらえるのなら、いずれ自活の役に立つかもと腕を磨いた甲斐もあるというものです。そのうちまた状況が変わって、自活の必要が出てこないとも限りませんからね。

だって、この契約結婚がいつまで続くかなど誰にもわからないのです。もしかしたらある日突然終わりを迎える日がこないとも限りません。たとえば結婚生活を続ける必要がなくなったとか、ジルベルト様の恐怖症が治って好きな方と結婚したくなった、とか。何事も備えあれば憂いなしです。

「ジルベルト様も気に入ってくださるかしら？　妻が夫にあげるものとしてはちょっと珍しいけど、身につけるものはなんだかいかにも妻って感じで重いし……。これならペーパーウエイトとして使えるし、実用的かと思うのよ」

「……ペーパーウエイト⁇　こんな立派な芸術品を？」

いえ、これは丸太から切り出して作ったただの素人のてなぐさみで、芸術なんて大層な代物ではありません。私としてはちょっとした置物だと思ってもらえればそれで十分です。

「まぁ奥様がそうおっしゃるなら……。もちろん大喜びなさるに決まってますよ！　こんなに素晴らしい木彫りの馬の彫像を贈られて、嬉しくない人はいませんとも！」

「そ……そうかしら」

　こうしてラナに太鼓判を押されて、私はジルベルト様にはじめての贈り物をすることにしたのでした。お飾りの妻から、契約上の夫へのはじめての贈り物を――。

　その日、ジルベルトは朝から何人もの官吏たちから奇異な目で見られていた。なぜなら――。

「なぁ、ジルベルト。一応お前は宰相という要職についている身だ。王宮内ではもう少し表情筋に力を入れておいた方がいいと思うんだが……」

「私はいたって普段通りですが……。何か問題でも？」

　ついには国王陛下からも釘（くぎ）を刺される始末なのだが、本人はまったく気がついていない。その顔がいつになくだらしなくにやつき、足取りも軽く今にも踊り出しそうに弾んでいることを。そしてその姿が驚きと困惑をもって周囲の者たちから遠巻きに見られていることも。

「まったくいつもの氷のような無愛想っぷりはどこへいった？　普段が普段だけにやりづらくてたまらん。しかも自覚がないから余計に突っ込みにくい……」

　国王は傍らに立つ氷の宰相のだらしなく緩みきった姿にため息をつき、王妃は苦笑いを浮かべた。

「まぁいいではありませんか。ふたりがうまくいっている証拠ですもの。こんなににこやかな宰相ははじめて見たわ」

王妃はコロコロと笑い声を上げながら、目の前の若き宰相を見やった。

「だがいつもと違いすぎて、官吏たちも大臣たちも皆怯えてな……。仕事に差し障りが……」

国王がそう言って頭を抱えるのを見て、ジルベルトはじろりとふたりに視線を向けた。

「別に私はいつも通りです。まぁただ、ミュリルが私のために素晴らしい贈り物を用意してくれたもので、驚きの余り少し寝不足気味ではありますが」

そういってジルベルトは口元をほころばせた。国王はちらと視線をジルベルトの腕のあたりに向け、同意するかのようにこくりとうなずいてみせた。

「うむ、確かに見事な品だ。とても素人が作ったようには思えないし、芸術品と言ってもいい。だがな、ジルベルト」

「なんでしょう？　陛下」

国王がジルベルトにあきれた視線を向け、深いため息を吐き出した。

「だからといって、それを何もそうして一日中王宮内で持ち歩く必要があるのか？　ん？　そもそもそれは持ち歩くようなものなのか？　机の上とか棚の上なんかに飾っておくようなものではないのか？」

ジルベルトの腕に抱えられたそれは、明らかに持ち歩くようなものではない。いわゆる置物といわれるような代物だ。その大きさからいってもずっしりとした重量感からいっても、持ち歩きに適したものでもなければそうした用途に作られたものでもないのは一目瞭然だ。

けれどジルベルトは、一体何を言っているのかわからないとばかりに首を傾げると。

「いけませんか？　せっかくミュリルが作った見事な作品なんですから、皆にも見せて回れば目の保

養にもなるでしょう。仕事の士気も上がるのでは？」

「上がるかっ！」

そんなやりとりを、すでに朝から幾度となく繰り返しているふたりである。

「あらあらっ！　ふふっ」

そんなふたりの様子に、王妃がたまらず噴き出した。

「もうよいではありませんか。好きなようにさせてあげましょう。そのうち気持ちも落ち着くでしょう し……」

笑いを噛み殺しながらそうたしなめる目には、心からのあきれとあきらめが満ちていた。けれどどこか楽しげでもある。王妃からしてみれば、どんな美しい女性にもまったく興味を抱かず、それどころか嫌悪と恐怖の色しか見せなかったあの宰相がこんなにも変わるものかと驚きを隠せない。そしてそれがまたなんともおもしろく、楽しくもあった。

「まったく……。恋は盲目とはよく言ったものだ。やれやれだな……」

ついには国王も説得をあきらめ、ジルベルトに向けもう下がっていいと声をかけたのだった。

ジルベルトはそんなふたりの生温い視線に気づく様子もなく、嬉々とした表情をその氷点下の湖のように美しく整った顔に浮かべ仕事へと戻っていった。小脇に、妻から贈られた手製の愛馬セリアンの木彫り作品を抱えて――。

その後ろ姿を見つめながら、国王と王妃は顔を見合わせた。

「結婚後は完全別居で一度も顔を合わせていないと聞いてがっかりしていたが、これはもしかするともしかするかもしれないな……。おもしろいことになりそうだ」

「まぁ、人の恋路をおもしろがるなんて、陛下ったら」

王妃が鈴の音を転がすような声で、楽しげに笑う。

「でも本当に、これから楽しいことになりそうね。もしあのふたりが本当の愛で結ばれた真の夫婦になったら、私たちのおかげだと思うの。そうなったら、記念に私もミュリルに何か作ってもらおうかしら。本当に見事な出来だもの。きっとあれは色々な意味で、社交界で話題になってよ？」

王妃の審美眼は、確かである。誰よりもいち早く社交界で流行するものを見つける目も、人の内面を見抜く力も。

「話題性にも事欠かないしな。なんといっても、氷の宰相が溺愛する深窓の若妻だ。その若妻が手がけた作品ともなれば、皆こぞって手に入れようとするだろうよ」

「それに皆あの噂に夢中だもの。婚礼でベールアップも誓いの口づけもしなかったことがまさか今になってこんな形で話題になっているだなんて……。ふふっ！　ふたりが知ったらどんな顔をするかしら？　ふたりの反応が楽しみだわ、私」

「まったくだ。あのジルベルトが動揺するところは、さぞおもしろかろう。くくっ！」

国王が破顔する。

氷の宰相と呼ばれる若く有能なあの男。大抵のことには感情を揺らすこともなく、その浮世離れした表情が崩れることはまずない。だからこそ、人間らしい感情に振り回されている様を見てみたい。この上なく信頼している男だからこそ、そんな少々意地の悪いことも思うのだ。

「このまま何事もなく、順調に仲が深まればいいのだが。さて、どうなるか……」

「そうねぇ……。でもなんだかこのままでは終わらない予感もするのよねぇ……」

王妃の勘は、鋭い。一体何を感じ取っているのかは本人にもわかっていないのだろうが、王妃が何事かが起きるといえば起きるのだ。

国王と王妃は遠ざかっていくジルベルトの弾むような後ろ姿を見つめ、今度は少し物憂げに顔を見合わせたのだった。


それからしばらくたったある日のこと。

「……変ね」

私のつぶやきにラナが怪訝そうな顔で振り向き、首を傾げました。

「何が変でいらっしゃるんですか？　奥様」

「最近以前にも増して、ずいぶんお客様が多い気がするの。しかもなぜか皆さん、今になって婚礼の時のことを聞いてくるのよ。どうしてあの時誓いの口づけをしなかったのか、とかベールが厚かったのは恥じらいのせいなのか……とか。なぜかしら？」

ラナが淹れてくれたお茶を口に運びながら、ソファに身を沈めれば――。

「あぁ、それは多分あの噂のせいだと思いますよ。奥様と旦那様が純愛で結ばれた理想のご夫婦だっていう……」

たっぷりの間をおいて、心の底からの「……は？」が出ました。

純愛？　純愛って、あれですよね？　純粋な愛情、っていう意味の純愛、ですよね？

混乱のあまりわけのわからないことを考えながら、ラナに何の話かとたずねれば。

「今巷(ちまた)では宰相夫婦の結婚こそが理想の純愛だって噂でもちきりなんです！　あの氷の宰相が最愛の妻の木彫りの贈り物で跡形もなく氷解したってものすごい話題なんですよ。その幸せの象徴こそがあの木彫り作品なんだって」

「……はい⁇」

目をパチパチと瞬(まばた)き、言葉を失います。

「だから皆さん、その純愛の象徴たる奥様の作った木彫り作品を見に連日のように執務室に訪ねていらっしゃるとか……。旦那様も嬉々として見せているそうですよ？」

あの木彫り作品をジルベルト様が喜んで受け取ってくださったことは聞いています。それはとても安堵しましたし喜ばしいことではあるのですが、まさか王宮でそんな話題になっていたなんて――。

「いや、でもあれはただのペーパーウエイトで……」

ペーパーウエイトでないなら、ただの木彫りの置物です。

とはいえ、皆さんの目を引いたのはわかります。だってジルベルト様ったらあの木彫りを毎日執務室に持参していると聞いていますからね。あれはあくまでペーパーウエイト兼置物なのであって、毎日持ち運ぶようなアイテムではないはずなのですが。そりゃあ奇異な目で見られもするでしょうし、噂にもなるでしょう。

「でも、木彫りの馬と純愛に一体何の関係が？」

まぁ伴侶からの贈り物を嬉々として持ち歩くこと自体仲睦(なかむつ)まじい夫婦と映るのでしょうが、そんなことハンカチやらタイやらで皆さんやられているごくごく普通のことですし。それがたまたま木工作品だっただけのこと。どうにも解せません。

「皆さん興味津々なんですよ！　氷の宰相をあんなにデレデレと氷解させる愛妻は一体どんな方なのかって！　それに、です」

ラナの顔に、にやりとした笑みが浮かびました。

「婚礼の時、ベールアップも口づけもされなかったじゃないですか？　あの理由が、『若妻の人生はじめての口づけを大切にしたい』『一瞬たりともかわいい妻の顔を他の男に見せたくない』せいだって話題なんですよぉ。だからきっと奥様は、お屋敷の中に閉じ込めておかないと心配になるくらいとびきり美人で素敵な方に違いないって、皆さん噂されてるそうですよ！」

「ええっ……！　そんな……」

確かに誓いの口づけを回避するためにそんな理由を無理やりこじつけた覚えはありますし、あのベールだって物議を醸すだろうとは思っていました。が、まさかそれがそんな根も葉もない噂となって巷にはびこっているだなんて思いもしませんでした。

でもまぁベールに関しては、私のせいでもあるのです。社交もせず来客対応も基本的には女性に限るとあって、私の顔はいまだにほとんど知られていませんからね。だからこそ謎（なぞ）が謎を呼んで、皆さんの好奇心をくすぐってしまっているのかもしれませんが。

「しかもですよ？　旦那様がお式の時に腕をけがしていらっしゃったのも、転びかけた奥様を身を呈してかばってできた名誉の負傷だっていう噂まで流れているんです。驚きですよね！」

「えええええ……」

どうやら勝手に噂がひとり歩きして、あらぬ内容にどんどんふくらんでいっているようです。私とジルベルト様が固く愛情で結ばれた熱愛夫婦である、と。まるで恋愛小説の主人公になった気分です。

もちろん事実とは真逆なのですが――。

「それほどまでに大切に愛されている奥様に、皆さんあやかりたいんだそうですよ？　私も運命の相手にそんなふうに愛されたいって。だから奥様にお会いできない代わりに、せめてあの木彫り作品を拝んでおこうと皆さん列をなしているとか……。なんなら、お参りみたいなもんじゃないですか？」

「お、お参りって……」

ラナはおかしそうにクスクス笑うけれど、笑いごとではありません。私に会ったところで、何のご利益もないどころか縁遠くなるに決まっています。なんたって私は男性恐怖症なんですから。

背中に、つうっと嫌な汗が流れるのがわかります。

「ジルベルト様はこの噂をご存じなのかしら？　こんな噂が広まっては、お仕事の迷惑に……」

すでにジルベルト様のお耳にも届いているかもしれません。お仕事がやりづらくなったりはしていないでしょうか。少なくとも私は、社交的に非常にやりづらいのですが。だって嘘をついているみたいで心苦しいじゃないですか。いや、実際に嘘をついているんですけど。

けれどラナは、そんな懸念を軽く笑い飛ばしました。

「まさか！　むしろ喜んでいらっしゃるんじゃないですか？　だっておふたりがそれだけ思い合ってるって噂が流れれば、もう他の女性につきまとわれる心配はなくなりますもん。わざわざ当て馬になりたい人はいませんからねぇ」

「当て馬……」

馬の木彫りからはじまった噂だけに、当て馬。

「なんだか変なことになってきてしまったわね。純愛と利害なんてまるっきり正反対なのに、皆さんとんだ勘違いを……」

困惑と後ろめたさと、そしてほんの少し嬉しいような気恥ずかしいような言い表しようのない複雑な気持ちに私は小さくため息を吐き出したのでした。

ジルベルトの心は弾んでいた。はじめてのミュリルからの贈り物、それを見るたび心が躍る。

まさかミュリルがこんな優れた才能まで持ち合わせていたとはという驚きもある。だがそれ以上に、これを自分のために一生懸命心を込めて作ってくれたことが何より嬉しかった。

世界でたったひとつの木彫り。そのモチーフが、あのセリアンというところがなんとも複雑ではあるが――。

自分に注がれる目が以前とは少し変わりはじめたことに、気づいてはいた。けれどジルベルトにとってはそんなことどうだってよかった。結婚したことでもはや女性たちに追いかけられることもなくなったし、以前とは違う熱い視線が向けられているような気もするが実害がないならそんなものはどうだっていい。

ジルベルトの心は、すこぶる安寧と幸せに満たされていた。

そんなある日のこと、ジルベルトは国王と王妃に呼び出された。

「なんでしょう？　ご用とお聞きしましたが」

仕事ならば特に急ぎのものはなかったし、どれもとどこおりなく進んでいるはずだ。急な呼び出しなどあるはずもないのだが。

すると陛下は口元に楽しげな笑みを浮かべ、すっと箱を目の前に差し出した。

「いや、王都で人気のいいものを手に入れたのでな。お前に――いや、お前の奥方にやろうと思ってな」

「……??」

唐突に差し出されたそれに首を傾げ、陛下を見やれば。

「お前も結婚してそろそろ半年になるだろう？　だがいまだ一度も休みを取っていないではないか。それを心配する者が多くてな。今はよくてもそんな生活が続けば、そのうち夫婦仲が冷める要因になるのでは、と」

言われてみれば結婚して以来屋敷にはほぼ毎日帰宅するようになったが、休みは一日も取ってはいなかった。けれど以前に比べればきちんと屋敷に帰宅しているし、宰相たるもの休みなど不要と思っていたから何の疑問も感じてはいなかったのだが。

「ですが、それと夫婦仲に何の関係が……？」

なぜ休みを取ることと夫婦仲がつながるのか、しかもなぜそれを周囲が心配しているのかさっぱり因果関係がわからない。すると王妃があきれたように口を開いた。

「だってあなたたち、新婚旅行すら行っていないじゃないの。皆が心配するのも無理はないわ」

「新婚……旅行……??」

耳慣れないその言葉に、思わず目を瞬いた。そしてはじめて気がついた。どうやら普通は結婚してすぐ一週間ほど休みを取り、仲睦まじく過ごす時間を取るのがごく一般的な習わしであるらしいと。

「なるほど……。ですが私は宰相という要職にある身、休みなど……。それに私たちには旅行など土台無理な話ですので……」

休んだところで屋敷でひとりで過ごすことに変わりはない。なにせ恐怖症同士、同じ部屋でともに過ごすことすらできないのだから。むしろ自分が屋敷に長時間いることでミュリルに負荷をかけかねない。そんなことは陛下とて重々承知しているはず、と首を傾げた。

「わかっている。それに、休めと言ったところでお前が休みを取ることなどないだろうこともな。超がつくほどの仕事人間だからな、お前は。……だがたまには早く仕事を切り上げて屋敷に帰宅するくらいはしてもいいだろう？」

「はぁ……」

「だからこれを持って今日は早く帰れ。今ならまだ茶の時間にも間に合うだろうし、お前もいつも働き詰めだからな。無理をして倒れられては困るから、たまにはゆっくり休むといい」

つと見れば、王妃がその隣で口元に浮かんだ笑みを扇で隠していた。陛下から注がれる視線もどことなく生温い。

「つまりは夫婦円満であることを皆に知らしめるために、これを持って早退しろ……と？　まぁ……別にかまいませんが」

そういえば、ミュリルは甘いものが好きだとバルツが言っていた。ミュリルが喜ぶのならばそれはそれだ。それに王妃は流行りものや甘いものに目がなく、その舌も確かだと聞くからきっとこれも美味に違いない。

「王都で今大人気の茶菓子らしいぞ。手に入れるのは相当に大変な代物だ。きっと奥方も喜ぶだろう」

「そうよ。侍女に頼んでやっと手に入れたんですからね！　早く持っていってあげてちょうだい？　時間がたつとどうしたって味も落ちてしまいますもの」

ふたりの生温い視線が少々気にはなるが、そうまで言うのなら仕方ない。

「……わかりました。ではせっかくですので、今日は早めに帰宅させていただきます」

「あぁ、そうしろそうしろ！　奥方にくれぐれもよろしく伝えよ。ジルベルト」

「今度こっそり王宮に遊びにいらっしゃいと伝えてちょうだいね！　知らせをくれたら、女性以外の人払いを徹底しておくからって」

どうやらミュリルは、このふたりまですっかり懐柔してしまったらしい。人たらしの才に木彫りの才。なんともすごい女性と契約結婚したものだと苦笑しつつ、甘い香りを漂わせる箱を手に帰途につくジルベルトなのだった。


そんなこととは露知らず、ヒューイッド家の屋敷では――。

せっかくこんなにいいお天気なのだから、と使用人たち皆で庭でお茶にしようと思いたち、その準備の真っ最中だった。

「えっ⁉　た、大変ですっ。奥様！　旦那様がお帰りになられましたっ！」

ラナの声に驚き振り向けば、今まさに門の前にジルベルト様が乗った馬車が到着したところでした。

「こ……こんなに早くお帰りになるなんて、もしかして何かあったのかしら」

こんな日の高い時間にジルベルト様がお帰りになるなど、これまでになかったことです。もしや体調でも崩されたのか、はたまた何事か問題でも起こったのか。そんなことを思いながら、ハラハラしながら様子をうかがっていると。

ジルベルト様が庭にいた私たちに気がつき、少し離れたところで立ち止まりました。そして手に持っていた何かを差し出したのでした。

「今帰った。……ミュリル。これを陛下が君に渡すように、と」

「お……おかえりなさいませ?? 陛下が……これを私に？」

わけもわからずジルベルト様が差し出した箱をバルツから受け取り中を見てみれば、中には見た目も香りも素晴らしいとてもおいしそうなお菓子が並んでいました。

「まぁ……。なんてきれいなお菓子……!!」

その甘い香りに思わず目が輝きました。

「なんでも王妃殿下お勧めの、巷で大人気の茶菓子らしい。せっかく手に入れたからたまには早く帰ってゆっくりしろと……、夫婦円満であることを周囲に知らしめることにもなるから、と言われてな。あぁ、それから王妃殿下が今度王宮に遊びにくるように、と。……ところで君たちは庭で一体何を？」

ジルベルト様の視線が、戸惑い気味に庭に広げられた敷物に注がれているのに気づきました。

「あぁ、これは……」

庭には敷物がいくつも敷かれ、ちょっとしたお茶菓子やブランケットなどが並べられている最中でした。

「ええと……実はこれからラナたちと、お庭でお茶にしようかと思っていたところなのです。お天気もいいですし、お花もとってもきれいですし……」

ジルベルト様が取り寄せてくださったハーブが、今まさに花の盛りを迎えていました。庭に爽やかな香りが満ちてそれは素晴らしい光景で。ですからそれをセリアンたちと皆とで堪能しようと考えたのです。

「あの……、もしお嫌でなければジルベルト様もご一緒にいかがですか？　外なら広々としている分、十分に距離を取ってお話もできますし……」

陛下がたまにはゆっくり休めとおっしゃったということは、きっとお仕事がさぞ大変でお疲れに見えたのでしょう。ならばたまには日光浴でもしながらのんびりするのも悪くない、そう思ったのです。それにせっかく同じお屋敷で暮らしているのですから、たまには互いを知る機会を持つのも悪くありません。

ジルベルト様は困惑した色を浮かべつつもこくりとうなずき、にぎやかなお茶会ははじまったのでした。

そよそよそよ……。ふわり……。

お菓子の甘い香りと花の香りが風に乗って鼻腔をくすぐるたびに、皆の心地よさそうな吐息が聞こえてきます。空は高く澄み渡り、時折気持ちのよい風が吹き渡るまさにピクニック日和です。

ぽかぽかとしたお日様を浴びながらこうしてのんびりしていると、心も体もやわらかく解れていくようで。思わずほぅ……と心地よさに息を吐き出せば、ジルベルト様のそれと重なりました。

「あ……。ふふっ！」

「ふっ……。こうして何もせず庭でのんびりするというのも、なかなかいいものだな」

少し離れた場所に座りいつになく穏やかなお顔でおいしそうにお茶を口にして、ジルベルト様が微笑みました。

「本当ですね……。お日様も気持ちがいいですし、風も穏やかで……」

思わず顔を見合わせ、くすりと笑い合います。

「ミュリル、君は不思議な人だな。君がこの屋敷に来てからまだそうたっていないのに、まるで屋敷が違って見える」

「え……？」

その言葉の意味を測りかねて、首を傾げれば。

「君のおかげですっかり屋敷が安眠できる場所になったし、使用人たちも以前より生き生きとしている。まさかこんなふうに屋敷でのんびりできる日が来るなど、思いもしなかった……。先日の木彫りも素晴らしかった。ありがとう。とても感謝している」

不意にそんなことを言われ、思わず手に持っていたお菓子を取り落としそうになりました。慌ててお菓子をお皿に置き、言葉を返します。

「いえ、私はただごく当たり前の対応をしただけですし、あの木彫りもただのてなぐさみで……。こちらこそこんなにたくさんハーブをありがとうございました。とてもきれいで心が和みます。本もあんなにたくさん用意してくださって……」

なによりモンタンがとても喜んでいますしね。おやつ食べ放題ですから。心の中でそう付け加えてちらと見れば、モンタンがさっそく目の前のハーブをもしゃもしゃと嬉しそうに食んでいました。

その姿を目にしたジルベルト様は、はっと何かに気がついた様子で黙り込みました。

「……もしやこのハーブは君が好きだというわけではなく、モンタンの……？　それであの時君はこの花を手に……⁇　モンタンにあげようとして摘んでいただけ……か⁇」

あ、気づいてしまわれましたね。仕方なくこくりとうなずき、慌てて言い繕います。

「あ、でも私も好きですよ！　なんといってもリラックス効果や安眠作用もありますし、とてもいい香りがしますし‼　それにこんなにたくさん群生すると本当に素敵で……」

それは本当でした。風に揺れるたくさんの花たちは本当に素敵で、今ではすっかりお気に入りの場所になっていたのですから。

「そうか……。まさかこの花にそんな効果があったとは……。だから君は私の部屋にもこの花を飾るように手配してくれたのか……。それにまぁ……お前も喜んでくれたのなら何よりだ。たくさん食べるといい」

そう言いながらジルベルト様がモンタンの背中をそっとなでたのです。すると何を思ったか、モンタンが勢いよく飛び上がりジルベルト様の膝の上にぽすん、と収まったのです。

「うおっ⁉　な……いきなりどうした⁇」

突然のことに慌てふためくジルベルト様を、モンタンはきゅるんとした目で見上げると。

ぴょんっ‼

嬉しそうに体をひねりながら元気よく飛び跳ねて見せたモンタンの様子に、皆からどっと明るい笑い声が上がりました。どうやらモンタンにはわかったようです。こんなにたくさんおやつを用意してくれたのがジルベルト様だということが。

「モンタンったら！　旦那様がたくさんおやつをくれたものだから、すっかりご機嫌だわ！　こう見えてモンタンは食いしん坊ですからね」

「モンタンかわいいっ!!　気に入られてよかったですねっ！　旦那様っ」

「これはもう、旦那様はモンタンのおやつ係に決定ですな！　はっはっはっ」

　空に響く楽しげなおしゃべりと明るい笑い声。いつしかモンタンは膝の上に乗ったまま丸くなってすやすや眠りこけ、セリアンはゆったりと草を食んでいます。オーレリーは私の足元で丸くなり、使用人の皆もしばし仕事も忘れてのんびりくつろいでいます。そして隣には、ジルベルト様が穏やかな表情で空を眺めていて――。

「ふふっ……！　気持ちがいいですね。ジルベルト様。陛下と王妃様のおかげです。こんなに楽しい時間をジルベルト様と過ごせるなんて思いませんでした」

　心地よいゆったりとした時間が流れていきます。あんなに距離を感じていたジルベルト様が、いつになく近くに感じられます。もちろん手を伸ばしても届かないくらいの物理的な距離はあるままですが、こうして並んでお話ししていても不思議とちっとも恐怖を感じないのはなぜでしょう。むしろほっとするくらいで。

　膝の上のモンタンをぎこちなく、けれどやわらかな表情でなでるジルベルト様をこっそりと盗み見しながら、いつしか私の心はほわりとあたたかくなっていました。すると。

　ヒヒイイィィン……！

ブルルルルッ……!!

「あら、どうしたの？　セリアン」

いつの間にかセリアンがジルベルト様の背後に近づいていました。その気配を感じ取ったジルベルト様の肩が不意にビクリ、と反応したような気がしたのです。

「……？　あの……ジルベルト様、もしかして馬はお嫌いだったりしますか？　それともセリアンがまさか何か……」

セリアンは私を守ろうとするあまり、私に近づこうとする相手に時々とんでもない威圧的な態度を取ることがあるのです。もちろん少し脅かす程度のことですが。だからもしやセリアンがジルベルト様に何かしたのでは、と心配になったのです。けれどジルベルト様は首を横に振ると、なんとも言えない表情を浮かべセリアンを見やりました。

「いや、馬は嫌いではない。乗ることもあるし扱い慣れてもいるつもりなんだが、どうも私はセリアンに嫌われているらしい。……というか、私にだけ妙に塩対応な気がして……。なんなら敵視されているような……」

「まぁ、それはすみません……。セリアンは昔元の持ち主に随分ひどい扱いをされて人に対する警戒心がとても強いので……。もしかしたらまだ警戒心が解けていないのかもしれません。そのうち慣れてくれるとは思うんですが……」

あら、でもバルツにはすぐに慣れて今では自分からブラッシングをおねだりに近づいていくほどなのですが。となるともしや本当にジルベルト様と相性が悪いだけなのでしょうか？

言われてみれば確かに、じっとりとした目でジルベルト様を見つめるセリアンからはどこか不穏な気配が漂っているような——。それが気のせいなどではないことは、直後に判明しました。

「あっ⁉　セリアン、何しているのっ⁇　だめよっ。ジルベルト様のリボンを食べちゃだめっ」

なんということでしょう。いつの間にかセリアンの口からジルベルト様の髪を結んでいたリボンがたらーん、と垂れ下がっていました。気のせいか髪の毛らしきものも口から出ているような……。

「こらっ。セリアン、やめなさいっ！　どうしてそんなことっ⁉」

突然の奇妙な行動に慌てふためき、急いでセリアンを離そうと試みます。けれどセリアンはリボンを食み続けたまま、口から離そうとしないのです。一体どうしたものか、とおろおろとジルベルト様を見やれば。

「いいんだ……。いつものことで慣れている……」

「いつも……⁉　いつもってまさか……」

あきらめたような顔で私を静かに制するジルベルト様に、あんぐりと口を開きました。いつも、とは一体どういうことでしょう。もしや先ほどおっしゃっていた塩対応とは……。

「なぜなんだろうな……、セリアン。どうしてお前はいつも私のリボンを食べるんだ？　そんなに私のリボンが好きなのか？」

ジルベルト様はセリアンを見やり、大きなため息を吐き出しました。そしてゆるゆると首を横に振ると。

「いや、……まぁいい。お前も色々と苦労してきたようだからな。ゆっくり関係を作っていこうじゃないか。なぁ、セリアン……」

そう言って、ジルベルト様はなんとも言えない笑みを浮かべてみせたのでした。対するセリアンはといえば。

ヒヒイイインッ!!

どこ吹く風といった飄々とした顔でもぐもぐとリボンを食みながら、ジルベルト様に向かってブルル……と鼻水を吹き飛ばしたのでした。

「セリアンったら……。もうっ……」

けれどどうやらセリアンは、決してジルベルト様のことを嫌いなわけではなさそうです。むしろその逆……いえ、かなり斜め上の愛情表現ではありますがこれはある意味親愛の行為なのかもしれません。本当に嫌いな相手には、目もくれずに蹴りを食らわす子ですからね。

ジルベルト様は慣れた様子で胸元から別のリボンを取り出し、粛々と結び直すと。

「しかしセリアンはそんなにひどい目にあっていたのか……。それを見かねて、君はセリアンを引き取ったのか……？」

ジルベルト様の問いかけに、こくりとうなずきました。

「ええ……。私が十歳の時、お父様と町へ出かけた先で偶然セリアンが鞭打たれているのを見かけて、それで……」

はじめてセリアンに会った時、セリアンは当時の飼い主にひどく折檻されていました。生々しい傷には血がにじみ、その目は怒りと悲しさで燃えていました。暴れられないようつながれ逃げ出すこともできず、ただその苦痛に耐えていたのです。それを見かねた私がお父様に頼み込み、お金と引き替えにセリアンを引き取ったのです。

「最初はひどく暴れて手がつけられなかったんですよ。何度蹴られそうになったり振り落とされそうになったことか……。でも次第に心を開いて信頼してくれるようになって。今では私の一番のボディガードなんです。とっても優しくて気高くて強い子なんです。セリアンは」

セリアンの鼻をそっとなでれば、嬉しそうにブルル……と鼻が鳴ります。

「もしかしてオーレリーやモンタンもか……？」

その問いにこくりとうなずきます。オーレリーもモンタンも過去に辛い目にあってきたにもかかわらず、私を受け入れあたたかく励まし続けてきてくれたのです。本当に皆心優しいいい子たちです。

「君らしいな……。君のそんな包み込むような優しさが皆を夢中にさせるのだろうな。何しろ私の母と姉を、ああも陥落させるくらいだからな」

そうつぶやいたジルベルト様のお顔はドキリとするほど優しげで、思わず視線をパッと逸らしてしまいました。

互いに顔を合わせたこともほんの数度しかない私たち。こうしてたくさんお話をするのもはじめてなら、同じ場所で空を見上げたことだってないのです。それがなんだか急に距離が近づいたようで、胸がもぞもぞします。

「い……いえ、優しいのはこの子たちです！　この子たちが私をずっと守ってきてくれたからこうして今があるんですもの。……それに、ジルベルト様だってお優しいです。この子たちや私のためにこんなによくしてくださって……」

「いや……私は別に……。だが君やセリアンたちが喜んでくれているのならよかった。これからも何かできることがあったら何でも言ってくれ」

「あ……ありがとうございます!!　ジルベルト様も私でお力になれることがありましたら、何なりとお申しつけください！」

互いにもじもじと頬を染め合えば、セリアンが呆(あき)れ顔で鼻息をぶふぅ、と吹き出したのでした。

突然はじまったピクニックではありましたが、こうして互いに感謝の気持ちを伝えることができて幸いでした。やっぱり木彫りの馬で伝えられる気持ちには限界がありますし、できることならお顔を見てお伝えしたいですし。ならば、ととっさに思いついた考えを口にしていました。

「あ……あの、ジルベルト様っ！　もし……もしお嫌でなければ時々こうしてお庭でお話ししませんか？　外でなら少しは怖さも緩和されますし、日に当たるのは体にもいいですし」

「庭で一緒に……お茶を？」

手が届かない程度に離れた場所に座り、お日様の下でお茶とお菓子を楽しみながら庭で過ごす時間。せっかく同じお屋敷で暮らしているのですから、互いを知るためにこうして直にお話しする機会を持つのも悪くありません。それに何より、もっとジルベルト様とお話がしてみたい。もっとジルベルト様のことを知りたいと、不意にそう思ったのです。

するとジルベルト様はしばし驚いた様子で固まった後、慌てたように口元を手で覆い赤い顔でこくこくとうなずいてくれました。

「そ……それはいいな！　たまには外の空気を吸うのも健康にいいし、君とこうして話をしているのを見ればセリアンも私への警戒心を解いてくれるかもしれないからな！　ならば月に二度ほど、週末にこうした時間を設けるとしようか！　もちろん天気にもよるが……」

「はいっ！　そういたしましょうっ。ふふっ！」

賛成してくれたことがなんとも嬉しく、どこか気恥ずかしくてはにかみうつむけば――。

「でででで、ではたまにはこうして早く帰ってくることにしよう!! 帰り道で何か人気の菓子でも買ってくるのもいいな！」

「は、はいっ!! 楽しみですっ」

私たちのそんなやりとりを、ラナやバルツたちが生温い目で見つめていたことなど知る由もなく。どこかセリアンがじっとりとした目でジルベルト様を見つめていることにも気づかず。私たちはこの日から、庭で一緒にピクニックする仲へとまた一歩近づいたのでした。

2

宰相夫婦が純愛で結ばれた理想の夫婦だという噂は、その後も消えるどころかさらに過熱していく一方でした。

そんな折、あるご婦人がヒューイッド家へとやってきたのです。その手に、一通の招待状を持って。

「まぁ！ あなたがジルベルト宰相の噂の奥方ね。なかなか外においでにならないから、いつお会いできるかと首を長くしておりましたのよ？ きっと宰相様が奥様かわいさの余り、屋敷に閉じ込めていらっしゃるのね」

社交界で知らぬ者はいないであろうセルファ夫人を前にして、思わずごくりと息をのみました。

「ようこそおいでくださいましたわ、セルファ夫人。お会いできて光栄です。ミュリルと申します。どうぞお見知りおきくださいませ」

あんな噂が広まってしまっては、セルファ夫人と顔を合わせる日が来るのは当然といえば当然でした。この国の社交界において、セルファ夫人はまさに有力者といっていい方です。王妃様とも懇意と聞きますし、政財界にも顔が広くセルファ夫人とのつながりを持ちたいと願う貴族も多いといいます。

そんな方がわざわざお屋敷にまで出向いてきてくださるということは、その用件はきっと――。

「噂通り、本当にかわいらしい方ね。宰相様が閉じ込めておきたくなるものわかるわ。でもせっかくですもの。一度ぜひご挨拶をさせていただきたいと思ってましたの。それに私のお友だちにもぜひ紹介したいと思って」

セルファ夫人はそう言うと、軽やかな笑い声を上げげにっこりと微笑んだのでした。

ふっくらとした体に優しげな色のドレスを身にまとい、控えめながらも上質とひと目でわかる装飾品を身に着けたその姿はたおやかで美しく。人の心を惹きつけるその笑みからは、おおらかな包容力を感じます。

セルファ夫人が社交界にあって、どんな立ち位置にいらっしゃるのかはさすがに社交界に満足に出たことのない私でも知っています。そしてそのお誘いを簡単に断るわけにはいかないことも。

「お茶会への招待状をいただいて、とても光栄ですわ。ただ私は……」

先ほど渡されたばかりの招待状が、手の中でずっしりと重く感じられました。

「その集まりは、私が定期的に主催している慈善の集まりですの。皆さん身元の確かな方ばかりだし、とても和やかなちゃんとした集まりよ。ミュリル様がこうした社交をなさらないとは聞いているのだけれど、これは慈善事業だもの。一度くらいご夫婦でいかがかしら、と思って」

慈善のためのパーティ、といわれてしまっては無下に断ることもできません。それに実際このパーティで集まった資金が、親を失った遺児たちの教育や医療に使われていることも知っていましたし。が、おそらくは恐怖症の対象となる男性もいるであろう集まりに私が出席できるわけもなく、まして夫婦で出席など。はいそうですか、と了承するわけにはいきません。

さてどうやってお断りするべきか、と頭を悩ませていると。

「慈善というのはやはり、なかなか理由がないと集まらないものですわ。ただの優しさや義務感だけではね。ですからこうして時折、このような催し物をするんですの。それにぜひご出席いただきたいのですわ。宰相様とミュリル様おふたりに」

「そ……そういうことでしたか。ええと……」

セルファ夫人は軽やかな笑みを浮かべ、ぐいぐいと畳みかけてきます。

「おふたりに出席していただけたら、きっと寄付もたくさん集まりますわ。なんといっても純愛で結ばれた運命のご夫婦という噂でもちきりの話題の方ですもの。皆さんお会いしたくてウズウズしていらっしゃるに違いありませんものね」

結ばれているのは純愛などではなく、利害なのですが。

そんな言葉をぐっとのみ込み、なんとか笑顔を貼りつけます。

「……え、ええ。ですがご存じの通り、夫は公務が忙しく出席できるかどうかは……。それに夫には、こうした場に私ひとりで参加することは控えるようにと言われておりますので」

私が年若いうちは、宰相の妻という立場を利用されないよう公私を含めて私ひとりだけでの社交は一切断る、とジルベルト様が事前にお達しを出してくれています。そしてジルベルト様はもともとお忙しいために、こうした社交はお出にならないのが常です。となればジルベルト様が多忙でとても無理という方向に持っていくより出席を回避する方法はありません。

「ほんの少しの時間、顔をお見せくださるだけでいいんですのよ？　それだけでもきっと効果は絶大ですもの。実は今度、子どもたちのための教育施設を建設する案が進んでおりますの。その資金をどうしても集めたいのです。宰相夫人ならば、この必要性をわかっていただけるでしょう？」

「もちろん慈善が大切であることは重々……。では一度夫に話をしてみますわ。未熟な私の一存ではお約束しかねますので」

どうやら簡単に引き下がってくださるおつもりはないようです。となればここは曖昧にごまかして、バルツとジルベルト様にお任せするのが一番いい方法に思われました。

「ええ、ぜひお願いしますわ。きっと宰相様もなんとか都合をつけて顔を見せてくださると、期待しておりますわ。あんまり奥方を溺愛されてお屋敷に閉じ込めておいたら、そのうち嫌われてしまいますわよって、伝えておいてくださいね」

「え、えぇ……」

そう言ってまるで少女のように朗らかな笑みを振りまいて、セルファ夫人は帰っていかれたのでした。困惑顔の私をひとり残して――。

その日の午後、庭でオーレリーの体を洗っていた私は泡だらけの手を止め、小さくため息を吐き出しました。

少し落ち込んでいました。セルファ夫人からの誘いを断るのは、ジルベルト様にとってもなかなかに大変なことでしょう。けれど自分ではどうにもできない無力さになんだかがっくりしていたのです。

もし私がジルベルト様のように多少なりとも社交をこなせれば、どんなにかよかったでしょう。そうすれば、忙しいジルベルト様の手をわずらわせることなどなかったのに。けれどもし私が無理に社交の場に出て男性恐怖症であることがバレてしまったら、当然この結婚が偽りであることも白日の下に晒されてしまいます。そうなれば、きっと。

「この結婚は、終わってしまう……」

小さなつぶやきが口からこぼれ落ちました。それは想像していた以上に心細く、いつも通りの平静を装いながらも心がずしん、とうち沈むのを感じていました。

「私が男性恐怖症なんかじゃなかったら、もっとお役に立てたのにね。オーレリー？」

オーレリーはその泡だらけの顔をきょとんと傾げると、ぶるぶるぶるっと勢いよく震わせました。

「きゃあっ！　もうっ、オーレリーったら暴れないでちょうだいっ。私まで泡だらけになっちゃったわ」

これ以上泡だらけにされては大変と、慌てて桶に汲んでおいた水で洗い流します。

「でも、そうよね。恐怖症じゃなかったら、そもそもジルベルト様と契約結婚なんてしているはずなかったわ……」

急いでオーレリーの体から泡を洗い流しながら、苦笑しました。

よくよく考えれば、私とジルベルト様をつなぐのは恐怖症という奇縁だけなのです。結婚するには身分も違いますし、ジルベルト様は恐怖症などでなければいくらでも良縁を望めたに違いないのですから。それがたまたまお互いに異性への恐怖症をひた隠しにしたいという事情を抱えていて、利害が合致しただけのこと。端からそれ以上の関わりなんてなかったのです。となれば、どんなに頑張っても努力で克服できるようなものでない以上、思い悩んでも仕方ない気もします。

ワフンッ!!

こちらをやれやれとのぞき見るように、オーレリーが首を傾げます。その顔にはまた色々と仕方のないことで悩んでいるなとでも言いたげな色が浮かんでいて、思わず噴き出しました。

「オーレリー、わかってるわ。なんでもかんでもできるようになるなんてそんなの無理よね。できることを頑張るしかないってわかってる。わかってるんだけど……つい、ね」

ジルベルト様に迷惑をかけてしまうことが、なぜか日に日にとても心苦しくなっていく気がします。もっと役に立ちたいのに何もできていない、という思いで胸がぎゅっとなるのです。

それでも、天真爛漫という言葉がぴったりな愛嬌たっぷりのオーレリーの様子に心が軽くなる気がしました。ふふっと笑い声をこぼし、もう一度きれいな水がたっぷり入った桶を持ち上げます。

「さ、もう一度流すわよ。オーレリー。いい子にしていて」

ざばぁっ、と勢いよく泡をきれいに洗い流し、ふかふかの布で体を拭い終わると。

ワフンッ!!　ワオンッ、ワフッ！

オーレリーは、まるでボールのように元気よくかけ出していきました。今日は汗ばむくらいの陽気ですから、毛も早く乾くでしょう。

「オーレリー！　お願いだから土の上で寝っ転がるのだけはやめてね。せっかくきれいに洗ったばかりなんだから」

懇願するこちらの声などきっと聞いていません。でもまぁ、それがオーレリーです。かわいい子です、ええ。

楽しそうに草の上をはしゃぎ回るオーレリーを、いつものようにセリアンとモンタンがあきれたように見ています。けれどきっと私が落ち込んでいることはちゃんと気づいてくれているのでしょう。その眼差(まなざ)しはとてもあたたかく、心が救われる思いです。

　もやもやとしていた心が少し晴れた気がして小さく微笑めば、お腹(なか)を見せてゴロンゴロンと楽しそうに寝転がっていたオーレリーがものすごい勢いでこちらに走り寄ってきました。

「うわっ！　な、何？　ふふっ。いやだ、オーレリーったら。顔をそんなになめちゃだめよ！　ふふっ」

　きっと、落ち込んでいる私を元気づけようとしてくれているのでしょう。押し倒す勢いで顔中なめ回されてすっかりよだれまみれです。

「ありがとう。オーレリー！　もう大丈夫よ。わかったわ。もう元気だから、大丈夫。ふふっ‼　もう、私まで泥だらけになっちゃうわ」

　よだれまみれの顔をきれいに洗い流した頃には、すっかり気持ちも上向きになっていました。皆に励まされ、ようやくいつもの落ち着きを取り戻した私は――。

「ありがとう……。そうよね。私にできることを精一杯頑張るしかないんだもの……。きっと私にもまだまだやれることはあるわよね‼」

　澄み渡った空を見上げ明るい声でそう宣言した私に、オーレリーがワンッと元気な鳴き声をあげ、セリアンは機嫌よさそうにぶるるっと小さく鼻を鳴らし、モンタンはぴょこんと跳ね飛んだのでした。

　けれど、そんな私の決意をぐらりと揺さぶるような出来事が、すぐそばまで近づいていました。そうとも知らず、この時の私は自分にも何かできることはないものかと思いを巡らしていたのでした。

その夜、突然に降ってわいた難題にジルベルトは深く苦悩していた。

「よりにもよってセルファ夫人か……。確かにあの夫人を味方につけられれば、ミュリルにとっては社交の上でいい後ろ盾にもなるだろうが……。しかし」

いくら契約結婚とはいえ、宰相の妻という立場は時に利用されることもあるし、時に身に危険が及ぶ恐れだってある。そのことははじめからわかっていたつもりだったし、その危険を回避するためにも社交はしなくてもいいと言ってあったのだが。

けれど形ばかりとはいえ、ミュリルは宰相の妻という肩書を得たのだ。それは時に守りともなるが半面危険も伴う。それを思えば、誰かしら信用のおける後ろ盾が必要ではあった。

「確かに万が一旦那様に何事かがあった時に、奥様自身に後ろ盾がないというのは心配ではありますな。今のところ奥様にとって盾となりうるのは、旦那様のご実家くらいですから」

ミュリルの実家は盾になるにはさすがに影響力がなさすぎるし、いざという時の守りになるには力も弱い。だが後ろ盾がヒューイッド家だけというのも、いささか心もとない。となればここは――。

「ここはミュリルの今後のために、恩を売っておくのがいいだろうな。滅多にああした場に姿を見せない私が顔を出せば、宰相夫人とセルファ夫人とが懇意だと社交界に印象づけられるだろうし」

「ですが、お仕事の方はよろしいのですか？　今は審議会続きで仕事が詰まっておいでは？」

仕事は多忙すぎるほど多忙だが、これもミュリルが日頃してくれているあれこれを思えば大したことではない。以前に比べればはるかに睡眠がとれている分体の調子もすこぶるいい。

ミュリルがこの屋敷に来てくれてからというもの、いいこと続きだ。まずは、屋敷が安息の地に変わった。もう夜更けに忍び込む女性もいなければ、待ち伏せしている女性に不意をつかれて抱きつかれる恐怖に怯えることもない。おかげで安心して眠ることもできるし、毎朝ミュリルの部屋に飾っているのと同じハーブを枕元に飾っているせいか夢見も目覚めもいい。

そしてあの癖の強すぎる母姉たちとも、ミュリルが間に入ってくれるおかげで以前よりはまともに対応できているような気もする。あくまで以前に比べれば、だが。

「ミュリルには感謝してもし尽くせない。ミュリルが来てくれてからここが自分の家なんだと、安心して過ごしていい場所なんだとはじめて思えるようになったしな。そんなミュリルに、少しでもこれから先の人生を安寧に暮らしてもらいたい。そんなミュリルの後ろ盾になってもらえるかもしれないとなれば、このくらいなんということもない」

いつも穏やかで優しいミュリルがこの屋敷にいてくれる、そう思うだけで心が休まる。今や彼女なしでどんなふうに生活していたのかなど思い出せないほど、ミュリルの存在は大きくなっていた。そんなミュリルにこの先降りかかるかもしれない憂いを、すべて取り除いてやりたい。守りたい。そう思いはじめていた。

「セルファ夫人ならば、私に万が一のことがあっても彼女の力になってくれるだろう。ならば、さっそく私から連絡を……」

慈善への資金面での協力を申し出るのは当然のこととして、当日はミュリルが急な病気で欠席することにすればいいだろう。そして自分だけちらっと顔を出せば、セルファ夫人の面目も立つはずだ。

そして後日ミュリルがセルファ夫人にお詫びという名目で交流を申し入れれば、個人的なつながりも保てる。

ジルベルトはその結論に満足して、バルツに伝えた。

「仕事の方はなんとかする。私から返事を出してはおくが、もしまたミュリルに夫人からコンタクトがあるようなら、当日まで参加するふりをするよう言い伝えておいてくれ。お茶会の直前に病欠の知らせをやるから心配はいらない、と」

その結論にちらと不安な表情をのぞかせつつも、バルツは無言でうなずいたのだった。


セルファ夫人の慈善パーティ当日。私はジルベルト様に言いつけられた通り、病気と嘘をつき屋敷に閉じこもっていました。そんな私のもとに、バルツが勢いよく飛び込んできたのでした。

「旦那様がパーティの最中に女性と接触事故を起こし、お屋敷に運び込まれました！」

その衝撃的な知らせに、私は勢いよく立ち上がりました。

「そ……それで、ジルベルト様の容態はっ!?」

「それが接触した際に頭を打たれたようで、いまだに気を失ったままで……。恐怖症らしき症状は特に見られませんし、パーティの席でもバレるようなことはなかったらしいのですが、念のためしばらくは安静にと……」

手に持っていた作りかけの木工作品が、ゴトンと音を立てて床に転がりました。

「やっぱり連日のお仕事で、大分お疲れだったんじゃ……。それで足元が……」

　昨夜だってお帰りは深夜だったと聞いています。もしかしたら、疲れが溜まっているせいで受け身の体勢をうまく取れなかったのかもしれません。私が社交をジルベルト様に任せきりにしたせいで。それなのに私はこんな時おそばで看病すらできないのです。

「私のせいだわ……。ジルベルト様に何もかも任せてしまったから、こんなことに……。いつもこんなによくしていただいているのに」

　いても立ってもいられないほどもどかしい思いに、ぎゅっと両手を握り合わせます。そんな私に、ラナは。

「これはただの不幸な事故です。奥様がお気になさるようなことではございません。それに幸い大したおけがもなく、一時的に気を失われただけですから……。恐怖症のことだって、誰も気づいてないんですから！」

　そしてバルツも。

「そうでございますとも……。旦那様はああ見えてしっかりと体を鍛えておいでですからな。これしきのこと、ご心配には及びませんよ。医師も念のため大事を取って休んでおくようにと言ってくださっただけなのですし……」

「バルツ……、ラナ……。それは確かにそうなのだけど……。でも……」

　ふたりの必死のなぐさめにも、心は晴れません。

　だって私がもう少し社交できたのなら、こんなことにはならなかったはずなのです。仕事でお疲れのジルベルト様に無理をさせるようなことは。

　そしてここのところずっと抱えていたもやもやとした思いが、ついに決壊しました。

「私、決めたわ！　私もジルベルト様のようにもう少し社交ができるように努力してみる……！」

「ええっ、奥様っ……？」

「だってそうすれば、ジルベルト様に余計な負担をかけなくても済むでしょう？　大丈夫。訓練を重ねれば少しくらいはなんとかなると思うの！　そうね。たとえば使用人の誰かに協力してもらって、そばにいてもなんとか耐えられるようにするとか……」

「し、しかし奥様！　旦那様はそんなことお望みでは……！　すでに奥様には十分に役目を果たしてもらっていると常々感謝しておられますし……」

　バルツからもラナからも、一斉に反対の声が上がりました。

「それにもし恐怖症が悪化でもしたら、それこそ旦那様が心配なさいますし……」

「そうですよっ!!　どうか奥様は今まで通り無理はなさらずに……。それを旦那様もお望みですから……！」

　けれど私はもう決めていました。

　確かに恐怖症は努力や鍛錬でなんとかなるようなものではないのですし、無理をすればより一層恐怖心を強化しかねません。けれど、形だけとはいえこれでも宰相の妻なのです。ならばしっかりとその役目を果たさなければ。

　ただ弱々しく守られているだけなんて性に合いませんし、結婚していてもいなくてもやっぱり私は強く生きていきたいのです。自分の力でたくましく立って、人生を歩んでいきたいのですから。

　決意を口に出したら、ここのところずっともやもやと曇っていた気持ちがすうっときれいに晴れていく気がしました。

なおも引き止めようとするバルトたちににっこりと笑顔を向けると、さっそく考えを巡らします。鉄は熱いうちに打てといいますからね。

「大丈夫。皆が心配するような無茶はしないから。……ねぇ、バルツ。この間庭で植木のお手入れをしていた若い男の方がいたわよね？」

「え？　あ、あぁ。あれは庭師の親戚の子で、腰を痛めた庭師の代わりに手伝いにきてくれておりますが……。それが何か??」

「なら明日からその方がお仕事をする間、私も近くで動物たちの世話をしてみていいかしら？　大丈夫、お仕事の邪魔はしないわ。近くにいるのに慣れたら、そのうち挨拶くらいはできるようになるかもしれないし」

ジルベルト様の看病すらできないのならば、せめて私にできることをしようと思ったのです。それがいつかジルベルト様の役に立つと信じて。

「だからバルツ。あなたは私の分もジルベルト様の看病をしっかりお願いね。……私の代わりに、どうかお願い」

私の言葉に、バルツは何か言いたげな顔をしながらも渋々とうなずいたのでした。

ジルベルトは横になっているのにも飽き飽きして窓から何気なく庭を見下ろし、口に含んだ水を盛

大に噴き出した。

「な……なんで……！　ミュリルがなぜ庭師のそばでオーレリーの世話をしているっ……⁉　恐怖症なのに、なぜあんなに若い男と至近距離でっ……⁉」

ありえないはずの光景がそこにはあった。なんとミュリルがまだ年若い庭師の青年のそばで、オーレリーのブラッシングに励んでいたのだ。けれどその様子はいつものように楽しげではなく、手はブルブルと小刻みに震え今にも逃げ出しそうな緊張感に満ちていた。

「それが……ミュリル様が男性恐怖症を克服する訓練をすると言い出されまして……。昨日も十分ほどは耐えられておられました。それはもう痛々しいご様子でしたが……」

バルツの返答に、思わずあんぐりと口を開いた。

「なぜそんなことを？　別に今回の事故はミュリルのせいなどでは……。ミュリルが何もそんな無理をせずとも……」

単につまずいた出席者に巻き込まれて倒れた先に、運悪くテーブルの角があっただけのこと。仕事に忙殺され疲れていたところに、女性たちの群れとむせ返る香水の香りにめまいを起こしたのは確かだが、それはいつものことだ。うっかり転んだ拍子に頭を打って、せっかくだからたまにはしっかり休めと陛下にまで言われ仕方なく屋敷にこもっているだけで、体には何の異常もない。

まさかミュリルがそんなに心配してくれ、あまつさえ明後日の方向に振り切れるとは思いもしなかった。

「私もそう申し上げたのですが……。聞く耳を持たず突っ走ってしまわれまして」

バルツもほとほと困り果てているらしい。心配そうなその顔を見やり、くしゃりと髪をかき上げた。

そしてはた、とある事実に気がついたのだった。

「ん……!?　でもうちの庭師は、確か六十過ぎだろう。あの年なら、そもそもミュリルの恐怖対象ではないのでは？　あの若者は一体……??」

ミュリルをこの屋敷に迎えた時に、恐怖の対象となるような若い男はすべて絶対に対面しないで済む配置へと変更したはずだ。ならばあの若者は一体何者なのか、とバルツを見やれば。

「少し前に庭師の親類の若い青年を雇い入れております。確か年は十九だったかと」

「……」

その答えを聞き、ジルベルトの顔に苦々しい色が浮かんだ。身元や性質は、このバルツが面接して雇い入れている以上問題ないに決まっている。だが――。

「その男、大丈夫なのだろうな……？　いや、お前の目を疑うわけじゃないが、ミュリルはその……年齢もその青年に近いし、見た目だって」

ミュリル自身にはまったく自覚はないようだが、すでにミュリルが宰相の妻として社交した者たちの間で話題になりはじめていた。宰相の妻としての見事な手腕と人柄だけでなく、その容姿においても。そんなミュリルの近くに見知らぬ若い男が接近しているとなれば、さすがに気にはなる。

「そのご心配はともかくとして……。皆で止めたのですが、どうにも聞いてくださらないのですよ。旦那様が倒れられたのは自分が不甲斐(ふがい)ないせいだとおっしゃって、少しでも社交ができるようになりたい、と」

「そんな……、私が倒れたのはただ頭を打ったからなのであって、恐怖症のせいでは……。それにもう十分すぎるほど彼女はよくやってくれている。これ以上望むことなど……」

ジルベルトのつぶやきに、バルツが答えた。

「旦那様のお力になりたいのだそうですよ。旦那様が自分のためにあれこれと考えて心を尽くしてくださっているのが嬉しいと、それにお返しをしたい、とおっしゃっておられました。それが妻となった自分の役目だから、と」

それを聞いた時、胸がやわらかなものに包まれるような気がした。これまでに胸の中にずっと隠してきた苦しみや恐怖といったさまざまな澱（おり）のような思いを、ふわりと解きほぐし癒やしてくれるようだ。ミュリルが自分のために恐怖をおして頑張ってくれている。そのことが嬉しくもあり、けれど心配でもあった。

「……私も、何かすべきだろうか。ミュリルの思いに応えるために。例えば西棟に若いメイドを配置して耐性をつけるとか？」

だがほとんど屋敷にいない以上それにさほど効果があるとも思えず、うーむとうなれば。

「そんなことをせずとも、奥様ともう少し物理的な距離を縮めてみたらよろしいのです」

バルツのその言葉に、目を瞬いた。

「ミュリルと……距離を？」

「結婚なさっておいでなのですから、お互いに他の異性に慣れる必要などないではありませんか」

確かに言われてみれば一応は夫なのだから、ミュリル以外の他の女性に慣れる必要はない。というか他の女性に慣れようとすることの方がよほど大問題ではある。それはもちろんミュリルも同じく。

「だが、ミュリルを怖がらせたくない……。私だって恐怖の対象には違いないのだし」

それになんといってもミュリルに近づこうとして恐怖をにじませた目で逃げ出されでもしたら、それはそれで――。

「それはキツイな……。ミュリルに拒絶されるのは精神的にくる気がする……」

本音がついポロリと口からこぼれ落ち、はっとしてバルツを見やった。

「それは相当に堪（こた）えるでしょうな。お気持ち的に」

「……聞こえていたか」

さっと顔に朱が走ったのが自分でもわかった。

「……おかしいか？」

これまで他者とは一定の距離を置いて接してきた。それは恐怖症を抱えていたせいもあるし、もともとの気質のせいもある。だからこんなに誰かのことが気になって仕方なくなることもなければ、自分が誰にどう思われているかも気にしたことなどなかったのだが。なのにこの気持ちはなんだろう。

ミュリルのことが気になって仕方がなかった。今日も元気かとか、ぐっすり気持ちよく眠れているだろうか、とか。苦しんではいないだろうかとか、寂しい思いはしていないだろうか、とか。

「いえ。ごく普通かと存じます。妻を大切に思う誠実な夫ならば」

「……妻を……大切に……？」

ジルベルトは動きをパタリと止め、固まった。

「私は……ミュリルを大切に思っているのか？」

なんとも間抜けな質問ではある。自分が誰をどう思っているのか、他者にたずねるなど。

「大切だと思いはじめているからこそ、ミュリル様のことがいつも頭から離れないのでしょう？　ピクニックの予定が雨で流れる度に、がっかりしてため息をついていらっしゃるではありませんか」

「……それは、まぁそうだが」

先日のピクニック以来、次はいつかと楽しみでならない。ミュリルとあたたかな陽を浴び花の香りを感じながらともに語らえる機会を、今か今かと待ち焦がれている。けれどまさかそれをバルツに気づかれていたとは。

なんとも言えぬ気恥ずかしさと困惑にがっくりと肩を落とした。

「女性恐怖症の私が、なぜミュリルにはこんな思いを抱いてしまうのだろうか……？　契約とはいえ妻だから、だろうか？　家族というものになったせいだろうか……⁇」

するとバルツは少しあきれたような顔でこちらをちらと見て、きっぱりと口にした。

「ただの女性、ではありません。……ミュリル様です。夫が妻に思慕の情を抱くのは当然のことでございますよ。ジルベルト様」

「私がミュリルに……思慕の情を……？」

「きっと奥様が旦那様に抱いておられるお気持ちもまた、おそらくは同じものかと……」

「……」

その瞬間、胸いっぱいになんとも言えない甘酸っぱさと幸福感が広がった。


翌日私は、ジルベルト様にお庭に呼び出されました。なんでも折り入って相談があるとかで――。

すっかり顔色もよくなったジルベルト様は、明日には通常通り出仕されることになっています。

元気そうな様子に安堵しつつ、再び庭で横並びになりながらセリアンたちと穏やかな時を過ごしていると――。

「そう言えば、バルツから庭師の若者相手に恐怖症の克服に励んでいると聞いたんだが……」

戸惑い気味なその口調に理解しました。きっとお話というのは、私が庭師の青年相手に特訓をしている件についてなのでしょう。

「はい。とは言っても、庭師の方の近くでオーレリーのお世話をしているだけなのですけど」

残念ながらまだ、近距離で挨拶を交わすことはできてはいません。近くに気配を感じると、どうしても喉の奥が詰まったように苦しくなってしまうので。

「あの……、この度は看病のひとつもできず申し訳ありませんでした……。私も少しくらい社交ができれば、こんなことにならずに済んだのに……」

申し訳なさにうつむく私に、ジルベルト様は足元でじゃれつくオーレリーの背をなでながら口を開きました。

「いや、いいんだ。そんなことをしてもらうために、私は君に契約結婚を願い出たわけではないのだし……。私は、君がここにいてくれるだけで――」

ジルベルト様は一瞬口ごもり、そしてどこか苦しげな表情を浮かべ私をじっと見つめました。

「ただこれを機に、君に話をしておこうかと思って……。その……私が女性相手に恐怖を感じるようになった経緯についてなんだが……」

「……」

ドキリとしました。まさかその話をジルベルト様が打ち明けてくださるなんて、思っていませんでしたから。てっきり秘密にしておきたいのだと思っていたのです。恐怖症になるくらい辛い記憶に違いないのですから、このまま知らぬままでもそれがジルベルト様の心の平穏になるのならそれでいいと。

「で、ですが……もしお辛いようなら無理をなさる必要は……。もちろん打ち明けてくださるのは嬉しいのですが、思い出すのはお辛いのでは……？」

けれどジルベルト様は首を横に振ると。

「いや……。知っていてほしい。君にだけは、ちゃんと……。それにいつかは話すべきだと思っていたしな。だから……」

そう言って、静かに語り出したのでした。ジルベルト様が女性に恐怖を抱くようになった過去について――。

「子どもの頃、母と姉がちょっとしたいたずら心で私に少女の格好をさせたことがあったんだ。リボンだのフリルがついた少女のような服を着せてね。そして調子に乗った母たちは、私を連れて町へと出かけた」

ジルベルト様はぽつり、ぽつりと話し出しました。

「その日は町で祭りか何かをやっていて、大変なにぎわいで……。その先で――」

かわいらしい女の子の衣装を着せられた小さなジルベルト様は、お義母様とお義姉様とともに公園へと遊びにいったのだそうです。大勢の人たちでにぎわう町にそんな格好で連れていかれて、当然のことながら幼いジルベルト様は怒り心頭だったのだそうです。

そんなジルベルト様をなんとかなだめようと、お義母様たちがおやつを買っている隙にそれは起きました。

「雑踏の中で母たちが目を離したほんの一瞬、私はある女性に連れ去られたんだ……」

「連れ去られた……!? ではジルベルト様も私と同じく、人さらいに……??」

まさかの符号に驚き、言葉を失います。

「あぁ……。ただ私の場合は別に犯罪というわけではなかったんだが……。その女性はその時まだ幼い娘を病で亡くしたばかりだったそうだ。その娘と私がよく似ていたらしくてね」

ジルベルト様はその時のことを思い出されたのでしょう。時折言葉を詰まらせながら、絞り出すように続けました。

「おそらくは、最愛の娘を失って精神のバランスを欠いていたんだろうな……。その女性は私を見て、娘が戻ってきたのだと錯覚したらしい。そして私を娘だと病的に思い込み、私を捕まえて無理やり家に連れ帰ったんだ……」

「そんな……」

それは悲しく不幸な巡り合わせでした。たまたま少女の格好をさせられたジルベルト様と、娘を亡くし失意の底にいた女性とが悲劇的な出会いを果たしてしまったのです。

「これといってひどいことをされたわけじゃない。ただ……女性は、私に死んだ娘の服を着せようとしたんだ。その子の名を呼びながら、もう二度と自分の手からいなくならないように、と言い聞かせながら――。だが服を着替えさせている時に、女性は気がついてしまった。私が男だということに……。その瞬間、その人は……」

女性は突然に意味をなさない叫び声を上げながら、ジルベルト様を激しく責め立てたのだそうです。

なぜお前は娘ではないのだ、お前が男であるはずはない、と繰り返し繰り返し。

ジルベルト様の顔が、苦しみで歪んでいました。その時のことを思い出していらっしゃるのでしょう。震える両手をぐっと握り合わせ、それでも気丈にジルベルト様は薄く笑っていました。

「どう答えればよかったのだろうな……。私は何をどう答えればいいのかわからなくて、ただ怯えるばかりで……。ただただ怖かった……。まるで人が変わったように、狂っていくその姿が……」

その女性はジルベルト様が自分の娘ではないという現実を突きつけられ、もう二度と娘は戻ってこないのだとあらためて思い知らされ、正気を失ってしまったのです。

「その人は私の体を激しく揺さぶりながら娘の名を何度も呼び続けた。悪魔か何かに取り憑かれたように、激しく怒り狂って……。そしてお前は男なんかじゃない、私の娘だと叫びながら家に閉じ込めておこうとした。逃げ出さないように、どこへも行かないように手足を縄で縛ってね……。その突然の豹変ぶりがあまりに恐ろしくて、私は……」

ジルベルト様が連れ去られたことに気がついたお義母様たちが行方を懸命に探し回った結果、ジルベルト様は無事に助け出されました。女性の尋常ではない叫び声と、ジルベルト様の泣き声を聞きつけた周囲の住人の通報によって——。

けれどその時の恐怖が、ジルベルト様の心に強く焼きついてしまったのです。それは深いトラウマとなり、以来感情を露わにする女性は特に恐怖の対象となってしまったのだとか。

「じゃあもしかしてお義母様とお義姉様との関係がうまくいかなくなったのも、その時のことが原因で……？」

お義母様がおっしゃっていました。ジルベルト様があんな恐怖を抱えるようになったのは自分のせいだ、と。それはもしかして自分がいたずらに女の子の格好なんてさせたせいで、あんな目にあわせてしまったという意味なのでしょうか。そしてそのきっかけを作ったお義母様とお義姉様を、ジルベルト様は恨んでおいでなのでしょうか。

けれどそれにジルベルト様はしばし考え込み、首を横に振りました。

「まぁ、まったく影響がないとは言わないが別に恨んではいない。元々あの人たちは気質が私とは大きく違うからな。愛情深くはあるが、どちらかと言えば感情の波が激しい方だろう？　それが元々苦手というか……。でもまぁ、少しは影響しているのだろう。感情的になっている女性を見るだけでひどく嫌悪や恐怖の感情でいっぱいになってしまうからな……」

「そう……だったのですか……。そんなことが……」

だからこそ、アリシア王女殿下のようなどちらかと言えば感情のはっきりした情熱的な方に求婚されひどく恐怖したのでしょう。

「二面性というのか……、感情の起伏の激しそうな女性は今でも苦手なんだ。だから、君のことも穏やかそうに見えてもしかしたらそんな二面性を持っていたらどうしよう、と内心恐れていた……」

ジルベルト様のその苦しげな表情からも、その記憶がどれほどいまだにジルベルト様を苦しめ続けているのかがありありと伝わってきました。

「でも……君は私に平穏を与えてくれた。恐怖ではなく、穏やかさとあたたかさを……。それが嬉しかった。女性とともにいてこんな穏やかで凪いだ気持ちでいられるなんて、と。だから……」

そう言って、ジルベルト様は私をじっと見つめました。その目は、はじめて王宮で会った時のジルベルト様を思い出させました。その奥に何か熱いものがゆらめいているようで。

「だから……君には無理をしてほしくない。恐怖は努力でなんとかなるものじゃない。無理をすれば余計に苦しくなるだけだ……。君は私を、過去の恐怖から救い上げて癒やしてくれた人だ。そんな君に、辛い思いをしてまで無理をしてほしくはない……」

「でも私は何も……何もお力になれていません。ジルベルト様の看病ひとつできないんです。それが情けなくて……寂しいのです……。私はもっと……ジルベルト様のお役に立ちたいのです！　なのに満足に何もできないから……せめてもう少し、と」

そうです。もし私が本物の妻なら優しく看病し、支えにもなれたことでしょう。なのに私にはそばに近づくことさえ、その眠りをそばで守って差し上げることさえできないのです。それがとても悔しく寂しく思えてならなかったのです。いつの間にかその気持ちはどんどん大きくなって、私を焦らせていました。

「ミュリル……」

ジルベルト様の青緑色の美しい目が、私をじっと見つめていました。その目に吸い寄せられるように私もじっと見返せば、私たちの間を一陣の風がふわりと吹き抜けていきました。

「……ならば、こういうのはどうだろうか？　私たちの距離を今より少しだけ近づける努力をしてみるというのは……？　なんというか一応私たちは夫婦という関係ではあるのだし、他の異性に対しては無理でもせめて家族として歩み寄る努力をしてもいいのでは、と……」

「距離を近づける……努力、ですか？」

「あぁ。たとえばこうして外でピクニックのようなものをするのもいいだろうし、日常の中でもう少し言葉を交わす機会をもうけるとか……。君となら……同じ苦しみを分かち合える君とならば、普通の夫婦のようにとはいかなくても何か別の形を作り上げられるのではないかと。だから……」

その瞬間、心にふわりとあたたかな希望の光が差した気がしました。

「はい……！　できることなら私も、そうしたいです！　……なら、ジルベルト様が毎朝お屋敷を出ていかれる時に中央棟でお見送りをするのはどうでしょう？　お帰りは遅くなられることも多いでしょうけど、せめていってらっしゃいのお見送りだけでも……。そうすればきっと、一日のはじまりを心安らかにはじめられる気がします……！」

完全別居の私たちは、日々をこんな広いお屋敷の東と西にわかれて暮らしています。朝も昼も夜も言葉ひとつ交わすことなく、お顔を見ずに終えることも少なくありません。けれど夜遅くにふっと窓越しにジルベルト様の自室に明かりが灯るのを見る時、嬉しくなるのです。ジルベルト様の気配をわずかでも感じられることが、嬉しくて。

「せっかくこうして一緒に暮らしているのですから、もう少しなんというか……、互いの存在を感じ合えるようになれたら、少しは心が近づくと思うのですが……」

もし毎朝挨拶とともに一日をはじめることができたなら、そのうちもっと自然に会話することだって、たまにはふたりでお茶くらい楽しめるようになるかもしれません。そうなったらどんなにか素敵でしょう。ふとそんなことを思い、頬に熱がこもるのを感じました。

その提案に、ジルベルト様のお顔もぱぁっと明るく輝きました。

「それはいい!!　では、さっそく明日からはじめることにしよう！」

「えっ、明日からっ!?　あ、いえ……もちろん嬉しいですが……。ご迷惑ではありませんか？　お忙しいのにそんな無理を言って……？」

けれどジルベルト様の表情はどこから見てもとても嬉しそうで。それがなんだかとても嬉しく感じられて、私の胸も弾みます。

「で、ではさっそく明日の朝ジルベルト様がお屋敷を出られるお時間になったら、中央棟で待っていますね!! お見送りできるのを……た、楽しみにしておりますっ」

「あぁっ! 明日からよろしく頼む! ミュリル」

たかが挨拶、されど挨拶。私たちにとってはそれすらも大きな一歩なのです。自らが互いに近づこうとするその一歩は、私たちにとってはとても勇気のいることなのですから——。

気づけば熱心に話し込むあまり、私たちの間の距離は以前よりもずっと近づいていました。はじめは手を伸ばしても絶対に届きっこない距離だったのが、今はほんの少し頑張れば指先が届きそうなくらいに。そして向かい合わせで見つめ合うことすらできなかったはずの私も、いつのまにかジルベルト様と視線を外すことなく長く見つめ合うことができるようになっていました。

そんなことにも気づかないくらい、私たちは話に夢中で。心の距離とともに、私たちの間の物理的な距離も少しずつ近づいていきました。

けれどそんな私たちに、思いもよらぬ嵐(あらし)は近づいていたのです。小さくも、大きな威力を持つ王女様という名の嵐が——。

3

部屋にかけ込んできたラナの大きな声に、私は危うく手に持っていた本を落としそうになりました。

「大変ですっ。奥様！　いらっしゃいましたっ！」

「いらっしゃったって、一体誰が？　今日は来客はないはずじゃ……」

ラナの動揺した様子に驚いて、一体何事かと聞いてみれば。

「王女様です！」

「え？」

「お隣の国のアリシア王女殿下です！　アリシア王女殿下が、来襲しました！」

「えぇっ？」

鼻息荒くそう告げるラナを困惑しながら見つめ、首を傾げます。

「落ち着いて？　ラナ。もう一度ゆっくりお願い」

するとラナは、ぐっと拳を握りしめ繰り返したのでした。

「……恋敵です！　恋敵の来襲ですっ。負けられない戦いが今ここにっ！」と。

「恋敵……？　って、王女様が……？」

それはどういう意味かと言いかけて、ふと思い出しました。そう言えばそもそもこの結婚は、アリシア王女殿下がジルベルト様に求婚したことからはじまったはず。と考えれば、アリシア王女殿下にとって私は恋敵といえるのかもしれません。少なくともあちらにとっては、ですが。

「で、でもまさかそんな……。一体何のご用で……!?」

そもそも王女が他所の国の貴族の屋敷を訪問すること自体おかしなことではあるのですが、ましてそのお相手がジルベルト様に恋い焦がれていた方ともなると、実に不穏です。訪問の目的が、ラナの言うように恋敵である私への殴り込みだったらどうしよう、と思わず気が遠くなります。

とはいえ、のんびりと悩んでいる余裕はありません。慌ただしく身なりを整え王女様のもとへと向かえば、バルツが途方に暮れた顔で私を待ち受けていました。

「今しがた旦那様のもとに急ぎの使いを出しましたので、すぐに旦那様から指示が返ってくるとは思うのですが……」

バルツのいつにない不安げな様子からするに、バルツもアリシア王女殿下からどこか不穏なものを感じ取っているのでしょう。とにもかくにもバルツにとっておきのもてなしを用意するよう言いつけ、ジルベルト様からの知らせが届き次第すぐに知らせるように指示を出しました。

そして腹をくくり、応接室の扉を開けてみれば――。

「会いたかったわ！　ミュリル・タッカード！」

耳に突き刺さるようなビリビリとした鋭い声に、瞬時に理解しました。初対面にもかかわらずいきなり旧姓で呼びつけたところからみるに、やはり恋敵への殴り込みにいらしたのだろう、と。

けれど相手はなんといっても王女殿下、平静を装いなんとか叩き込まれた行儀作法を引っ張り出して挨拶を返します。

「お初にお目にかかります。ジルベルト・ヒューイッドの妻、ミュリルと申します。アリシア王女殿下におかれましては、ご機嫌麗しゅう。お会いできて誠に光栄に存じます」

下げた頭の向こうから、動揺した声が聞こえました。

「……っ、妻っ⁉　……ふ、ふんっ！」

そっと顔を上げうかがいみれば、アリシア王女殿下のこめかみがピクついていました。

気の強そうな大きなぱっちりとした目、豊かに波打った淡茶色の艶やかな髪。アリシア王女殿下はそのお噂通り、紛うことなく美少女中の美少女でした。その揺るぎないまっすぐな強い眼差しと、まだ若いながらも威厳を感じさせるその佇まいも素敵です。できることならばぜひ木彫りのモデルになっていただきたいくらいです。

けれどその雰囲気がどうも何かを彷彿とさせるような……。ごく身近な親しみのある何かに、よく似ているような気がします。はて、一体何に似ているのだろうと思案していたら、いつの間にかすぐ目の前にアリシア王女の顔面が迫っていました。

「ちょっと、あなたっ!! 聞いているの!? ジルベルト様の噂のお相手がどんな方なのか見てやろうと来てみたら、こんなぽーっとした人だなんて……！ がっかりだわっ!!」

「えっ!? あ……あの?? 殿下っ??」

噂というのはきっとあの純愛の噂に違いありません。まさか殿下のお耳にも届いていたとは、と思わず顔が引きつります。

ということはきっと、私がジルベルト様に心から愛されている幸せな妻だと誤解してここにいらしたのでしょう。なぜ自分を差し置いて私なんかが妻の座に収まっているのか、と。

するとアリシア王女殿下はその大きな目をきっと鋭く光らせ私にずずい、と詰め寄りました。

「……ねえ、あなた！ どうやってジルベルト様をたらしこんだの？」

「た、たらし……？」

いいえ、たらしこむどころか利害と紙切れ一枚でつながっているだけの関係です。——とはとても言えません。

アリシア王女は悔しさを目ににじませて、さらにじりじりと詰め寄ります。

「ジルベルト様が結婚するのは私のはずだったのよ？　なのに、突然横からかっさらうみたいにジルベルト様を奪っていくなんて……。おかげで私の計画が全部台なしよ！」

「……計画？」

その瞬間、王女殿下がはっとした様子で口元を手で覆い黙り込みました。きょとんとする私にアリシア王女殿下は慌てた素振りで咳払い（せきばら）をすると。

「と、とにかく!!　あなたがなぜジルベルト様のお眼鏡（めがね）にかなったのか、私に教えなさい。身分も見た目も私の方が上、幼い頃から厳しくありとあらゆる一流の教育を叩き込まれてきた分、中身だって私の方が優れているはずよ。なのになぜ選ばれたのは私じゃないのっ。納得がいかないわ!!」

「そう申されましても……。こういうものは縁ですので……」

縁といえば縁と言えなくもない、ですよね？　恐怖症を持つ者同士の、奇縁ですけど。

「私、どうしてもジルベルト様に選んでいただきたかったのに……」

ええ、それはそうでしょうとも。恋をしていらっしゃったんですものね、ジルベルト様に。無理もありません。

「……そうすれば。……そうすれば私はあの国を」

「……国？」

なぜここで国なんていう単語が出てくるのか不思議に思いはた、と殿下に目を向ければ、うつむいた殿下の肩が小刻みにぷるぷると震えていました。そのおかしな様子に首を傾げ次の言葉を待っていると。

「……そうすれば、あの国を出られたのにっ！　私、ジルベルト様と結婚して、どうしてもあの国を出たかったのよ？　だって、国を出るには結婚するしか方法がないんだものっ！」

「……はい？　国を……出る⁇」

　ますますもって意味がわかりません。ジルベルト様と結婚するとなれば当然この国で生きることにはなるでしょうが、なぜそんなに国を出たいと思われているのでしょう？

「どうして……⁇　どうしてなの……」

「……⁇」

「どうして私はお兄様やお姉様たちにも認めてもらえず馬鹿(ばか)にされて、ジルベルト様にも選んでもらえないの……？　……あんな国、大嫌い！　たかが馬に乗れないくらいであんな馬鹿にされるような国なんて、さっさと出てしまいたかったのに……‼　それなのに……‼」

　アリシア王女殿下のほっそりとした肩がふるりと震え、キラキラとした大きな目がじわりと潤んだかと思うとみるみる雫があふれ出しました。

　私は混乱していました。百歩譲って国がどうのという理由は理解できなくもありません。王族として生きることに疲れた、とか、他国でのびのび暮らしてみたいとか。王族ともなれば色々とご苦労もおありでしょうし。

　けれど馬とは？　お兄様やらお姉様に馬鹿にされるとは？　もしやアリシア王女殿下はご家族と仲がお悪いのでしょうか。いえ、でも確か一番下の妹君ということもあり大層兄姉様方にかわいがられていると聞いたことがあるような――？

「アリシア王女殿下……⁇　ええと、それは一体……どういった……？」

　国やら馬やらお兄様やらお姉様やら、明後日の方向に話が飛んでさっぱり話が見えません。

困惑してそう問いかけた私を横目に、アリシア王女殿下はわっとその場に突っ伏し、今度はわんわん泣き出しはじめたのでした。

「もう王女なんてやめてしまいたいっ！　あんな国に生まれ落ちたばっかりに、どうして私の人生こんなことに……！」と叫びながら――。

呆気(あっけ)にとられた私は、とりあえずは気持ちを落ち着かせねばと慌ててバルツに急ぎお茶の用意を申しつけたのでした。

カチャリ……。コポコポコポコポ……。

「さぁ、まずはこちらをどうぞ。気持ちが落ち着きますから」

ひっくひっくとしゃくり上げる殿下の前に、そっと湯気を立てるカップを差し出します。鎮静効果のあるハーブティーをさりげなくチョイスするあたり、さすがはバルツです。よくわかっていますね。

こくり、こくり……。

「……いい香りね。おいしいわ」

泣き腫らした赤い目でしょんぼりしながらも、殿下は素直にお茶に口をつけるとほぅ……と息をつかれました。続けざまにヒューイッド家自慢のケーキをすっと差し出せば――。

もぐもぐもぐもぐ……。カチャリ……。

「……このケーキ、おいしいわね。お代わりいただける……？」

その言葉にさっとバルツがもうひとつケーキを差し出せば、またももぐもぐと食べはじめます。そのお姿はまるで小動物のようで大変にかわいらしいです。

どうやらヒューイッド家のおもてなしに満足いただけたようで、何よりです。特に料理長自慢のこのケーキは、ほっぺたが落ちるくらいとびきりおいしいですからね。きっと気分も落ち着くでしょう。それに何より泣いていては満足にお話もできませんし。

そしてしばし互いにお茶で喉を潤し、気持ちも落ち着いた頃合いを見計らってできるだけ穏やかな口調でアリシア王女殿下に話しかけました。

「ご気分はいかがですか？　あの……それで先ほどのお話ですが……」

わざわざ殿下自ら単身で私に会いにきたということは、よほどの理由があるに違いありません。先ほどの様子からして、恋敵の顔を見てなじってやりたいなんていう単純なお話でもなさそうですし。

「先ほどは取り乱して……失礼したわ」

ようやく冷静さを取り戻した殿下が、気まずそうに小さくつぶやきました。その頬が恥ずかしそうに薄っすら染まっているのがなんともかわいらし……いえ、いじらしいです。

「馬とか国がどうとかおっしゃっておいででしたが、あれは一体どういう……？」

「そ、それは……」

口ごもる殿下の様子に、ふとある想像が浮かびました。

「あの……もしかして殿下は何か国をお出になりたい特別な事情を抱えていらして、そのためにジルベルト様と結婚なさりたかった、ということなのですか……？」

その質問にしばし殿下は黙り込んだ後、こくりと静かにうなずいたのでした。

「えーと……その事情というのは、一体どのような……⁇」

王女として生まれたお方がその国を出たいというからには、きっとのっぴきならない事情に違いありません。もちろんだからといって、ただの契約妻である私がそれをなんとかできるなんて考えているわけではありませんが。

「それは……馬が……」

「馬……」

そう言えばさっきもそんなことをちらとおっしゃっていましたね。一体馬と国と結婚に、何の関係があるのでしょう？

「私は……、私はね……」

「……はい」

ごくり。

「私は……馬が……!! 馬が……、大嫌いで大の苦手なのっ！ いえ……怖いの。怖くて怖くて乗るどころか近づくこともできないの……。だからっ、馬だらけのあの国から……逃げようと……。だったら他の国の方と結婚をしてしまえば、と……」

だんだん尻(しり)すぼみになっていくその声に、思わず目をきょとんと瞬きました。

「馬が……怖い？」

そして思い出したのでした。隣国では王族も貴族も平民も、大人も子どもも老いも若きも皆馬ありきの暮らしをしている騎馬民族であるということを。それこそ馬に乗れなければ人生もままならないくらいに。

しばし考え込み、ある可能性にたどり着きました。もしや殿下は――。

「えー……、では殿下は馬が怖くて乗れないばっかりに国で肩身の狭い思いをなされていて、それが嫌で国をお出になりたかった……と？」

殿下の頭がこくり、と動きました。

「国を出るには他所の国の人間と結婚するのが手っ取り早いから、それで隣国の宰相であるジルベルト様に求婚を……⁇」

そう問いかければ、殿下は深刻な表情を浮かべまたもこくり、とうなずいたのでした。

「……私の国では、王族の子女は皆小さいうちから騎馬を仕込まれるの。お兄様たちもお姉様たちもすぐに乗れるようになってめきめきと上達したわ。でも私は小さい頃に馬に振り落とされてけがをして以来、すっかり怖くなってしまって……。それ以来何度挑戦してもどんなに高名な先生についていただいてもちっとも乗れないどころか、怖くて近づくこともできなくなってしまったの……」

「まぁ……、そんなことがおありだったのですね……」

けが自体はひどいものではなかったのだそうです。けれど自分の体の何倍も体の大きな馬に高い位置から振り落とされた経験は、すっかり殿下に恐怖心を植えつけてしまったそうで。

それ以来何度挑戦しても恐怖が募るばかりで、一向に馬に近づけるようにはならなかったのだそうです。はじめは慣れの問題だと考えていた兄姉たちも、今ではすっかり期待をかけなくなってしまったのだとか。

「王族の中で馬に乗れない人間は私ひとりきり……。兄たちも姉たちも皆、私にがっかりしているわ。王族としてあるまじき情けなさだって……」

聞けば殿下の国はセリアンが小さく見えるほど強く立派な体躯（たいく）の馬揃いだそうで、お小さかった殿下が怖く感じられたのも不思議なことではありません。

「でも、貴族の中には馬に乗れなかったり怖いと感じる方だっていらっしゃるのでは……？」

王族とはいえ人間です。好き嫌いも向き不向きもありますし、馬が苦手な方がいても仕方がない気がするのですが。けれど殿下は首をふるふると横に振ると重苦しいため息を吐き出しました。

「平民や貴族ならそれでも平気よ。でも私の国では、王族は有事の際には自ら馬にまたがって国を守り戦うのが責務なの。国土と民を守るためにそれは絶対に必要な役目なのよ。なのに私はそれを果たせないどころか、馬に近づくだけで気を失ったり高熱を出したりして……。そんな王族、存在価値がないも同然よ……」

殿下はそう言って、ぽとり、と涙をこぼされたのでした。

その苦しげな表情に、胸がきゅっとなりました。その苦しさは、男性に恐怖を抱き苦しんできた私には痛いほどわかりましたから。けれど気にかかります。ただ怖いだけなら、熱を出したり倒れたりするでしょうか。それではまるで——。

「気を失ったり、高熱を……⁇ 馬に近づくだけで、そういった症状が現れるのですか？」

殿下はうつむいたままうなずかれました。

「ええ。馬に乗れない王族は王家のお荷物でしかないの。そんな王族は、あの国には必要のない存在と同義なの。だから私は……」

すべてを話し終えた殿下は、その大きくきれいな目からまたぽとり、と雫をこぼしたのでした。

そのお話を聞いてようやく腑に落ちました。なぜ殿下がジルベルト様に強引な求婚をしてまで自分の国から——いいえ、馬から逃げたいと切望したのかがわかった気がしたのです。なりふり構わず必死になるのも理解できます。けれど私は、その前にひとつだけ確かめておきたいことがありました。

その返答如何では対応が大分変わってきてしまいますから。

私はすぅ、と息を吸い込み殿下に問いかけました。

「あの……先にひとつだけ確認しておきたいことがあるのですが……」

おずおずと問いかけた私に、殿下が首を傾げます。

「……何？」

「あの……もしや殿下は、ジルベルト様に恋い焦がれているというわけではないのですか……？」

「……え？」

「あの……、ですから、つまりジルベルト様のことが好きでたまらなくて結婚したいというわけではないのかしら……と、そんなことを思ったのですが……」

私の問いかけに、殿下はぽかんとした顔で固まりました。

「……」

息をのんで返事を待つ私に、殿下はぷっと噴き出しました。

「まさか!!　どうせなら見た目もよく優秀な方がいいでしょう？　その点あの人なら身分はちょっとあれだけど、まぁ合格点かなって」

「え……、では……？」

殿下はおかしそうに笑いながら、続けました。

「それにあれだけ堅物なら女癖も悪くなさそうだし、結婚後の問題も少なそうかなって思っただけよ？　……でもまさかさっさとあなたと結婚しちゃうなんて……。もうこれで、国を出る方法はなくなったわ。さすがに私に甘い陛下も重婚は許してもらえないもの……」

そのカラリとした返答に、私はほぅ……と息を吐き出しました。と同時に確信したのでした。きっと私の想像は当たっているに違いない、と。殿下がジルベルト様に恋をしていらっしゃらなかったのなら、何の問題もありません。となれば、私にできることをなすだけです。

こくり、と息をのんで、私は殿下をじっと見据え口を開きました。

「……恐れながら、もしかしたら殿下は馬恐怖症でいらっしゃるのかもしれません。ただの好き嫌いなどではなく、恐怖症と言えるほどの強い恐怖を感じていらっしゃるから、それほどまでに逃げ出したくなるのではと」

その言葉に、殿下の大きな目がきょとんと瞬きました。

「馬……恐怖症？　何なの、それ？」

殿下のその反応はごく当然でした。普通の方は恐怖症なんてご存じありませんからね。もちろん私たちの秘密についてお話しするわけにはいきません。なんといっても相手は隣国の王女様なのですし、ジルベルト様のお立場や外交上の問題もありますし。

ですのでやんわりと恐怖症についてかいつまんで説明することにしました。

「ええと……精神的な病のようなもので、激しい恐怖や嫌悪を感じるあまりに身体症状まで現れたりするのが特徴で……。ただの好き嫌いであれば、殿下のように気を失ったり高熱を出したりはしないはずですから」

私の説明に、殿下はしばし黙り込み。

「……病気？　馬が苦手なことが……病気？　皆は私にやる気がないとか軟弱だからとか、王族としての覚悟がないからだって言うのだけれど……。違うの？？」

私はこくりとうなずきました。

私は医者ではありませんが、恐怖症と定義されるのは身体症状を伴い実生活に多大な悪影響を及ぼしている場合に診断されるものなのだと知っています。であれば、殿下の場合馬恐怖症といって差し支えないと考えたのです。

「私が……馬恐怖症……？　病気……？　だから乗れないし、近づけないの……？」

呆然とする殿下のお顔には、信じられないといった表情とともにどこか安堵の色がにじんでいる気がしました。

皆が当たり前のように馬に乗れる中、自分だけが馬に近づくことすらできないというのはきっととてもお辛い日々だったことでしょう。頑張ろうと思えば思うほど恐怖は募り、焦るばかり。それが余計に恐怖症を悪化させてしまったのかもしれません。

「一度恐怖症になってしまうと、そう簡単には克服できないものなのです。恐怖というのは目に見えませんし、なかなか他者に理解してもらうこともできませんし。精神的な負荷がどんどん重くなっていってしまうのですわ」

「……」

なんとか克服しようと無理を重ねたことで殿下はすっかり自信をなくし、苦しんでいたのでしょう。だからこそ、好きでもない相手に突然結婚を申し込むなんて思い切った行動に出てしまったに違いありません。その相手がよりにもよって女性恐怖症を持っているだなんて思いもせずに――。

「……長くお辛い思いをされてきたのですね。アリシア王女殿下……。お気持ち、お察しいたしますわ」

その苦しみは痛いほどよくわかります。私も、ジルベルト様も同じですから。

「……ふっ……く……！」

　殿下の口から切なげな嗚咽がもれはじめました。それを聞きながら、私は思ったのです。こんなにも苦しんでいる殿下のために、何か力になれることはないかと。

　それでつい口から言葉が出たのです。

「あの……、私がもしお力になりたいといったらどうなさいますか？　恐怖症は簡単に治るようなものではありませんが、その、少しでもその苦しみを緩和させるようなお手伝いができれば、と……」

　自分の口からこぼれた思いがけない言葉に、自分でもびっくりしていました。はじめて会った隣国の王女殿下に厚かましくもそんな申し出をするなんて、と。

　けれど思ったのです。私にはセリアンたちやジルベルト様がそばにいて、恐怖を分かち合い支え合えます。でも殿下は？

　恐怖症を理解してくれる人も分かち合える相手も支えもなく、たったひとりで恐怖に苦しむ姿が痛々しく思えてたまらなくなったのです。だから――。

「私を……助ける？　……でも私、ジルベルト様との結婚を横からかっさらったあなたに喧嘩を売りにきたのよ？　それなのに今日会ったばかりの私に力を貸すというの……？」

　あ、やっぱり喧嘩を売りにきたんですね。よかったです。隣国の王女様相手に格闘せずに済んで。

　ほっと胸をなで下ろしながらこくりとうなずけば、殿下の大きなかわいらしい目がみるみる潤みはじめました。

「で、でも……一体どうやって？　高名な先生でも無理だったのよ？」

　殿下の目が不安と期待に揺れていました。そんな殿下を励ますようににっこりと微笑み、私はとある提案をしてみることにしたのです。

「実はこの屋敷にはセリアンという私の大切な家族――馬がいるのです。その子と一度会ってみませんか？」

「ええっ……⁉　で、でも私は、馬に近づくこともできないのよ……？」

恐怖の色を浮かべた殿下に、慌てて首を横に振ります。

「あ！　いえ、乗るとかそういう意味ではなく、ただ近づく練習をしてみるという意味ですわ。もちろん無理のない程度に、です。でもきっとあの子なら、殿下といいお友だちになれる気がするんです」

「馬と……友だちに……？」

「はい」

「……」

私の提案に、殿下はしばし黙り込み。

「私に……できるかしら……？　国でもあんなに試してだめだったのに……」

殿下は自信なさげに両手をぎゅっと握り合わせ、うつむきました。けれど私には不思議な直感があったのです。セリアンとアリシア王女殿下ならば、もしかしたらうまくいくのではという直感が。

「セリアンは心の痛みがわかる子ですから、もしかしたら……。それにたとえ乗れなくてもほんの少し近づくことくらいできるようになれば、少しは心が軽くなると思うのです。お国ではお立場的に不安を口にしたり泣いたりできなくても、ここなら誰も笑ったり咎めたりしませんし」

殿下はしばし黙り込んだまま、私を信じられないといったお顔で見つめていました。そしてあきれたように息をつくと。

「あなたって……馬鹿がつくほどお人よしね。喧嘩を売りにきた私なんかのためにそんなこと言い出すなんて……。でもいいわ。……あなたがそう言うなら、やってみてあげてもよくってよ!!」

口ぶりはどうにもそっけなくも、そのお顔はなんだかとても嬉しそうに見えました。

こうして私はさっそく殿下をセリアンと引き合わせてみることにしたのですが――。

「ほ……本当に噛まない??」

馬房に近づくにつれ、殿下の足取りは重くなっていきます。

「噛みません」

「……にらんでこない?」

「にらみません」

「……蹴らない??」

どんどん不安を募らせる殿下を必死になだめながら、震える手を握りしめつつゆっくりとセリアンのもとへと向かいます。

「蹴りません。意地悪をしたりセリアンを馬鹿にしたりしない限りはそんなことしません。とても賢くて、人の心の痛みがわかる優しい子ですから」

「そう……。そうよね……。別にあなたの馬が怖い子だなんて疑っているわけじゃないのよ? ただ今までの記憶が邪魔をして、つい……」

きっと必死に自分に言い聞かせているのでしょう。別に乗るわけではなくただ挨拶をするだけなんだから、怖がる必要などないのだと。けれど長年積もり積もった恐怖はそう容易に消え去るものではありません。

「……お辛いようなら、少し時間を置いてからにしましょうか？　もう少しお茶を飲んでリラックスしてからでも……？」

一瞬迷うように黙り込んだ殿下は、その迷いを振り払うようにふるふると首を横に振りました。

「本当は怖いわ……。できることなら逃げ出したい。でも……でも私、このままは嫌なの。この先もずっと恐怖に怯えて、逃げ回って生きるのは嫌……。だって私はあの国の王女なんだもの。国を心から愛しているし、王族としての責務だって全うしたい。……本当は、あの国を守れるような強い人間になりたいの。……だからやってみるわ！」

「殿下……」

アリシア王女殿下の王族としての矜持と気高さに胸を打たれました。その姿は、国のために宰相としての職務を全うしたいと願うジルベルト様とも重なって見えました。そして気づいたのです。どうして私がアリシア王女殿下の力になりたいと感じたのか――。それは、はじめて会ったあの日のジルベルト様と殿下の姿が重なって見えたからなのだと。

「アリシア王女殿下……、微力ながら私がお手伝いさせていただきますわ。力になりたいんです！殿下が納得のいく誇りある生き方を見つけられるように」

殿下の目が一瞬驚きに大きく見開かれ、そして。

「……ふっ！」

殿下の顔が泣き笑いでくしゃり、と歪みました。

「ありがとう……、ミュリル……。私、頑張ってみるわ!!」

「殿下……」

どうやら覚悟を決められたようです。殿下は目をきらりと輝かせると、私をじっと見つめました。

そして。

「そうだわ！　せっかくあなたともこうして知り合いになれたんだし、今夜はこのお屋敷に滞在させていただいてもいいかしら？　せっかくのチャンスだもの！　こうなったらじっくり腰を据えてセリアンと向き合ってみたいの!!」

その瞬間、ぴきっと時が止まりました。

今、なんと？　お屋敷に……滞在？

それはつまりこの屋敷にアリシア王女殿下がお泊まりになられるということでしょうか？

「……えっ!?　滞在……？　ここに、殿下がっ!?」

さすがにそれは想定外でした。いくら貴族のお屋敷とはいえ、王族がこのようなところにお泊まりになるなど想像の域を超えています。それになんといっても私たちは見せかけだけの夫婦なのです。もし屋敷の隅々まで見られてしまったら、完全別居していることがバレてしまいかねません。

「ええと……それは……。あの……」

困り果ててバルツを見やるも、バルツもぴしりと固まったまま動けずにいるようです。これは大変なことになったと、頭をフル回転させなんとかこの事態を乗り切る方法を考えていました。

客間は中央棟にありますから、私たちが完全別居していることがバレる恐れはないでしょう。とはいえ、ジルベルト様が帰宅されたら大変なことになります。なにせお出迎えもせず、ほぼ顔を合わせずに毎日を過ごしているのですから。となれば、ジルベルト様には今日のところはお帰りにならないでとお伝えするより外ありません。屋敷の主に向かって帰ってくるなとはとても言い辛くはありますが……。

そんなことを知る由もない殿下は、にっこりと微笑み口を開きました。

「ご迷惑？　あぁ、別におもてなしなんてしていただかなくて平気よ？　あくまでセリアンと向き合うための訓練合宿みたいなものだもの」

「訓練……合宿⁉」

アリシア王女殿下はやる気に燃えていました。となればそのやる気をそぐわけにはいきません。となれば、すぐにこの緊急事態をジルベルト様にお知らせせねば。

私は覚悟を決めました。

「ええと……で、ではその旨をすぐにジルベルト様に知らせてまいります！　ちょっと失礼っ……。

バルツ‼」

背中に冷たい汗を垂らしながらバルツにかけ寄り、急ぎ王宮にいるジルベルト様に事情を伝えるよう指示します。バルツも腹を決めたのでしょう。こくりとうなずき、すぐさまかけ出していったのでした。

そして私は、決意をみなぎらせるアリシア王女殿下とともにセリアンたちのもとへと向かったのでした。

ワワオォンッ……！

ヒヒンッ……、ブルルルルッ……。

「さぁ、殿下。この子がセリアン、そしてあっちからかけてくるのがオーレリーです。それからこの子がモンタンですわ。さ、皆ご挨拶して？　こちらはお隣の国からいらしたアリシア王女様よ」

私の呼びかけにまずかけ寄ってきたのはもちろんオーレリーです。相手が私に危害を加えなさそうと判断すると、どんな相手でも尻尾を振ってしまう懐っこい子ですからね。

「きゃあっ！　ふふっ!!　はじめまして、オーレリー！　よろしくね」

どうやら馬以外の動物はお嫌いではないようです。殿下は楽しげに声を上げてその毛むくじゃらの体を抱きとめ、顔をすり寄せます。

「さ、モンタンも殿下にご挨拶、を……？」

ふとモンタンを見やれば、今まさにアリシア殿下が胸元に抱き上げたところでした。同時にこちらを振り向いたその光景に、思わず噴き出しました。

「ふふっ！」

つい笑いをこらえきれなかった私に、殿下が「どうしたの？」とちょこんと首を傾げます。それとまったく同じ仕草をモンタンがするものだから、余計に笑いがこみ上げます。

「ふふふっ!!　ご……ごめんなさい！　実は殿下とさっきお話ししている時に思っていたんです。殿下がよく見知っている誰かに似ている気がするなって……」

「……？」

きょとんとする殿下に必死に笑いを噛み殺しながら答えます。

「それが誰なのか、今わかりました。殿下って、ちょっとモンタンに似ていますわ。目が大きくてきゅるんとしているところも、髪の色もモンタンの毛色とよく似ていますし」

くすくす笑いながらそう言えば、殿下とモンタンがきょとんと顔を見合わせます。それがまたなんともそっくりで実にかわいらしくて。

「そ……そう？　似てるかしら？　ふふっ！　でも確かにちょっぴり気が強そうなところは私と一緒かもしれないわね！　はじめまして、モンタン！　似た者同士、仲良くしてね」

その声に応えるようにモンタンがぴょこんっと元気よく跳ね上がりました。どうやらモンタンも殿下のことが気に入ったようです。そして残るは——。

「……そしてこの子が、お話ししたセリアンですわ。殿下」

セリアンは、柵の向こうからじっと耳を澄ませてこちらの様子をうかがっていました。その目はまるで殿下の心の中をなだめようとするように静かで、穏やかでした。きっとセリアンにもわかっているのでしょう。殿下が大きな恐怖と闘っていることが。

いつもなら大きく挨拶代わりに鳴らす鼻息すら遠慮がちに、こちらの様子をうかがっています。

「セリアン、こちらアリシア王女殿下よ。……さ、殿下。大丈夫……噛みついたりしませんから、もう少し近くに寄ってみませんか？」

きっと殿下の緊張と不安が伝わったのでしょう。セリアンは柵の向こうで身じろぎせずじっとしています。

「……は、……はじめまして……。ア……アリシアよ。よろしく……ね？　セリアン……？」

セリアンの大きな目が殿下をじっと見つめていました。殿下はぎゅっと手を胸の前で握りしめ、息をのんでそれを見返します。そしてしばしの沈黙ののち。

……ブルルッ!!

セリアンは小さく鼻を鳴らすと、ゆっくりと草を食みはじめました。どうやら殿下を危険人物ではないと認めてくれたようです。

「ふふっ……！　セリアンは殿下のことがお気に召したみたいです。きっと殿下がお優しい方なのをわかったんですわ」

私の言葉に、殿下は目をキラリと輝かせ嬉しそうにはにかみました。

「そ……そう？　な……ならよかったわ!!　な……ななな、もうちょっとだけ近づいてみようかしら……」

殿下がやる気に燃えています。私の背中にしがみつきながらとはいえ、一応はちゃんと顔を見合わせて挨拶ができたことで少し自信がわいてきたのかもしれません。けれどあまり急ぎすぎるのも心配なのですが——。

「……大丈夫ですか？　いきなりあまり無理をしないほうが……？　時間はまだあるのですし……」

けれどどうやら挨拶が無事にできたことで自信がついた殿下は、もう少し頑張ってみたいようです。

「ちょっとだけ……。ちょっとだけ頑張ってみるわ……。その人参、私があげてみてもいいかしら……？」

そう言うと私が手に持っていた人参を握りしめ、果敢に挑戦しはじめたのでした。

「セセセセセ、セリアン……!!　ど……どどどど、どうぞ？　お食べ……？」

見事なまでのへっぴり腰です。けれど恐怖のあまりどう見ても人参の先が馬房に届いていません。さすがに馬の長い顔でもその距離では人参にありつけそうもないのですが……。

「ええと……殿下！　もうちょっと柵の間から人参の先を差し出すように……。さすがにそれではセリアンの口に届きませんわ。もうちょっと……もうちょっとだけ近づけてみてください」

見事なへっぴり腰のままぷるぷると手を震わせて人参を差し出すアリシア王女殿下と、必死に口を突き出して大好物の人参を食べようとするセリアン。その光景はなんとも必死で滑稽でした。

けれどセリアンはちゃんと理解しています。決して殿下を怖がらせないように、できるだけ鼻息もブフォン、と強く吹きかけないように配慮しているのが私にはわかります。さすがはセリアン、賢い子です。大好物欲しさに、思わず白目をぎょろりとむいてしまっているのはご愛嬌です。

「こ……こう？　お……おおおおお願いだから、セリアン。私の手を食べないでね？」

そして何度目かの挑戦の後、やっと殿下のぶるぶる震える手で差し出した人参がセリアンの口に届いたのです。

ぱくっ。

やっとのことでありつけた大好物を嬉しそうにあっという間に平らげたセリアンに、殿下の歓声が上がりました。

「……た、食べたわ。人参……セリアンが私の手から！　ミュリル！　私食べさせられたわ！　やった……!!　ついにやったわ……!!」

「すごいですっ。殿下っ!!　まさかこんなに近くにまで寄れただけでなく、人参まで!!」

いかに恐怖と向き合うことが大変かを知っているからこその心からの賛辞を送れば、殿下の顔に安堵とやりきったという自信に満ちた表情が浮かびました。そのドヤ顔っぷりが、たまらなくかわいいです。そんなところもやっぱりモンタンに似ています。

「ふふふふっ!!　さぁ、殿下。頑張ってお疲れになったでしょう？　このあとは少しお庭でのんびりまったりいたしましょう！　焦りすぎ、頑張りすぎは厳禁ですからね」

そして私たちは柵越しにセリアンたちがゆったりと過ごすのを眺めながら、しばしお庭で過ごすことにしたのでした。

雲ひとつない晴れた空に、そよそよと吹きそよぐやわらかな風。草花の匂いが庭中に立ち込める中を、のんびりと楽しげに動き回るセリアンとオーレリー。モンタンは前足を上手に使ってせっせと長い耳をお手入れ中です。

「うふふふっ!! かわいいわね、モンタンって。この長い耳もかわいいし、毛並みもとってもきれい。それに耳の付け根のところがとってもいい香りだし！ あぁ、もちろんオーレリーもかわいいわよ!! セリアンだってとっても優しくていい子だし！」

殿下とモンタンはすっかり意気投合したようで、先ほどからいちゃいちゃと仲睦まじくたわむれておいでです。その姿はとてもかわいらしくそっくりで、なんともほっこりします。

「ねぇ、ミュリル。ここはいいお屋敷ね。使用人たちも皆いい人そうだし、ここだけ穏やかで特別な時間が流れているみたい……。こんなにゆったりした気持ちで過ごせたのは久しぶり……」

国にいるとどうしても自分の中の恐怖と向き合わざるをえないからでしょう。庭をゆったりと見つめるそのお顔には、お屋敷にいらした時の張り詰めた色は見えません。そのことにほっとします。

気がつけば、私と殿下との間の距離もすっかり近づいていました。

ラナが淹れてくれたお茶を口に運び、ほぅ……と穏やかに息をついた殿下が口を開きます。

「……ねぇ、どうしてあなたはセリアンを飼っているの？ この国の貴族令嬢はひとりで馬に乗ることはまずないって聞いているわ。それなのになぜ？」

殿下の問いに、私はしばし考え込みました。

「えーと……、そうですね……。貴族令嬢としてどう映るかというより、目が合った時に引き合う縁を感じたから……でしょうか？」

「縁⁇　セリアンと？」

「はい。セリアンだけではなく、この子たち皆そうです。きっとそういう運命だったんだと思うんです。私にはセリアンとオーレリー、モンタンが必要で、この子たちにもきっと私との出会いは必然だったんだと思います」

「運命……？　この子たちとの出会いが、あなたには必要不可欠なものだったってこと……？　この子たちにとっても……」

そう。私たちにはお互いの存在が必要でした。傷ついた心を抱えそれでも強く生きていくために、幸せになるために互いに支え合うことがどうしても。

私はセリアンたちとの出会いと信頼を築き上げるまでの経緯を、恐怖症についての下りを曖昧にごまかし殿下に打ち明けました。すると殿下は納得したようにうなずくと。

「……そう。セリアンもオーレリーも、モンタンもそんなひどい目にあっていたのね……。それにあなたも……」

「……はい。私たちは同じ痛みを抱えていたからこそ、互いに引き寄せ合ったんだと思うんです。目に見えない恐怖や痛みは、経験した者同士にしかわからないこともありますから。この子たちは私にずっと寄り添ってくれました。どんな時も私の弱さを笑わず、あたたかく包み込んで励まし続けてくれたんです」

だからお互いに支え合って、幸せをあきらめずに生きてくることができたのです。

セリアンたちの過去を聞いた殿下は、私の手をそっと握ると。

「だからミュリルは私に手を差し伸べてくれたのね……。同じ痛みを知っているから……。ありがとう、ミュリル。私の弱さを笑わずに馬鹿にせずに一緒に向き合ってくれて……」

殿下は少し声を詰まらせ、うつむきながら続けました。

「国にいるとどうしても情けなさと恥ずかしさで心が潰れそうになるの……。でもあなたが力を貸してくれたおかげで、勇気を出すことができたわ」

私と殿下の視線がやわらかく交差しました。

もしかしたら殿下との出会いもまた、私にとって必然だったのかもしれません。まさか同じような恐怖を抱えた者同士がこんな形で出会うことになろうとは思いもしませんでしたが。

そして私は悟ったのです。私にとってセリアンたちとの出会いが必然であったように、ジルベルト様との出会いもまた必然だったのだ、と。私にはジルベルト様が必要で、もしかしたらジルベルト様も私との出会いが必然だったのかもしれない。

そう思った瞬間、心の中にあたたかなものが灯るのを感じました。

「きっと誰にも必要なのかもしれません。自分の弱さを分かち合い、支え合える存在が——。それは人だったり動物だったり、自分にとって大切な思いだったり色々な形をしていて、殿下にとっては国を強く思うひたむきなその御心もまたそうなのかもしれません」

「私の……国を思う気持ち……？」

殿下の目がきらり、と揺らめきました。

国のために自分の弱さを乗り越え責務を全うしたい、そう凛と言い切った殿下の御心はとても尊く美しく感じられました。そしてそんな殿下に愛されている国も民もきっと幸せに違いない、と。そんな思いに心打たれたからこそ、私は力になりたいと思ったのです。同じ弱さや恐怖を分かち合える私たちだからこそ、助け合い支え合えることもあるに違いない、と。

「その御心こそ、馬に乗れる以上に尊く大切なものだと思います。国と民にとって何より必要でかけがえのないものですわ。だから殿下も、セリアンと出会ったことでもしかしたら何か変わるきっかけを得られるかもしれません」

「……！」

私のその言葉に、殿下ははっとしたように目を見開いたのでした。

その頃、王宮では。

「困ったことになったわね。まさか王宮をひとりで勝手に抜け出すなんて……。あの子を甘く見ていたわ」

王妃が眉間に皺を寄せてため息をつく横で、国王が頭を抱えていた。

「ヒューイッド家の屋敷付近に王宮の馬車が止まっているのは、すでに確認済みです。御者によれば、言う通りに走らせないと僻地（へきち）に飛ばすとアリシア王女殿下に脅され、致し方なく脱走を手助けしたそうです！」

急ぎ捜索に向かった近衛（このえ）の報告に、国王は再び大きなため息をついた。

アリシア王女殿下がこの国を突然訪問してきたのは、つい先日のこと。その目的はおそらくジルベルトの結婚の真偽について確かめにきたのであろうことは推測していた。が、まさか直接ヒューイッド家の屋敷に単身乗り込むとは思いもしなかった。一国の王女が供の者もつけず護衛のひとりも伴わず勝手に他国をうろつき回るなど、もしおかしな輩（やから）にでも捕まったら大事になりかねない。

「あれでも一応は他国の王族だしな。さすがに首根っこをつかまえて無理やり連れ戻すわけにもいかんし……。まったく世話の焼けるじゃじゃ馬姫だ、アリシア王女は」

隣国の王族は皆強烈な個性の持ち主ばかりだが、その中でも末子であるアリシア王女は突出していた。が、その自由奔放さと天性の賢さとかわいらしさを年の離れた兄弟姉妹たちも大層かわいがっていると聞く。国王も王妃もそんなアリシア王女を気に入ってはいた。だがしかし脱走ともなると、さすがに自由奔放などという言葉では看過できるはずもない。

「まったく一歩間違えばとんだ外交問題だ。わかっているのかね、あの姫様は。まったく厄介な相手に好かれたものだな。うちの宰相は」

王女の姿が見えなくなったことに気がついた王宮は、その行方を朝からずっと追っていた。がその行き先がヒューイッド家だと判明した時は、思い切り脱力し一体どういうことだと大騒ぎになったのだったが。

何よりこの男の動揺っぷりと言ったら――。

「あああぁ……！　ミュリル……」

国王と王妃が顔を見合わせアリシア王女の破天荒ぶりを嘆いている横で、ジルベルトもまた盛大に頭を抱えていた。

　まさか女官たちの目が離れた隙に、一国の王女が単身王宮を飛び出すなど思いもしなかった。しかもよりにもよって、ミュリルのいるヒューイッド家に電撃訪問するなど。結婚したことはすでに知っているはずだし、あれ以来何の音沙汰もない。きっと一時の気の迷いだったのだとうにあきらめてくれたのだとばかり思っていたのだが。

「普通乗り込むか？　仮にも一国の王女だぞ？　いくら求婚をふいにされたのがおもしろくないからといって、その妻のいる屋敷に乗り込むなど……」

　屋敷からの一報を受けてからというもの、生きた心地がしなかった。いくらこれまで幾多の女性たちの来襲をうまくかわしてきたミュリルとはいえ、今回は王族が相手だ。きっと困りきっているに決まっている。まして相手はあのアリシア王女なのだ。

「ミュリル……。あぁ……朝はあんなに穏やかで幸せだったのに……」

　ジルベルトの脳裏に、朝見送ってくれたミュリルの少しはにかんだようなかわいらしい笑みがよみがえった。

　セルファ夫人のパーティで倒れた自分を心配して無理をしていたミュリルに、お互いに恐怖症を克服できないまでもせめてお互いにもっと近づく努力をしてみようと提案したのはついこの間のこと。それ以来、朝は東棟と西棟がつながる中央棟の階段上からミュリルが笑顔で見送ってくれるのだ。少しはにかんだ穏やかな笑みを浮かべて、優しく『いってらっしゃいませ。ジルベルト様。どうぞお気をつけて』とあのかわいらしい声で。

「ミュリル……」

ジルベルトは深いため息を吐き出した。

ようやく慣れてきたところだった。朝の挨拶も、見送りも。少し気恥ずかしく緊張感も漂うが、あのぎこちなくはにかんだミュリルの笑顔を見ると、それだけで眠気も疲れも吹き飛ぶ。そして浮き立つような喜びが胸を支配するのだ。その上無意識につい手を伸ばしたくなったりもする。触れることなんてできないくせに。

この焦れるような気持ちが一体何なのかはわからない。けれどミュリルとのこのわずかな時間を、今は何より大切にしたい。そして、もう少しだけでいいから距離を縮めたい。それが物理的な距離なのか、心理的な距離なのかはともかくとして――。

そう思っていた矢先だったのだ。それなのに、どうしてこんな騒ぎに。

ジルベルトはがばり、と顔を上げ立ち上がった。

「今すぐに屋敷に戻らないと……！　ミュリルひとりに任せておくわけにはいかない……!!　一緒に乗り越えようと言ったばかりなのだから……」

焦れるジルベルトに、冷静な国王の声が飛んだ。

「……して、行ってどうする？　奥方と抱擁でもしてアリシア王女に仲睦まじいところでも見せつけるか？　それとも、自分の妻に近づきもせず遠くから王宮に戻るよう王女を説得でもするか？」

その声に、ジルベルトは肩を落としてずるずるとしゃがみ込んだ。

「そうよねぇ……。まだ十五歳とはいえ、女性はこういうことには勘が働くものですからね。きっとあなたたちがわけありの夫婦だということはすぐにバレてしまうでしょうねぇ……。そうなればこの結婚の意味自体なくなってしまいかねないわ……」

国王と王妃の冷静な突っ込みに、絶望感で地面にめり込みそうになった。

「確かに戻ったところでまともに会話もできない私たちを見れば、これが偽りの結婚だと王女にバレてしまう……。かといってこのままミュリルにあの王女を任せきりにするわけにも……。あぁっ！　もうっ一体どうすればっ」

激しく苦悩しながら悶絶するジルベルトに、さらなる一報が届いた。

「お知らせいたしますっ！　現在アリシア王女殿下は、宰相殿の奥方様と屋敷の庭にて馬や犬たちと仲良くたわむれておいでとのことでございますっ」

「馬と犬、だと？」

「……セリアンたちとたわむれて？　喧嘩を売りに行ったんじゃないのか……？」

さらに続いた知らせに、その場にいた全員がぽかんと口を開いた。

「なお当のアリシア王女殿下より陛下に伝言がございます。殿下のたってのご希望により、今夜はヒューイッド家のお屋敷にご滞在なされるとのことでございます!!　奥方様とともに馬との触れ合いを通して親睦を深めるつもりだ、と……」

思わずジルベルトが大きく叫んだ。

「いや……、ちょっと待て!!　何を勝手に……??　しかも親睦のために滞在、だと……!?　馬との触れ合い……!?　一体アリシア王女は何を考えているんだっ」

そんなジルベルトに、同時にミュリルからも知らせが届いた。『アリシア王女殿下が屋敷での訓練合宿をお望みなので、お屋敷に戻られるのは危険です』と。

その知らせに、ジルベルトはがっくりと膝をついた。

「……なんなんだ。一体……。なぜこんなことに……」

主である自分の許可もなく、なぜ屋敷に王女が滞在することが決まっているのか。しかも訓練合宿とは？　一体何の??

しかもアリシア王女が屋敷に泊まるということは、間違いなく自分は屋敷に戻れない。もし完全別居であることがばれたら一貫の終わりなのだから。

もはやなすすべなく放心するしかないジルベルトを横目に、国王は王妃とどこかおかしげに顔を見合わせた。

「あのお転婆……何を考えているんだ??」

「さぁ……？　相変わらずあの子ったら、何を考えているのかさっぱりだわ……」

「でもまぁ物騒な目的でないのは確かなようだし、少し様子を見てみるか……」

「そうねぇ……。本当に困った方だけど悪い方ではありませんしね。それにミュリル様ならあの子のこともうまくあしらえる気もするし……。ふふっ。なんだかちょっとおもしろそうなことになってきたわね。こっそりふたりの様子をのぞいてみたい気もするわ」

「……ふむ。確かに興味あるな」

抜け殻のようなジルベルトを横目に、国王と王妃は顔を見合わせくすりと笑い合った。一体何をしようとしているのかはさっぱりわからないが、あのミュリルとお転婆王女がどうやって親睦を深めるのか実に興味がわく。

国王は小さくうなずき、使いの者に告げた。

「王女に伝えよ。くれぐれも奥方をあまり困らせないようにとな！　それから宰相は急な仕事で二日ほど屋敷には戻れんとも伝えておけ！　それから……」

なんといっても相手は隣国の王女。その身に万が一のことがあれば大問題になる。

「それと外からはそうとは知れぬよう、屋敷の警備を厳重に備えよ！　もし何事かあれば大事だからな。ただし当人たちには気づかれぬよう慎重に動けよ！」

「「「はっ！　御意にございますっ!!」」」

そしてジルベルトはと言えば、床に突っ伏したまま途方に暮れていた。

「ミュリル……。なぜこんなことに……。王女め……。くっ……！」

思わぬ嵐の妨害により再びミュリルとの距離が遠のいたジルベルトは、自分の屋敷に戻ることもできず、キリキリと痛む胃を押さえ眠れぬ夜を王宮で過ごす羽目になったのだった。


翌朝、私はいつものようにセリアンたちのお世話をするために庭へと向かいました。アリシア王女殿下と一緒に。

昨夜ジルベルト様はお帰りになりませんでした。殿下がお屋敷に滞在しているとあっては、さすがに私たちの別居生活がバレる危険は冒せないと判断されたのでしょう。下手に一緒にいるところを見られでもしたら、挙動から私たちの秘密が明るみに出てしまいますからね。

「セリアン、オーレリー！　モンタンもおはよう！　さぁ、朝ごはんの時間よ。いらっしゃい」

いつものように皆の寝床をきれいに掃除するために、新鮮な野菜といい香りのする干し草をたっぷり与えてから運動のため庭へと放します。健康のためには運動は欠かせませんからね。

昨日いらした時のドレスから私のシンプルな洋服をまとった殿下は少し幼く見えて、まるで妹ができたようでつい頬が緩みます。

「あら？　殿下、お掃除なら私が……。ずいぶん手慣れていらっしゃいますね」

見れば、殿下がとても手慣れた様子でせっせと馬房の掃除に励んでいました。

「お掃除だけはいつもしていたから……。私の国では王族も皆自分の馬の世話は自分でやるの。そうすることで絆も信頼も深まるからって」

そして話してくれました。自分にもかつて練習用にとあてがわれた馬がいたのだと。

「はじめは嬉しかったの。私もやっと馬に乗れるんだって……。お姉様やお兄様方のように立派に乗りこなしてみせるんだって意気込んでいたわ。でも怖くなってからは掃除をするのがやっと……。でも馬も自分を怖がっているとわかるでしょう？　結局心も通わないまま、他の人に預けられていったわ」

きっと殿下だってできることならばその馬と仲良くなりたかったに違いありません。でなければ、恐怖をおして毎日大変なお掃除に励まれるわけはありませんから。

「あの子にもかわいそうなことをしたわ……。私が相棒じゃなかったら、もっとのびのび外をかけ回れたでしょうに……」

「殿下……」

悲しげな表情に胸が痛みます。けれど殿下は、優雅にたてがみをなびかせ風を切って庭を気持ちよさそうにかけるセリアンを見つめ、ふわりと微笑んだのです。

「でも……昨日あなたが言ってくれたでしょう？　私の国を思う気持ちは、国にとっても民にとっても馬に乗れること以上に大切でかけがえのないものだって……。それを聞いて私、とても嬉しかったの。私はまだ一番大切なものを失ってはいないって、そう思えたから。そして覚悟が決まったわ」

「覚悟……ですか？」

殿下はこくりとうなずくと。

「私……、もう一度頑張ってみるわ。あの国で。もう国を出たいなんて二度と口にしない。あの国の王女として恥ずかしくないよう私にもできることを見つけて、私なりのやり方できっとあの国を守ってみせる。それが私の生まれ持った運命だもの。たとえ恐怖は消えなくても……私にも王女としてあの国のためにできることはあるはずだから……」

そうきっぱりと告げたアリシア王女殿下は、とても凛として美しく気高く見えました。

気がつけば殿下がお屋敷に突撃しにきてから一日と半日が過ぎ、日が傾きはじめていました。

いつしか殿下とセリアンの距離は、柵越しにならおやつをあげたり言葉を交わせるくらいには近づいていました。あんなにへっぴり腰だったことを考えれば、目覚ましい進歩です。これもきっとセリアンの優しさと殿下の志の高さのなせる業なのでしょう。

けれど、別れの時間は近づいていました。なんといっても殿下は隣国の王女様、いつまでもこんなところでのんびりしているわけにはいかないのですから。それにきっと今頃王宮は大騒ぎでしょうし。

「……」

「……」

近づく別れの時に、私も殿下も言葉少なになっていました。

不思議なものです。恋敵だの喧嘩だのと物騒なことを言って乗り込んできた殿下との別れが、こんなに離れがたく寂しいだなんて。きっと殿下も同じ気持ちなのでしょう。先ほどから黙り込んだまま何かを言いかけてはやめ、また何かを言いかけてはやめての繰り返しで。

けれど殿下は何かを決心したように私を見つめると。

「……ねぇ、馬も人も同じかしら？　仲良くなりたいって思ったら、出会いはちょっとあれでも仲良くなれたりするかしら？」

殿下の突然の問いかけに、意図がわからず首を傾げます。

「ええ、そう思いますけど……？」

すると殿下はくるっと私の方を向くと、ずいっと顔を近づけ口を開いたのでした。

「な……なら！　わ、私とあなたも仲良くなれるってことよね？　喧嘩を売りにきたのはもう過去のこととして、お……お……」

「……お？？　お……なんですか？？　殿下」

「お……お友だちっ……!!　お友だちに……なれるわよねっ？　私たちっ」

殿下のその大きな声に、一瞬思考が止まりました。今殿下はなんとおっしゃったでしょうか。聞き間違いでなければお友だち、と言われた気がするのですが。

きょとんとする私に、殿下は頬を赤く染め少し苛立ったように声を上げました。

「だから！　私はあなたとお友だちになりたいって言ってるのよ！　だってこんなに長く一緒にいてたくさんおしゃべりもして、お泊まりだってしてした仲なのよっ」

「ええっと……、私が……アリシア王女殿下と、お友だち……??」

王女様とのお友だち付き合いとは一体どのようなものなのか、と戸惑いを隠せずにいると。

「だから、いいことっ。お友だちになったからには、あなたは今後私のことアリシアって呼んでよねっ!!　殿下なんて言ったら許さないんだからっ」

「……王女様を名前で??」

そんな恐れ多いことをしたら不敬で叱られはしないかと困惑する私をよそに、殿下は一歩もあとに引きません。

「……だってこんなふうに弱音を吐ける人、他にいないんだもの。弱さや悩みを臆せず話せる相手を友だちって呼ぶのでしょう？　なら私……あなたとお友だちになりたいわ。だめ……かしら？」

威勢のよかった声が、次第に自信なさげに小さくなっていきます。

しょんぼりと眉尻を下げたその表情に思わず悶絶しました。こんなかわいらしくお願いされたらもちろん嫌だなんて言えません。それにそんなふうに思ってくださったことが、とてもとても嬉しいですし。

私ははにかみながら、こくりとうなずきました。

「もちろん私でよろしければ、喜んで！　アリシア王女殿下……いいえ、アリシア様!!　こちらこそ私でよかったら、お友だちとして末永くよろしくお願いいたします」

私のその言葉に殿下――いえ、アリシア様のお顔がぱぁっと明るく輝きました。

「ええ!!　こちらこそよろしくお願いするわねっ！　ミュリル」

こうして身分の違いを超えた友情を固く結び合った私たちは、別れの時を惜しむようにセリアンたちと和やかな時を過ごしました。

そして庭に木々が影を長く伸ばしはじめ、いよいよ別れの時はやってきたのです。

アリシア様は来た時とは別人のように穏やかな表情を浮かべ、私に手を差し出しました。

「この度は本当にありがとう、ミュリル。……突然押しかけて失礼なことをたくさん言ったのに、こんなによくしてくれて……本当に嬉しかったわ。それにセリアンに出会わせてくれて心から感謝しているわ。おかげで少し自信がついたみたい」

「アリシア様……。私こそとても楽しい時間をともに過ごすことができて嬉しかったです。セリアンもオーレリーも、それにモンタンも皆すっかり仲良しになりましたし。……私たち、たとえ遠く離れていてもずっとお友だちですわ」

それに同意するように、ぶるるるるっ……といういななきとワンワンッという声が聞こえました。モンタンは私の腕に抱かれて、そのかわいらしい鼻をヒクヒクさせながらアリシア様の頬にちょこんとキスをしたのでした。

そしてアリシア様は静かにセリアンのそばへと歩み寄ると、今はまだほんの少しだけ震えが残る手をそっと差し出しました。

「セリアン……」

ブルルルッ……。

アリシア様の指先とセリアンの鼻がおずおずとほんのわずかに触れ合いました。その光景はここへ来たばかりの時には考えられないもので、感慨深く胸に迫ります。

「……セリアン、あなたに会えてよかったわ。本当にありがとう。私に優しくしてくれて……。また会いましょうね。その時はあなたの大好きな人参をたくさん持ってきてあげるから！」

アリシア様の目は潤み、そんなアリシア様を見返すセリアンの目もとても優しげで。

ほんの二日、けれどこの時間がこの先のアリシア様の人生にとってかけがえのない記憶であってくれたらと願います。そしていつか、アリシア様にしか見つけられないアリシア様なりの幸せな人生を見つけられるようにと――。

こうして嵐のような時間はあっという間に過ぎ去り、アリシア様は私の手を握ると微笑みました。

「ミュリル……」

私を見つめるアリシア様の目には薄っすらと涙がにじんでいました。向かい合う私の視界もじわりとにじみます。

「じゃあね、さよなら。ミュリル。あなたは私のただひとりの親友よ。あなたと出会えて本当によかったわ……。……ありがとう。私の弱さを笑わないでくれて。救ってくれてありがとう……。この二日間のこと、私きっと一生忘れないわ……」

アリシア様はそう言うと名残惜しそうに私をぎゅっと抱き締め、笑顔で去っていかれたのでした。

アリシア様が去った庭で、私はひとり自分の中にいつの間にか生まれていた大きな気持ちを見つめていました。いつの間にか私の中に大きく育っていたとてもあたたかな未知の感情を。

ジルベルト様に初めて会ったあの日、ジルベルト様は言ってくださいました。私は勇気を与えてくれるお守りのような存在だと。

けれどそれは違います。私はとても弱い人間なのです。男性恐怖症という弱みを人に知られたくなくて必死で、そのために愛する家族からも人の輪からも離れてひとりになろうとするくらい、とても弱いのです。弱いからこそ、必死に前を向こうと自分に言い聞かせているだけなのです。

誘拐されたあの時だって、助けてほしいと叫ぶことができませんでした。それは大人になった今も変わらず――。助けてとほしいと弱音を吐くこともできず、セリアンやオーレリーたちの前でしか泣くこともできないまま。

　だからジルベルト様がそばにいるだけでいい、無理をしなくていいと言ってくれた時、私は嬉しかったのです。まるで、弱くちっぽけな私をありのまま受け止めてくださったようで。誰にも迷惑をかけることなくひとりで強く生きていかなければ、という私の凝り固まった心を解きほぐして、救い上げてくれたのです。

　そして気がつけば、心の中に大きくあたたかな未知の感情が育っていました。ジルベルト様へと向けられた特別な感情が。

　アリシア様との出会いを通して、今ようやくその気持ちをなんと呼ぶのかを知った気がしました。この胸の中で大きく育つあたたかく強い気持ちを、きっと皆恋とか愛と呼ぶのだろうと。

「まさか私がそんな気持ちを知る日が来るなんて思っていなかったわ……。絶対に無理だとあきらめていたのに……」

　自分には無縁のものだと思っていました。永遠に手の届かない、理解できないものなのだろうと。仲のよい両親を見るたびにうらやましく憧れたそれを、ずっと見ないふりをしてきたのです。望んではいけない。私には手の届かないものなのだから、と――。

　けれどはじめて知ったそれは、想像以上にとてもあたたかく満ち足りた幸せな感情で、けれどどこか物寂しく切なくもあり。決して嬉しさや楽しさだけの感情ではないけれど、きっと大切な気持ち。

それをジルベルト様が教えてくれたのです。

「はじめて覚えたこの気持ちが、ジルベルト様への気持ちでよかった……」

この先の人生で出会うことなどないのだろうとあきらめていた未知の感情。恋や愛と呼ばれるそんな甘く切ない思いを知ることができて、幸せでした。

だからこそ、そんな大切な思いを教えてくれたジルベルト様に何かしたい。ジルベルト様を支えられる存在になりたい――。茜色に染まりはじめた屋敷を見つめながら、私はそんなことを思っていました。

ジルベルト様の隣に立ち続けるために私には何ができるのだろう、と。

ジルベルトがついに我慢の限界を超え、ミュリルのもとへとかけつけたその時、ちょうど屋敷から出てきた馬車とすれ違った。

「えっ！　おい、その馬車ちょっと待て！」

軽快に走り去る馬車に慌てて声をかけたジルベルトの目が、中にいたアリシア王女とばちりと合った。

「あら、ジルベルト様！　そんなに慌ててどうなさったの？　ミュリルならお庭にいるわよ？」

「庭に……!?　いや、というか、殿下!!　一体何のつもりで……」

当然のことながら、アリシア王女が自らの求婚を退けた自分にいい感情を持っているはずがない。

何か嫌がらせでもされていないといいのだが、などと不安にかられながらかけつけたにもかかわらず、当のアリシア王女はすこぶるご機嫌そうだ。こんなに満面の笑みをたたえた王女を見るのははじめてと言っていいくらいに。

困惑するジルベルトにアリシア王女はにっこり笑みを浮かべると。

「あ！　私、ミュリルとお友だちになったの。とても素敵な人ね、ミュリルって！　次に来る時は、これでもかっていうくらい結婚のお祝いを持ってくるから楽しみにしていてちょうだい。……それと」

「……は!?」

友だち？　友だちとは。隣国の王女とミュリルが??

あんぐりと口を開くジルベルトに、アリシア王女の鋭い声が飛んだ。

「……もしミュリルを不幸にするようなことがあったら、私すぐに飛んできてあなたの息の根を止めて差し上げてよ？　なにしろミュリルは私の大事な親友なんですからねっ。幸せにしなきゃ絶対に許さないんだから!!」

そう言い残して、アリシア王女は軽快に去っていった。

わけがわからないまま急ぎミュリルのもとへと向かい屋敷の敷地へと足を踏み入れてみれば、そこには――。

ぱかっぱかっ、ぱかっぱかっ、ぱかっぱかっ……。

夕日に染まる屋敷の広い庭を、セリアンに乗ったミュリルが気持ちよさそうにかけていた。蹄(ひづめ)の軽やかなリズムと、風に揺れる草花の中を走るミュリル。栗色(くりいろ)の少しウエーブがかった長い髪をふわりと風にたなびかせ、気持ちよさそうに走るその姿は――。

「きれいだ……」

口からぽろりと言葉がこぼれ落ちた。

手の届きそうな距離にいるにもかかわらず、恐怖など微塵も感じなかった。あるのはただ心が震えるような喜びと胸の高鳴りだけ。早鐘のように打つ音がうるさいほど、胸が高鳴っていた。

「……っ！　ジルベルト様？」

ふいに馬上のミュリルと目が合った。

逃げ出すか、それともパニックでも起こし馬上から落ちはしないかと一瞬身構える。けれど、ミュリルはただこちらをじっと驚いたように少し頬を上気させて見つめていた。

「あの……！　お……おかえりなさいませ。ジルベルト様。えっと、その……二日ぶり……ですね」

「…………」

「あの……ジルベルト様？」

「…………」

困ったことに、視線がどうしてもミュリルから離れない。吸い寄せられるようにそのかわいらしい驚きに見開かれた目から、逸らすことができずにいた。未知の感情に翻弄され、ジルベルトはただぼんやりと立ち尽くしミュリルを見つめていた。

ぶるるるるるっ!!

突然走るのを止めてしまったミュリルにしびれを切らしたセリアンが、いなないた。その声にようやく我に返り、慌てて口を開く。

「あ、いや。アリシア王女が屋敷に……馬がどうのと……。ええっと……何事もなかったかと心配になって……。すまない……。屋敷に戻ってもこれず、対応を君に任せきりにしてしまって……」

見た感じはいつもと変わりない。少し顔が赤い気がするのはきっと馬でかけていたせいだろう。

「あ、ええ。そうなんです。セリアンともすっかり仲良くなって、これで少しは馬と違う気持ちで向き合えそうだとおっしゃって……。ですのでもう求婚の件はご心配いらないかと……。あ、あとそれから……。あっ‼」

セリアンの背からひらりと降り立ったミュリルの体が、一瞬ぐらりと傾いだ。その瞬間――。

「ミュリル……‼　大丈夫かっ」

ミュリルの体が地面にぶつかる寸前、とっさにそれを抱きとめていた。

腕の中にすっぽりと収まったミュリルの体はほっそりとしてどこか頼りなげで。両腕から伝わるミュリルの体温とハーブの香りが鼻腔をくすぐり、どきりと胸が大きくざわめいた。

「すっ……すまないっ。つい……‼」

とっさのこととはいえ、男性恐怖症のミュリルに自分が触れるなどあってはならないことだった。どんなパニックを起こすかわからない。慌てて身を引き、ミュリルから離れようとしたのだが――。

「あ、あの……いえ！　大丈夫……です……。なんとも……」

ミュリルが呆然とした様子でこちらを見つめていた。その顔は驚きに満ちてはいたが恐怖の色はなく、体が震えるようなこともなく。そのきれいな目の中には自分の姿が映っていた。

信じられない気持ちでそれを見つめる。

「ジルベルト様は……、なんともないのですか……？　発疹は？　気が遠くなったりは……⁇」

ミュリルの問いかけに、はっとして首を横に振る。

「いや……。これといって何も……。ど……どういうことだ……？　なぜなんともないんだ……。そんなわけ……」

　女性恐怖症であるはずの自分の体にも、何の異変も起きていなかった。婚礼の時には出ていたはずの発疹も、手の震えもない。恐怖など微塵もなかった。異常があるとすれば、ミュリルとこんなにも近く触れ合っていることに胸がうるさいほどに高鳴っていることくらい。

「君も、なんともないのか……？　気が遠くなったり、怖くなったり……」

　こくりとうなずくミュリルの顔が、耳まで真っ赤に染まっていた。おそらくは自分の顔も同じように染まっているだろう。

　互いに言葉を失い呆然としたのち、ぱっと勢いよく身を引いた。そして落ちる沈黙。

「……」

「……」

　時が止まったのかと思うくらい見つめ合い、黙り込んだ。その時ふたりの間に、一枚の落ち葉がひらひらと舞い降りてきた。そして。

「……えっと、く……詳しい話は後で手紙にしたためてもらえるか……？　一応陛下にも報告せねばならないし……」

「あ……はい。あの……もちろんです！　すぐに……部屋に戻り次第、すぐに……!!」

　真っ赤な顔で互いから目を逸らしもごもごと口ごもる自分たちを、セリアンがあきれたように見つめていた。その冷ややかな視線を感じながら、じりじりとミュリルから離れ後退していく。

　決して恐怖からではない。ただ気恥ずかしさから。おそらくは夕日に負けないくらい真っ赤に染まった自分の顔も、自分の腕に残るミュリルの体温と香りにいまだ鳴り止まない鼓動も恥ずかしくい

たたまれなかった。

「では、また明日……。つ……疲れただろう？　ぐっすり眠ってくれ……！」

「はい!!　お……おやすみなさいませっ」

まだ日が暮れはじめたばかりだというのに早々と就寝の挨拶を交わし、ぎこちない素振りで立ち去る。

本音を言えば、まだ話をしていたい。けれどこのまま近くにいたら胸の鼓動がミュリルに聞こえてしまいそうで、思いもしない何事かを口走ってしまいそうな気がして。気がつけばいつもの距離感に戻り、そそくさと東と西に離れ互いにその場を立ち去ったのだった。

そんなふたりを、セリアンが「ブルルルッ……」と鼻息を静かに吐き出し、あきれ顔で見やっていたのだった。


ジルベルトは夜空に浮かぶ月を見上げていた。高鳴ったままの胸の鼓動はいまだ静まらず、ミュリルのぬくもりをつい思い返しては切ない吐息がこぼれ落ちる。その繰り返しだった。

「まさか私がこんな気持ちを女性に抱く日が来るとはな……。人生とはなんて……」

吐息が夜のしんと冷えた空気に溶けていく。

ただ利害が一致しただけの、契約上の結婚だった。形ばかりの結婚をすればアリシア王女からの求婚を回避でき、少しは女性たちの来襲も減り屋敷も平穏になる。そう思っただけのことだった。

もちろんミュリルにまったく好感を抱かなかったわけではない。ぱっと見た印象ではとても華奢(きゃしゃ)で小さくて儚(はかな)げながら、国王と王妃に対しても毅然(きぜん)と自分の意見を口にする物怖(ものお)じしないところも、凛とした眼差しもとてもいいと思った。着飾ることにばかり夢中な貴族の娘とも、自分の母姉たちとも違うその強さも。

それに何より、恐怖症になど負けず自分なりの幸せな人生をあきらめたくないと言ったあの姿が、胸を打った。美しいと思った。人生をあきらめかけていた自分には、少しまぶしすぎるくらいに。だから、ふと手を伸ばしたくなったのだ。隣にいてくれたなら自分も強くなれるような、そんな気がして――。

「なんだ……最初からか……。はじめて会った時に、もう触れたかったのか……」

不意に自分の胸に宿ったその感情の意味に気がつき、ぽつりとつぶやいた。

東と西とにわかれて暮らすのは存外おもしろかった。今日は何をしているのだろうと想像してみるのもおもしろかったし、バルツから手渡される日々の手紙も楽しみだった。でもまさか、こんな気持ちまで抱くようになるとは。

やっぱりミュリルは不思議な女性だ。見た目はかわいらしくはあるがどちらかと言えば目立たないのに、驚くほどにおおらかで色々なものをやわらかく包み込むような包容力と優しさに満ちている。けれどその中に時折ちらと垣間見える、弱さと不安定さ。それはきっと、男性恐怖症が彼女にもたらした傷なのだろう。この先ももしかしたら一生抱えていかなければならないかもしれない、大きく深い傷。それをなんとかしてやりたい。ほんのわずかでも心の傷を軽くして、心穏やかでいられるように。できることなら自分の力で――。

そんな自分の思いにやっと気がついたのだ。ミュリルをこの腕で抱きしめたあの時に。

ジルベルトは、はぁーっ……と、長い息を吐き出した。

気がつけば大きく育っていた感情に、永遠に自分には理解不能だと縁のないものだと思っていたそれが今にもあふれ出てしまいそうで、胸がいっぱいだった。

「おやすみ……ミュリル。いつか君とたくさん色々な話ができたらいい……。できることなら、近くに寄り添って……。もしもそれが叶うなら、どんなにか……」

ジルベルトの小さなつぶやきが、静かな夜の闇にふわりと溶けて消えていった。


同じ頃、東の棟では——。

なんだか寝つけずにベッドからそっと抜け出した私は、空を見上げほぅ、と息をつきました。

ひんやりとした夜風が頬をなでていきます。ふと見上げれば、濃紺の空にぽっかりと白い月が浮かんでいました。

「きれいな月……」

なんだか胸が騒いで眠れません。

脳裏に浮かぶのはジルベルト様のこと。あんなに男性と向き合って話すのが怖かったはずなのに、じっと直視されるだけで足がすくんでしまうほどだったのに、なぜジルベルト様だけは平気だったのでしょう。いえ、平気というのとは少し違う気もします。これまでとはまた別の落ち着かない気持ちでいっぱいで、そわそわしたり胸が高鳴ったりして心がついていきません。けれどあんなに胸を占めていたはずの怖さは、いつの間にかどこかへと消えてしまっていきました。

「はぁ……。どうしてジルベルト様にだけこんなに胸が跳ねてしまうのかしら……。こんな気持ち、私には永遠にわかりっこないって思っていたのに……」

　この二日間はあっという間でした。ふたを開けてみればアリシア様はとても気高く心優しいかわいらしい方でしたし、わずかではありますがお力になれたこともとても嬉しく思います。けれど何より嬉しいのは、アリシア様との出会いを通して大切なことにようやく気づけたことでした。自分の中にそっと育っていた、今はまだ小さな若芽のようなあたたかな気持ちに。

「ジルベルト様はもう眠っているかしら……？」

　ほぅ……と長い息を吐き出し、どこか切ない思いで月を見上げます。

　きっと今日もジルベルト様の部屋に飾られているであろうハーブをそっとなでその香りを吸い込めば、口元に笑みがふわりと広がりました。今頃同じ香りを感じているのかもと思うだけで、なんだかとても満たされた気持ちになります。

「たとえこれが契約結婚でも、私にとっては大切な縁。この時間を大切にしたい……。ジルベルト様も、ジルベルト様の未来も。きっと私がこれから先も、あなたのお守りになります……。ジルベルト様……」

　月を見上げ、願います。

「おやすみなさい、ジルベルト様。どうかいい夢を……。いつかこの思いを、あなたにちゃんと届けられますように」と。

　濃紺の夜空にぽっかりと浮かんだ月を見上げ、ぽつりとつぶやいた願いは静かに消えていくのでした。

## 3章　お飾りの妻の受難

### 1

アリシア様が去ってから数日後、私はどこか浮かれていました。

「ふふっ……。いいお天気ね。セリアン」

ふわふわとした足取りの飼い主を、セリアンがあきれた目で見ているのに気がつき苦笑します。

「だってなんだか嬉しいの。ジルベルト様が『いってくる、ミュリル』って言ってくれるだけで胸があたたかくなって、とっても……」

ようやく慣れてきた朝のお見送りも、転びかけた私をとっさに抱きとめてくれたジルベルト様の優しさも。一瞬でも肌と肌が触れ、息遣いを感じるほどにジルベルト様と近くにあっても何の恐怖も感じなかったことも嬉しくて。そしてジルベルト様もまた同じだったことも――。

そんな日が来るなんて、夢にも思っていませんでした。失神することも発疹が体に現れることも、恐怖に体が震えることもなくジルベルト様と向かい合える瞬間が訪れるなんて。互いの心が日に日に重なっていくようで、胸が躍ります。

「ふふっ！　不思議ね……。でも、どうしてジルベルト様は平気だったのかしら……。契約上とはいえ夫婦になったから……？　家族になったから触れ合っても怖くないのかしら……」

首を傾げる私を、オーレリーとモンタンが不思議そうに見上げています。

「ね、どう思う？　オーレリー、モンタン」

恐怖症となって以来、私が触れても大丈夫な男性は世界でお父様と弟のマルクだけだと思っていました。この恐怖からは、きっと一生逃れることはできないのだろうと。なのに、ジルベルト様に触れられてもちっとも怖くなかったことに驚き、ふと思ってしまったのです。もしかしたらもっとジルベルト様のおそばに近づける日が来るのでは、と。

自分の中に生まれた欲に苦笑します。あまり欲張りになってはジルベルト様に嫌われてしまうかもしれません。また無理をして、と心配されてしまうかも。

「さぁ、セリアン。オーレリー。モンタン！ 今日も元気に楽しく過ごしましょうね!!」

ひとりそんな想像にはにかみながら、いつものように掃除をはじめようと桶を持ち上げ歩き出します。

ジルベルト様のお帰りはきっと遅いでしょう。アリシア様が王宮をにぎわした件で、お仕事が滞っていたに違いありませんから。ならば、心配をかけてしまったお詫びに何かできることはないだろうかと考えて、ふふっと笑みがこぼれました。

胸の奥にこみ上げるくすぐったい思いに頬を緩ませ、自分の中にほわほわと生まれはじめたあたたかな喜びに鼻歌を歌い。うきうきと弾むような足取りで、桶の水を替えようと井戸へと足を踏み出したその時でした。

ヒヒイイイインッ!!

セリアンの警戒心を露わにしたいななきと、

ガウッ！ ウーッ！

グルルル……ワンワンッ!!

オーレリーの激しいうなり声に、はっと振り向きました。その先に見えたもの、それはこちらに近づいてくるいくつかの人影でした。猛然と向かってくる数人の男たちの姿に、とっさに身構えます。

「……っ!!　だ、誰っ……!?」

見慣れない大きな黒い影がふたつ、いえ、みっつ。その外見からして屋敷にいつも出入りしている商人でも、好ましい来客でないことも明らかでした。

「……っ!!」

突然のことに足をすくませつつも、とっさに持っていた桶をその人影に向かって投げつけます。けれど思いの外素早い動きでかわされ、桶は虚しく空を切り地面に転がりました。危険を感じ急ぎ屋敷の中へと逃げ込もうとしましたが、時すでに遅く――。

男たちは私を見据え、まっすぐにこちらへと向かってきたのでした。そのただならぬ気配に、セリアンとオーレリーがざわめき立ちます。

ウウウウウーッ!!　ガウガウガウガウッ!!

ヒヒヒヒィィィインッ!!　バルルルルッ!!

セリアンとオーレリーの激しい怒りをにじませたその声にはっと振り向けば、あの子たちが男たちに向かっていくところでした。けれど男たちはそれをものともせずセリアンの蹴りをかわし、飛びかかろうとするオーレリーを乱暴に蹴り飛ばすのが見えました。

「セリアン!!　オーレリー!!」

とっさに名前を呼ぶことしかできませんでした。助けを呼ばなければと思いつつも、目の前にぐんぐん迫ってくる男たちの姿に足がすくんで体がいうことを聞かないのです。

「な……!」

叫び声を出すこともできず、あっという間に私は男に羽交い締めにされ体を拘束されていました。

「離し……っ!!　うっ……!?」

必死に男の手から逃れようと暴れてみても、男の力は強くびくともしません。恐怖に身をすくませ声も出ない私に、男はにやりと笑うと。

「……っく！」

その瞬間、腹に焼けつくような強い衝撃を感じました。腹を殴られたのだ、と気がついた時には、目がちかちかするような痛みとともに意識が遠のいていました。

一体何が起きているのかわからないまま全身の力が抜けていく中、私は考えていました。警戒心の強いモンタンは草陰にじっと身を潜めているでしょうから、きっと大丈夫なはず。けれどセリアンとオーレリーは大丈夫だろうか、と。どうか無事でいてくれますように、と祈るしかできません。

混濁する意識の中、男が叫ぶのが聞こえました。

「……騒ぎになる前に急いでずらかれっ！　行くぞっ」

そのしわがれた乱暴な声に、ざわりと全身に悪寒が走り一気に血の気が引きました。あの忌まわしい過去の記憶を呼び覚ますには十分な、今も深く私を絶望に落とし込むどす黒いその恐怖に、私は気づけばすうっと気を失ったのでした――。

どんどん遠ざかっていくセリアンとオーレリーの声。そして薄れゆく意識の中で感じた強い衝撃と揺れ。砂利を弾（はじ）き飛ばしながら走り出す車輪の音。

屋敷の庭に残されたのは、不自然な筆跡で書かれた一通のあやしい文。

『アリシア王女の身柄と引き換えに、一億ガルの身代金を要求する。詳細は追ってしらせる』とそこには書かれていました。

騒ぎを聞きつけ急ぎかけつけたラナとバルツが見たものは、怒りに目を血走らせ興奮冷めやらぬセリアンとオーレリー、怒りと恐怖に体を震わせるモンタンの姿。そして猛然と土埃を上げながら走り去る一台の荷馬車でした。

その一報は、すぐに王宮へと伝えられました。私がアリシア王女と間違われ、一億ガルの身代金と引き換えに誘拐された、と――。

2

ゴトゴトゴト……。ガタンッ!!

ガタガタガタガタ……!!

体に伝わる強い衝撃にはっと目を開ければ、そこには暗い闇が広がっていました。どうやら手足を縄で縛られ、窓をふさいだ荷馬車の中に閉じ込められているようです。そして理解したのでした。

あぁ、私はまたも人生二度目の誘拐の憂き目にあったのだ、と。

激しい車輪の音と体に伝わる激しい振動からいって、王都から遠く離れた辺鄙な場所へと向かっているのでしょう。王都の周辺であればこうもひどい悪路であるはずがありませんから。

これがただの悪夢ならどんなによかったでしょう。どんなに絶望的な悪夢でも、夢ならばいつか覚めるのですから。けれどこれがまぎれもない現実であることは、口の中に広がる鉄臭い味が証明していました。

一体自分がどこに運ばれようとしているのか。一体なぜこんな憂き目にあっているのか。どうして私を――。そんな疑問がぐるぐると巡ります。

「ふ……うっ……。くぅっ……」

止まらない体の震えをなんとか止めようとぎゅっと唇を噛みしめる度に、口の中いっぱいに血の味が広がります。けれどその痛み以上に心を占めるのは、七歳の頃に感じたのと同じあの大きな闇。頭から覆いかぶさる大きな逃れようのない闇に、すっぽり支配されていました。

『お嬢ちゃん、そう怖がるこたぁねぇよ。これからお前さんは、金持ちの貴族のもとでうんとかわいがってもらえるんだからな』

幼い日に聞いたあの男の声がよみがえります。ざらりとした毛むくじゃらの腕の感触と、どんなに暴れてもびくともしない固い筋肉に覆われた大きな体。酒とすえた汗とが混ざり合った匂いまでもが鮮明に――。

あの日も私は幼心に自分にこれからひどいことが降りかかろうとしているのだと悟り、必死に逃れようと暴れました。こんな力が自分にあったのかと思うほど、全力で。けれどたった七歳の子どもが大人――しかもあんな大きな体をした男たちに敵うはずもありませんでした。あっという間に私の体は床の上に飛ばされ、ごみのように転がるしかなかったのです。男たちはそんなちっぽけで無力な私を見下ろし、そして。

『暴れるんじゃねぇよ。大人しくしてねぇと、その顔に一生消えない傷を作ってやったっていいんだぜ？』

そう言ってにやにやと笑いながら、その毛むくじゃらの手を私の喉元にかけたのです。ぐっと込められる力に喉からヒューともグウッ、ともつかない奇妙な音がもれどんどん意識は遠ざかり――。

苦しい……、やめて。私に触らないで。

痛いし怖いの……。手を離して……。

お願いだからお父様の元へ返して。

けれどその思いはひとつも声にならず、喉に張りついたようにうめき声ひとつ出てこなくて。

怖い……。怖い……、怖い……怖い……。

誰か……助けて……。

お父様……、私をここから助け出して……。

怖い……。怖い……、怖い……。誰か、助けて……。

心が恐怖に塗り込められ、声もなくポロポロと涙をこぼすしかできませんでした。絶望の縁で泣きじゃくるしかできない子どもの私はあまりにも小さく、まるで地面に転がる小石ほどの存在感しかなかったのです。それがとても悔しく悲しくて。

だからこそ決意したのです。体を鍛えさまざまな力や経験を身につけ、お父様にもお母様にもマルクにもできるだけ迷惑をかけないように、誰の手も借りず迷惑をかけず生きていけるようになろう、と。たとえ恐怖を克服することはできなくても、自分の力でどうにか笑って強く生きていけるように。セリアンやオーレリーたちに背中を押してもらって、前へ前へと進んでいるつもりでした。少しは、強くなったつもりでいたのです。なのに――。

「ふっ……うぅ……」

強くなど、ちっともなれていませんでした。あの日と何も変わらず、やっぱり無力でちっぽけなまで。悔しさに喉の奥から嗚咽がもれ、とめどなく頬に涙が伝い落ちていきます。なぜこんなことに。あんなに今朝は嬉しく幸せな気持ちだったのに。浮かれていたバチが当たったのでしょうか。

忌まわしいぞわりと肌が粟立つ記憶と、後ろから羽交い締めにされた時の筋肉質な腕の感触、少し酒の匂いの混じった吐息に記憶が重なり、抑えきれない恐怖に震えることしかできませんでした。七歳の時と同じように――。

気がつけば再び気を失っていました。けれど外から聞こえた何かの音にはっと意識を取り戻しました。

ボソボソボソボソ……。

「……だろ。しかし約束通り……せば、一億ガルは……」

「でも……したら、……守るとは……じゃねえか」

どうやら馬車は、休憩のために止まっているようでした。そして耳にかすかに聞こえてきた男たちの話し声。

「……して、引き渡せば……たって、王女様……らな」

「シッ！　馬鹿野郎っ。声が大きいっ。誰か……うするんだっ」

王女様……？　一億ガル？

一億ガルといえば、王都に大きなお屋敷を買えるほど莫大な金額です。いくら宰相の妻を誘拐した身代金の額とはいえ、さすがに高すぎる気がします。それに会話の合間に聞こえた王女様とは？　一体王女様とこの誘拐に何の関係があるというのでしょう。

次の瞬間かちり、と頭の中で音が鳴った気がしました。もしかすると私はアリシア王女殿下と間違えられて誘拐されたのかもしれない、と。アリシア様はあの日、ヒューイッド家の屋敷にひと目で王宮の所有とわかる馬車でやってきたはずです。それを目撃した何者かが王女であるアリシア様と私を間違えて、何か悪巧みを考えたのだとしたら？

思わずひゅっ……と息をのみました。

王族を誘拐するなど重罪中の重罪です。けれどその身の安全と引き換えとなれば、法外な身代金を手にすることも可能でしょう。もしかしたら政治的な目的での誘拐である可能性だって。となれば、一億ガルという身代金の額にも納得がいきます。けれど実際に誘拐したのは王女ではなく、宰相の妻の私。人違いだと気づかれたらきっとただでは済まないでしょう。

バクバクと心臓が激しく鼓動し、冷や汗がだらだらと流れ落ちていきました。

その後再びゴトゴトとどこかへと走りはじめた馬車の中で、私は考えを巡らしました。もし私が王女と間違えられて誘拐されたのだとしたら、今頃王宮もしくは隣国の王家へと身代金の要求が伝えられているはず。けれどアリシア様はヒューイッドのお屋敷を去る時言っていたはずです。王宮に戻ったらすぐに国へと戻るつもりだ、と。となればきっと今頃隣国へと向かう道中のはず。

捕まったのがアリシア様じゃなくてよかった……。そんなことを思い安堵（あんど）の息をもらしました。奇妙な巡り合わせとはいえ、せっかくできたご縁です。あのかわいらしいお顔が、悲しみと苦しみに歪（ゆが）むのを見たくはありませんから。

どうやらほんの少し気持ちが落ち着いて、冷静さを取り戻しはじめたようです。回りはじめた頭で自分の置かれた状況とこれからどうするべきかを必死に考えていました。

それからしばらくして――。

馬車のスピードが緩やかに落ち、車輪の音も舗装された道を走っているものへと変化しはじめたことに気がつきました。ざわざわとした人の話し声や教会の鐘の音が聞こえることからして、どこかの町にたどり着いたのでしょう。

そして、馬車はゆっくりと止まり。

ギシッ。……バタンッ。キイイィィ……‼

複数の足音と荷馬車の扉が開く音がして――。

「よう、王女さん。ぐっすり眠れたかい？　今夜の寝床に到着だ。へっへっへっ」

急に差し込んできた光と男の声に思わずぎゅっと目をつむり、身を縮こまらせました。

「……っ‼」

男たちを直視することなどできるはずもなくガタガタと体を震わせはじめた私に、男たちの嘲笑が上がります。

「おい、見ろよ！　ガタガタ震えちまってるぜ‼　くくくっ」

「はっはっはっ！　真っ青になってぶるぶる震えちまって、俺たちがよほど怖いと見える」

男たちの下品な笑い声に、悔しさと情けなさから涙が勝手にこぼれていきます。するとその背後からひときわ大柄な男が歩み寄り、私を見下ろしたのです。思わず後ずさった私に、男は太い腕をこちらにゆっくりと伸ばすと。

「……っ‼」

男の大きな手が私の首に食い込み、ぎりぎりと絞め上げはじめたのです。その怪力に次第に私の体は宙に浮かび上がり、喉からヒューヒューと声にならないうめき声がもれはじめます。苦しさのあまりぽろぽろと涙をこぼしながら、意識が遠のいていくのを感じていました。

「うっ……!!　くっ……うぁ……っ」

「くくっ……。おい、姫さんよ。うらむんなら俺たちじゃなく、王女なんかに生まれついた自分の運命を呪うんだな。なぁに、夜になればお前は船でお国に帰れるはずさ。その後どうなるかは俺らの知ったこっちゃないがな」

なかなか力を緩めようとしない男に焦ったように、他の男たちが止めにかかります。

「そろそろ手を離した方がいいんじゃ……？　これ以上絞め上げたら、大事な人質が死んじまう」

「そうだっ！　大事な金づるなんだぜっ。旦那に生きている状態で引き渡さねぇと一文にもならねぇっ」

それでも緩むことのない男の手にうっすらと目を開けてみれば、男は私を下卑た笑いを浮かべた顔で見つめていました。顔にかかる生臭い酒の匂いに、恐怖と嫌悪からとっさに顔を背けました。それが癪に障ったのか男はちっと舌打ちをすると。

「ちょっとでも騒いでみろ。その喉かっ切って二度とおしゃべりができないようにしてやるからな。逃げ出そうとでもしたら……そうだな。腕の一本や二本は落としてもいいんだぜ？　なぁに、かろうじて生きてさえいりゃ問題ねぇとは言われているからな」

そう言うとようやく男は手から力を抜き、地面に私をどさりと放ったのでした。

「……っ!!　ふ……うぁっ……。げほっ……。うっ……！」

完全に記憶がフラッシュバックしていました。今まさに自分の首を絞めている男とあの犯人とが重なって見えて――。完全に過去と今とが入り交じり、パニックに陥った私は――。

「あ、あああ……、はっ……！　ぐっ、かはっ……！　はぁっ……、はぁっ……」

ガタガタと体を震わせ全身から滝のような汗を流し、涙で顔をぐしゃぐしゃにしながら必死に呼吸を繰り返す私を、男たちは冷たく見下ろしていました。

「まったく本気で殺しちまう気かと思ったぜ。せっかくの金づるなんだから、ほどほどにしとかねぇと……」

「ふんっ!!　あんまりにも反応がないんで、ついいたぶりたくなっちまった。豚の方がよほどいたぶりがいがあるってもんだ」

「あの男にこいつを引き渡すまでまだしばらくある。それまで飯でも食おうぜ。こんな辺鄙な町まで走り通しでくたくただ」

「そうだな。日が暮れるまでは奴（やつ）からの連絡もないだろうしな。それまで酒でもかっくらいながらひと休みするか」

どうやら男たちは何者かに金で雇われ、この町で私を引き渡す約束のようです。一億ガルもの大金と引き換えに王女の誘拐を企（たくら）むくらいですから、きっと政治的な目的あってのことなのでしょう。

「そうと決まればさっさとこの女を蔵に放り込んじまおうぜ。あそこなら、絶対に逃げられっこないからな」

「かかかっ!!　なんならどっかで女も調達するか」

「くくっ。それもいいな。よし！　さっさと行くぞ！」

「「おぅっ!!」」

男たちは楽しげな笑い声を上げると、私をひとり古ぼけた石造りの蔵の中へ乱暴に放り出し去っていきました。ガチャリと鍵（かぎ）のかかる音を聞きながら、私は絶望と疲れとで再び気を失い暗闇の中へと落ちていったのでした。

それからどのくらいの時間が過ぎたのか。石畳のひんやりとした感触に目を覚ました私は、男に足で頭を小突かれました。

「おら！　飯だ。食いな」

そう言って薄汚れた床の上に置かれたものは、水の入った器がひとつと乾いてパサパサになったパンがひとつ。

けれど空腹よりも喉の渇きよりも、男が近づく気配に強い恐怖を覚えて慌てて後ずさります。けれどそれを粗末な食事への抗議とでも受け取ったのか、男はおもしろくなさそうに顔を歪めると。

「けっ。王女様には乾いたパンなんてお口に合いませんってか。こちとらその日食うもんにも困ってるってのによ。まったく、王族とはいいご身分だぜ」

男は私をにらみつけ、ぐいと私の髪をつかみ上げ顔につばを吐きかけました。とっさに顔をそむけたおかげでつばがかかるのは回避できたものの、嫌な匂いが鼻をつき必死に吐き気をこらえます。

「まったくよぅ。飯なんか一食二食くらい食わなくったって死にやしねぇんだから、腹を空かせておけば暴れる元気もなくなって扱いやすいってんのに。……。やっぱり金持ちの貴族さんはわかっちゃいねぇな！　しょせんはあの男も贅沢三昧（ぜいたくざんまい）のお貴族様ってことだな。その上さらに一億ガルも手に入れるなんざぁ、おもしろくねぇ!!」

「ま、そのおかげで俺たちも金がもらえるんだ。細けえことはどうだっていいさ。とにかくさっさと飯にしようや」

「へへっ、ちげぇねぇ」

にやにやとした薄笑いを浮かべながら扉の向こうに男たちの姿が消えたのを確認し、やっと息を吐き出しました。足元に乱暴に置かれた食事には目もくれず、辺りをゆっくりと見渡します。

「……」

日が落ちてきたせいで暗くなりはじめた蔵の中は、あちこちに蜘蛛の巣が張り、積み上げられた木箱や酒樽の上には分厚い埃が積もっていました。もう誰も長いこと立ち入っていないのは明らかです。こんなに分厚い石壁に囲まれていては、どんなに大声で叫んだところで外には聞こえないでしょう。

「……どうして、こんなことに……」

食事のためでしょうか。いつのまにか両手首を縛っていた縄は解かれていました。手首に残ったくっきりとした跡をそっとなでれば、ぽたり、ぽたりと涙が頬を伝っていきました。

「ふっ……。うぅっ……」

ほんの数時間前にはあんなに平穏だったはずの世界が、まさかこんな絶望に塗り込められるなんて夢にも思いませんでした。喉の奥からくぐもった声がこぼれます。

「……どうして……あんなに平穏だったのに……」

少しは強くなったつもりでした。弱い自分からなんとか脱却しようと、自活目指して必死に生きてきたつもりでした。それもこれもすべて、強くなりたかったから。過去に屈して、人生を台なしにしたくなかった。たとえ普通の人生を歩めなくとも、私なりに胸を張って幸せに生きたかったのです。

なのに――。

「……何も成長できていなかったのね。私……。本当に何も……」

絞り出すようにつぶやき、唇を噛みました。

植えつけられてしまった恐怖を克服はできなくても、なんとか強くなろうと頑張ってきたこれまでは一体なんだったのでしょうか。さまざまな能力を磨き、ひとりで生きられるくらい強くなったはずなのに。なのに結局今回も満足に抵抗することも声を上げることもできず、ただ震えて泣いていただけでした。情けなさと悔しさにとめどなく涙がこぼれ落ちていきます。

あの男たちの話が本当なら、夜には首謀者が私を引き取りにやってくるはず。隣国の貴族が首謀者なら、私の顔や髪色から私が王女ではないことにすぐに気づくでしょう。そうなればきっと私の命は相当に危ういものになるはずです。もはや絶体絶命だと思ったその時でした。

ヒヒイイインッ！

「……っ!?」

どこからか聞こえた馬のいななきに、はっとしました。セリアンの声ではありません。おそらくはきっと私を運んできた荷馬車の馬がいないたのでしょう。その声ににじんだ疲れと苛立ちに、ふとセリアンたちのことを思います。

「セリアン……。オーレリー……。モンタンも大丈夫かしら……」

連れ去られる私を助けようと懸命に男たちに立ち向かってくれたセリアンたち。モンタンもどんなにか怖かったことでしょう。きっとお屋敷からは遠く離れてしまったに違いありません。セリアンたちからもお屋敷の皆からも、そしてジルベルト様からも――。

「うっ……くっ……。ふぅっ……」

寂しさと不安と恐怖が入り交じり、涙がぼろぼろと床に染みを広げていきます。

一部始終を見ていたあの子たちなら犯人の顔を知っていますし、匂いをたどって追跡することもできるはず。けれどあの子たちの声を聞くことができる私がいないのですから、私がここに閉じ込められていることを屋敷の皆に伝えることもできません。となれば私が自力でなんとかこの事態を打開するしかないのですが――。肝心の私がこんな状態ではどうにもなりません。

重い気持ちで蔵の奥へと這いずれば、床に明かりが落ちているのに気がつきました。

「……？」

光をたどってみれば、ずいぶん高い位置に作られた小さな窓から白く輝く月がのぞいていました。

おそらくは空気の入れ替え用に作られたものなのでしょう。小さな子どもがやっと通り抜けられるくらいの小さな窓です。

「きれいな月……。ジルベルト様はどうしているかしら……」

その月に、ジルベルト様を思い出していました。銀色に輝くあの美しい髪と、静かで穏やかな優しさに満ちた目の色を。

ぽっかりと暗い夜空を明るく照らす、まるで地上を優しく見下ろしているような美しさに胸を打たれ、しばし見惚れていました。

『いつかこの思いが、あなたにちゃんと届けられますように』そう月に願ったのは、つい昨日のこと。

なのにまるで遠い昔の出来事のように思えます。

「ジルベルト様……」

冷たい床から感じる夜の空気と静けさに、たまらなく孤独を感じていました。お屋敷で見たあの月はあんなに優しくあたたかく感じられたのに、今はこんなにも寂しげで。

「会いたいです……。ジルベルト様」

そうつぶやいた瞬間、頬を新たな涙が伝っていきました。と同時にふわり、と全身にあたたかいものが巡ったのです。冷え切った私の体と心を、ふわりと抱きしめてくれるようなあたたかさを。恐怖に暗く塗り込められていた心に、明るい光が灯(とも)った瞬間でした。

「……会いたい。ジルベルト様に、会いたい……。生きて戻って、ちゃんとこの気持ちを伝えたい……。だって私、まだ何もジルベルト様にお伝えしていないんだもの……。感謝の気持ちも、このはじめて感じる特別な気持ちも……」

これまでの努力がすべて否定されたような気持ちになっていました。けれど本当にそうでしょうか。私はもう大人で、小さな無力な七歳の子どもではないのです。きっと何か打つ手はあるはずです。たとえ男性恐怖症を抱えてはいても、きっとこの絶体絶命の事態を打開する方法を何か見つけられるはず。

「そうよ……。私はここから逃げ出すことも……戦うこともできる。だって、そのためにずっと頑張ってきたんだもの……。皆に支えられて強くなったんだもの。きっとできるはずよ……」

強くたくましく幸せに生きていくために日々鍛錬に励み、しなやかな筋肉もありとあらゆるスキルも身に着けてきたのです。今こそそれを発揮する時です。

「過去になんて、負けない……。皆のところに……あのお屋敷に……、ジルベルト様のところに帰らなくちゃ……！」

どうやら過去の恐怖と現実とがごちゃまぜになって、混乱していたようです。けれどあの月が思い出させてくれました。弱く冷え切っていた心をあたため、目を覚ましてくれたのです。

私は力強くこくり、とうなずき口元に笑みを浮かべました。そして月を見上げ誓ったのです。絶対にここから出て、ジルベルト様のもとに帰ってみせると。

こうしてようやく今の私自身を取り戻した私は、二度目のとらわれの身から逃れるべく立ち上がったのでした――。

「なんとかしてここから逃げ出さなきゃ……。じゃなきゃきっと私、殺されてしまうもの。何か使えそうなものがあるといいんだけど……」

自力でここから逃げ出すか、なんとかして外に助けを求めるか。どちらにしても、この蔵の出入口は男たちが見張る分厚い扉とあの小さな換気用の窓だけ。けれど男たちが見張っている扉から逃げるのは不可能です。やる気だけでは恐怖は消えるわけもありませんし、いくら体を鍛えてきたからとはいえ屈強な大男たちに力で敵うわけもありませんから。

かといって窓はあまりにも小さすぎて、大人の体がすり抜けられるかどうか。それになんとか外に身を乗り出したところで、あの高さでは地面に真っ逆さまということもありえます。

「でもひとまず、あの窓を調べるしかないわね。にしたってまずはこの縄を解かなくちゃ……！」

足を縛られたままでは、満足にこの蔵の中を調べ回ることもできません。けれど結び目は固くとても緩みそうもなく。途方に暮れて何か使えそうなものはないかと辺りを見渡せば――。

「……ん？　何かしら、あれ」

一瞬何かが月明かりにきらめいたのが見えました。ずりずりと這い寄ってみれば、そこには柄の朽ちた錆びたナイフが転がっていました。

「錆を落とせばなんとか使えそう……かしら？」

私はおもむろにスカートの裾をつかむと、一息に大きく引き裂きました。

ビリリリリッ!!

そして引きちぎった布を朽ちてもろくなったナイフの柄にぐるぐると巻きつけ、補強します。

「よし！　これでいいわ。あとは何度も刃を当てればきっと……」

錆びているせいで切れ味は大分落ちていますが、それでも縄は次第にほつれ出し、そしてついに足を拘束していた縄が解けたのでした。

「やった……!!　これで自由に動ける！」

そして次は、と立ち上がろうとした瞬間。

ぐぎゅるるるる……。

自分のお腹から聞こえてきた間抜けな、けれどとても元気な音に思わず噴き出しました。

「ふふっ……。こんな時でもちゃんとお腹はすくのね。でも確かに空腹じゃ戦えないわ！　まずは腹ごしらえしなくちゃ」

そして苦笑しながら先ほど男たちが持ってきたパンと水の入った器に視線を移した時、あることを思いついたのです。

「……私のことを王女様だと思っているなら、それくらいは想定内……よね」

私は先ほど解いたばかりの縄をさっと足に巻きつけ、すうっと大きく息を吸い込むと。

「……ちょっとっ!!　誰かいないのっ？」

私は男たちに連れ出されてからはじめて、蔵全体に響き渡るくらいの大声を張り上げました。当然のことながら、それに驚いた男たちが慌てて怒鳴り込んできます。

「何を騒いでやがるっ!!　殺されてえのかっ！」

凄みの効いた顔でにらみつけられ、一瞬ぶるりと体を震えながらもなんとかこらえます。そして。

「……こ、こんなパンと水だけなんて、とても食事とは呼べないわ!!　私が王女だと知っていて、こんなものしか出せないの？　あなたたちの雇い主はよほどお金がないとみえるわね！」

恐怖を悟られないように必死に虚勢を張ってそう口にすれば、私の首を絞めたあのひときわ体の大きな男が姿を見せました。その目に浮かぶのは、明らかな苛立ちでした。けれどここで負けるわけにはいきません。お腹にぐっと力を込め、声を絞り出します。

「せめてスープくらい用意してちょうだい!!　私は王女なのよ？　それからちゃんとスプーンも忘れずにね。器から直になんて飲めないわ」

「……なんだって!?」

私の頼みに虚を突かれた男たちは一瞬目を丸くした後、げらげらと笑い出しました。

「ぎゃっはっはっはっ!!　スープにスプーンだぁ？　おいおい、王女様。あんた自分の立場を忘れてるんじゃないか？　お前さんは人質なんだぜ？　なのにお上品にスプーンがないと困るってかぁ!?」

「はっはっはっ！　おいっ、聞いたか？　笑えるぜ。王女様はスプーンがなけりゃスープは飲めねえってよ？」

「こんなカビ臭い酒蔵で、ディナーのつもりかよ？　お金持ちの考えることはわかんねえなぁ。まったくよぉ」

　おかしげに腹を抱え、男たちは笑い転げました。そしてひとしきり笑ったあと、男たちは目尻に浮かんだ涙を拭いうなずきました。

「まぁいいさ。どうせあと少しであんたともお別れだしな。スープくらいくれてやる。ちょうど俺たちが食い残した汁が残ってるからな。そうだな、野菜のひとかけらくらいは残ってるかもしれねえなぁ」

　そして男たちは素直に「ほらよ、これでじっくりひとりで豪華ディナーを楽しみな」と、具のない薄茶色の液体を入れた小さな器とスプーンを手渡したのでした。

　ジルベルトは、足元に残る痕跡ににやりと黒い笑みを浮かべた。
「三種類の煙草の吸い殻に、底のすり減った靴跡が三つ。誘拐したのは金で雇われた荒くれ者というところか……。黒幕は別にいるな……」
　ゾクリとするようなその冷たい声に、そばにいた警邏隊の隊員が顔をひくつかせた。ジルベルトはさらさらと胸ポケットから取り出した紙に何かを書きつけると、隊員に手渡した。
「……すぐにこれを王宮に届けてくれ。それから、準備が整い次第追跡する。手練れの者を十人ほど、足の速い馬も急ぎ用意してくれ」

ミュリルが誘拐されたとの知らせを聞き急ぎ屋敷に戻って見たものは、何者かに荒々しく踏み荒らされた庭と興奮冷めやらぬセリアンたちの姿だった。

ミュリルが襲われた現場を目にした者たちはいない。だが一台の荷馬車が走り去る姿を、ラナが目撃していた。靴跡からして履き古した安物のようだし、煙草も市中に安価で出回っているものをかなり根本近くまで吸ってあった。おそらくは連れ去ったのは雇われたゴロツキたちだろう。だが王女の誘拐など、その辺のゴロツキが考えつくような犯罪ではない。一億ガルなどという大金は持ち運びにも苦慮するに決まっているし。ということは――。

「黒幕はおそらく隣国貴族、権力絡みか……。しかもそれなりの爵位と地位のある者、か……」

身代金を要求する文が書かれた紙は上質、かつこの国で多く出回っているものではない。隣国の貴族連中がよく使うものに酷似していたし、その紙からは高価な輸入ものの葉巻きの香りも漂っていた。となれば、おそらくこの誘拐を首謀したのは隣国の貴族、目的は政治絡みとも考えられる。

ミュリルがさらわれてから、もう数刻が経過していた。日が落ちる前に男たちの行方(ゆくえ)を突き止めなければ手遅れになりかねない。

「私どもがついていていながら、誠に申し訳ございません……。旦那様……」

何度も繰り返し謝罪するバルツの声は震えていた。

けれど、屋敷の警備を緩くするようにバルツに命じたのは外ならぬ自分だ。バルツや他の使用人たちのせいではない。だが自分たちがもっと目を配っていればこんな事態を防げたのでは、と後悔するバルツの思いは痛いほど理解できる。それはもちろんラナも同じだった。

「奥様……。ミュリル奥様……!!　奥様に何かあったら、私……。どうしたら……！　あぁっ、奥様……！　私は一体どうお詫びすれば……」

　泣きむせぶその声は悲痛で、ひどく胸が締めつけられた。ミュリルがどれだけこの屋敷の者たちに愛され大切に思われていたのかをあらためて思い知り、ジルベルトは拳を強く握りしめた。

「大丈夫だ……。私が必ず連れ戻す。……必ずだ！　だからお前たちは留守の間、屋敷を頼む。何かあればすぐにお前たちにも知らせる。だから待っていてくれ……」

　そう、必ず守ると決めた。自分に巣食っていた恐怖を癒やし、どこまでも穏やかであたたかな日々と未知の感情を教えてくれたミュリルを守ると。たとえ自分の命と引き換えにしてもかまわない。あの優しい微笑みを守れるのなら――。

「はい……！　お願いいたしますっ。旦那様……!!　どうか奥様を……ミュリル様を無事に連れ戻してくださいませ!!」

　涙ながらに懇願する皆を励まし、今度はセリアンたちの元へと向かった。

　ヒヒイインッ！　バルルルッ!!

　馬房の中にいたセリアンと目が合った。いつになく怒りに燃えた目でこちらをまっすぐに見据え、何かを強く訴えてくる。その意味を察し、うなずいた。

「お前の思いはわかっている。セリアン、お前の力を貸してくれ。お前たちは男たちを見ているだろう？　お前たちの大事な主人をさらった奴らを。だから私とともに行こう。ミュリルを助け出すために……！　行けるな？　セリアン」

　そうまっすぐな眼差しで語りかければ、セリアンの鼻がブルルッ、と大きく鳴った。

　答えは決まっていた。ミュリルを大切に思う気持ちは同じだ。目の前で主を連れ去られ守りきれなかったセリアンたちの悔しさと怒りはどれほどのものか。

「あぁ、必ず助けてみせる。大丈夫だ、お前の主人はしなやかでとても強い人だ。きっと無事でいるさ……。きっと……」

セリアンならきっとミュリルのもとへと導いてくれる。そんな確信があった。そして力強い味方はまだいる。

「それからお前も。一緒にいってくれるな？　オーレリー」

足元で声をかけられるのを今か今かと待ち構えていたオーレリーにも声をかける。

ワオンッ!!

いつになく真剣なやる気に満ちた目にこくりとうなずき、ふと足元に何かの気配を感じて視線を向ければ。

「……ん??　どうした、モンタン？」

その後ろからぴょこんと耳をはためかせて近づいてきたモンタンが、こちらを見上げていた。その口に何かがくわえられているのを見て、首を傾げる。

「どうした？　……？　それは……」

モンタンがくわえていたもの――それは以前、てっきりミュリルが好きなのだろうと勘違いして贈ったあのハーブだった。今では大きく育ち美しく花を咲かせていたそれらは、男たちに滅茶苦茶に踏み荒らされていた。そのハーブをモンタンがくわえていたのだった。

鼻をひくつかせ、こちらをまっすぐに見上げてくるその眼差しに理解した。

「……これを持っていけと言うんだな？　わかったよ。お前の代わりにこれを持っていく。ちゃんとお前の主人を助け出してくるから、お前は屋敷を頼む。いいな？」

主を思う気持ちはモンタンも一緒だ。モンタンから受け取ったハーブを胸のポケットに入れ、ジルベルトは決意を新たにした。絶対にミュリルを無事に男たちの手から助け出しこの屋敷へと連れ戻す、と──。


こうしてセリアンとオーレリーという心強い仲間、そして王宮から遣わされた生え抜きの警邏隊とともにジルベルトは屋敷を出立したのだった。愛する妻を救い出すために──。


日の落ちはじめた街道をひた走るジルベルトのもとには、次々に情報が集まりはじめていた。

「目撃者がいました!!　西にある港町方向へと、それらしき荷馬車が猛スピードで走り去ったとのことです！　人質を海路で隣国へと連れ出すつもりかもしれません」

「わかった。港に停泊中の船も含め、一隻残らず徹底的に調べ上げろ。港湾警備の者たちにも知らせをやってくれ！　これは王命だとなっ!!」

「宰相殿！　新たな情報ですっ。近隣の町で、例の荷馬車を隣国訛(なま)りのある男に売ったという商人を発見しましたっ。その際男は、代金の代わりに印章入りの指輪を置いていったそうです。その印が、先日隣国で爵位を剥奪(はくだつ)された元貴族のものと合致しました！」

その報告に、すぐさま記憶をたどる。そう言えば少し前に隣国で詐欺がらみの事件を起こして爵位を剥奪された貴族がいたはずだ、と。単独での犯行だったため取り潰(つぶ)しは免れたものの、一族から見放され国を追放されたと聞いている。

自国の事件ではないとはいえ、何がどうこちらに関わってくるかはわからないのだからと一応頭に入れておいた甲斐があったらしい。

「……ということは、自分を貶めた国への逆恨みに国から金でも巻き上げようという魂胆か……。頭が回るタイプの男ではないようだし、王女を傀儡にして自分が権力を手に入れるなんてことは考えていなそうだが……」

じわりじわりと事件の輪郭と男たちの犯行が判明しつつあった。犯人たちの目的が王女を盾に王家に反逆するなどといった高尚なものではなくただ金欲しさなら、大事な金づるを下手に傷つけることはないだろう。

だが問題は、実際に誘拐されたのはアリシア王女ではないという点にあった。もし犯人たちが自分たちが連れ去ったのが王女ではなく宰相の妻だと気づけば、自分たちの悪事を隠すためにミュリルを手にかけないとも限らない。

セリアンの背に乗り風を切って走りながら、ジルベルトは必死にはやる気持ちを抑え込んでいた。

「くそっ……！　ミュリル……!!　どうか無事でいてくれ……。どうか……」

焦れる気持ちをなんとか氷の表情に押し込め、隊員に指示を出す。

「いますぐ捕縛許可の依頼と、隣国から首謀者の引き渡しの要求があれば、死体でいいかも確認しておけ」

ミュリルの身が危険にさらされている今、犯人たちの命など知ったことではない。

「……はっ!!　すぐに！」

まだ年若い隊員はその指示に一瞬凍りつき、けれど口元を固く引き結び急ぎ走り去っていった。

そしてジルベルトは、氷の宰相という名を体現するかのごとくブリザードをまき散らしながら険しい顔で夜をかけ続けたのだった。

道中、休憩のためにとある寂れた教会に立ち寄った。ふと空を見上げれば、そこにはぽっかりと月が浮かんでいた。

「ミュリル……。どこにいる……？　無事でいてくれているといいんだが……」

不意に弱気な思いが心に浮かび、思わずぽつりとつぶやいた。そして桶に頭を突っ込み喉を潤しているセリアンの背をなでる。

「……セリアン、お前の主人は無事だろうか……。私がもっと屋敷の警護をしっかりと固めていれば、こんなことには……。今頃ミュリルは……」

周囲に人の目がなくなった瞬間、つい弱音がこぼれ落ちてしまう。

今さら悔やんでも仕方ないのはわかっている。自分の留守中のミュリルの安全を考えれば屋敷の警護を固めておくべきだったのに、つい安心しきっていたのだ。ミュリルがそばにいてくれるあの平穏であたたかな暮らしに、心が緩んで。もしミュリルに何事かがあったらと思うといても立ってもいられない。そんなことになれば一生自分を許せないだろうとも思う。ミュリルを失う恐怖に比べれば、女性に対する恐怖などちっぽけに思えるほどに――。

後悔にさいなまれ深くため息を吐き出したジルベルトは、ふと後頭部をぐいと引っ張られるのを感じた。するとそこには。

むしゃむしゃむしゃ……。ブルルル……!!

セリアンがぎょろりと目をむきながら、髪を束ねていたリボンをむしゃむしゃと食(は)んでいた。こちらを冷たい視線でギロリとにらみつけながら。

「……セリアン、悪かった。わかったから、リボンを食むのはやめてくれ。なんでお前はそうやってリボンを食みたがるんだ……」

その冷たい視線の意味を悟ったジルベルトは、すぐさまセリアンに謝罪した。けれどセリアンはなおもリボンを鼻息荒くむしゃむしゃと食み続け、なんなら髪の毛ごとむしろうとしていた。そんなセリアンをなんとか制止すると。

「必ずお前の主人を命に変えても助け出す。約束する。だから、頼む。……もう弱音など吐かないと約束するから、リボンをよだれまみれにするのはやめてくれ。セリアン……」

するとセリアンは仕方ない、と言わんばかりの顔でふんっ、と大きく鼻息を吐き出すとぺっと口からリボンを吐き出したのだった。

きっとセリアンは、ミュリル救出に弱気になった自分を叱咤激励してくれたのだろう。命をかけてでも助け出すと覚悟を決めたんだろう、何を弱気になっているのだ、と。髪まで一緒にむしられたのは、勢い余ってのことだと思うことにする。

「……わかっている。大丈夫だ。決してあきらめる気はない。必ず……必ず救い出す。だからお前たちも頼んだぞ。ミュリルの奪還は、お前たちの記憶と嗅覚にかかっているんだからな」

そして決意を新たに替えのリボンをポケットから取り出すと、ぎゅっと結び直した。そしてセリアンとオーレリーの背をぽんと叩けば。

ウワオオオオオオンッ!!

ヒヒイイイイイインッ!!

暮れかけた空に、セリアンとオーレリーの鳴き声が高らかに響き渡った。

いよいよ夜の帳が下りはじめた頃。隣国王家からの一通の知らせに目を通していたジルベルトの口元に、笑みが浮かんだ。

「よし……。これで生殺与奪の権限はこちらのものだ。……お前たち！　隣国王家からの正式な許可が出た。首謀者ならびに一味の者の身柄は生死を問わないそうだ。くくっ……！　ミュリルに手を出したことを、絶対に後悔させてやる……」

自分の中にこうもどす黒い怒りが存在していたことに驚く。だがミュリルを苦しめる者を絶対に許すわけにはいかない。セリアンとオーレリーも同じく怒りに燃え、鼻息を荒く吐き出しながら目をギラつかせていた。

ジルベルトの目が月に向いた。

「ミュリル……」

名前をつぶやけば、胸の中に締めつけられるような渇望がわき上がる。

たまらなく会いたかった。あの優しい穏やかな微笑みを見たかった。自分に恐怖ではなく平穏と癒やしをくれた世界でたったひとりの存在を、どうあっても失うわけにはいかない。生まれてはじめて覚えたであろう、愛情と裏表の執着とも言える独占欲に苦笑した。

ジルベルトは目をギラつかせつぶやいた。

「今行く。待っていてくれ……。ミュリル……」

そして氷の宰相はその青緑の目を絶対零度の冷たさにゆらめかせ、再びセリアンの背にひらりとまたがり夜道へとかけ出したのだった。

3

冷え切ったスープの汁に固いパンをひたしせっせと口に運びながら、私は懸命に策を巡らせていました。

今手元にあるものと言えば、この一本のスプーンととても切れ味がいいとは言えない錆びたナイフ。そして床に落ちていた、古ぼけてはいるけれどなかなかに丈夫そうなロープが一本。それだけでした。

「とにかく窓の外を確認するためには、木箱を積み重ねて上ってみなきゃね……」

幸いなことに、蔵の中には大量の木箱と樽がありました。酒瓶を詰めていた箱ですから、相当に丈夫なものです。それらを階段状に積み上げれば、窓の外をのぞき見ることとくらいわけないでしょう。

けれど問題はそのあとです。あの窓は私の背の高さよりもはるか上に位置しています。そこからなんとか外へ這い出れたとしても、あれだけの高さから地面に飛び降りたら足をくじくどころでは済まないでしょう。となると、地面に降りるための縄梯子(ばしご)は必須。けれど古いロープ一本だけでは到底足りません。他にロープの足しになるようなものといったら――。

「うーん……。こうなったら方法はこれしかない……わよね」

自分の着ていた服を見下ろし、覚悟を決めます。

「ま、非常事態だし仕方ないわね。命には代えられないし。下着姿とはいっても露出は少ないし、遠目なら下着とバレないかもしれないし……」

その日着ていたドレスも、いつも通り貴族が着るものにしては比較的シンプルなものでした。けれど生地はしっかりしていますし、使われている布の分量もたっぷり。となればこれを裂いて紐状にしてロープと結び合わせれば、地面まで届くくらいの縄梯子になるでしょう。見た目の問題は、この際無視するより他ありません。

「あとは蔵のまわりに見張りがいないことを祈るしかないわね。他にやるべきことは……足止め用のバリケードと、気づかれた時のために反撃できるような仕掛けも必要よね……」

そっと扉の向こうに耳を澄ませば、どうやら男たちはいい塩梅に酒が回りはじめたようです。首謀者の男が到着するにはまだ間があるのでしょう。となれば今のうちに必要なすべての作業を終えておかなければなりません。

手に持っていたスプーンをぎゅっと握りしめ、力強くうなずきます。

「このスプーンがあればなんとか箱を解体して、木片や釘なんかも用意できそうね。木工技術を磨いておいてよかったわ……」

スプーンを男たちに用意させたのは、我ながら名案でした。柄の部分やスプーンの先を使えば、できるだけ力を温存しつつ釘や金具を取り出すこともできそうですし。

となればさっそく行動開始です。まずは壊れていない頑丈そうな木箱や樽を、窓のそばに階段状に積み上げていきます。物音でこちらの動きに気づかれないよう細心の注意を払って。そしてざっと研いだナイフをいざという時の武器代わりになるよう、太もものあたりに結わえつけておくことにしました。

「次は扉の前にバリケードを作って……、と」

必死に頭をフル回転させながら、ここから無事に脱出するための準備を整えていきます。なにせ相手は屈強な体つきの男たち。まともに対面したら恐怖心で身がすくんでしまうのはわかりきっています。となればここから無事に逃げ出せるかどうかのわかれ目は、男たちが異変に気がつく前にいかに遠くに逃げ出せるか、です。

「もしバリケードを突破されても、こうして床に釘なんかをばらまいておけば相当に痛いはず……。そうだわ！　頭の上から重い仕掛けが落っこちてくるのもいいかも」

体を動かしているうちに、心も一緒に解れてきたようです。この調子ならなんとかここから無事に逃げ出すことができるかもしれません。

けれどさすがに何の物音も立てずに作業するのは難しく、そろそろバレやしないかと足音を忍ばせて扉に近づけば。

グゴアアアアア……。ンゴオォォォォ……。

「……いびき⁇」

どうやら男たちは酒が回って寝はじめたようです。となればこれはチャンスです。

急いで壊れた樽や箱からいい塩梅に尖った木片を取り出し、さまざまな痛そうな仕掛けを作っていきます。多少はバキッとかバコンッとか音はしますが、あんなに気持ちよさそうに眠っているのならしばらくは大丈夫でしょう。

そうしてようやくすべての準備を終え、ふぅ……と額に浮かんだ汗を拭い息をつきました。

これだけ準備万端にしておけば、きっと多少の時間稼ぎくらいはできるはず。あと私に必要なのは、逃げ出すタイミングと勇気だけです。

「……」

窓からのぞく月を見上げ、祈ります。

「……ジルベルト様。セリアン、オーレリー、モンタン……。お屋敷の皆……。どうか私に力を貸してちょうだい……」

どうにか無事に外に出て、ジルベルト様に会いたい。皆のいるあのお屋敷へと帰りたい。

形ばかりの契約結婚が、まさかこんなに大切なつながりになるなんて思いもしませんでした。それもこれも皆ジルベルト様が与えてくれたもの。ジルベルト様があの日私を必要としてくださらなければ、私は恋い焦がれる気持ちも知らないまま一生を終えていたに違いないのですから。

そのジルベルト様にまだ何も伝えていないのです。このあふれるほどの感謝もはじめての恋心も。

「どうか無事に皆のもとへ帰れますように……。ジルベルト様のおそばへ戻れますように……」

青緑色の目の色を思い浮かべ、私はそっと胸に手を当て祈ったのでした。

月はそんな私を励ますように、煌々とそしてやわらかく照らしていました――。


その頃ジルベルト率いる警邏隊一行は、ミュリルが監禁されている蔵のすぐ間近まで迫っていた。

首謀者が船でミュリルを隣国に連れ出すとなれば、出航の時間まで港に一番近いこの町のどこかにミュリルを監禁するはずだ。そう踏んで、地図を片手に犯人たちが潜伏していそうな場所を絞り込んでいく。

「この町には今はもう使われていない倉庫や蔵が多数あります!! おそらくはそのいずれかに監禁されているはずかと！」

「ではまずこの辺りから捜索をはじめよう。一番奥まっていて人目につきにくそうだからな。他は、数人ずつにわかれて順に当たってみてくれ」

「わかりました!!」

「それからひとつ、皆に死守してもらいたいことがある。人質についてだが……」

ジルベルトには救出にあたって警邏隊の面々に伝えておかなければならないことがあった。

ずらりと並んだ隊員たちの顔が、何事かと険しくなる。そんな彼らに向かい、ジルベルトは毅然(きぜん)とした声で告げた。

「もしミュリルを見つけたら、決して手を触れることなくすぐに私を呼んでほしい。絶対に警邏隊の誰も、ミュリルに接近しすぎたりくれぐれも接触などしないよう気をつけてくれ」

一瞬その言葉に、場がざわついた。

それはそうだろう。一刻も早く助け出さねばならない切迫した状況なのに、誰も救出対象に触れてくれるな、とはおかしな話だ。が、男性恐怖症を抱えたミュリルにとってはそれが何より脅威なのだ。

もし警邏隊が救出のつもりで差し伸べた手に恐怖を感じてパニックを起こせば、犯人たちに隙(すき)を与え、思いもよらない事態になりかねない。

「接触……ですか？　それは一体なぜ……」

「詳しくは言えない。が、必ず守ってほしい。すぐに私がかけつけ、妻を救出するから絶対に触れないでくれ。頼んだぞ」

その指示に、隊員たちは怪訝（けげん）そうな表情を浮かべながらもうなずいたのだった。

そしてジルベルトは、いよいよ迫ったその瞬間に向け口元を引き結んだ。

「まったくお互いに不便だな……。緊急事態であっても、触れられないとは。……でも私がいる。夫である私がなんとかしなければ……」

自分だって、ミュリルからしたら他の隊員たちと同様に恐怖対象だ。先日転びかけたミュリルを助け起こした時に互いに何の異常もなく済んだのは、ただの偶然かもしれないのだから。そう簡単に長年抱えてきた恐怖が消え去るはずもない。

けれどもしあれがただの偶然ではなかったとしたら――。

ふとそんな欲が胸の奥からわき上がり、頭を振った。

今はそんなことを考えている暇はない。たとえ恐怖のあまり殴られても蹴られても、嫌われてこの先一生許してもらえなかったとしても、ミュリルの命を無事に救い出せるのならばすべて受け止める覚悟はできていた。それに何より、他の男にミュリルを触れさせたくない。たとえそれが助けるためであって他意はないとしても、それでもミュリルの体に他の男の指が触れると考えただけで――。

自分の中にこんな独占欲があったとは、と驚きあきれ自嘲（じちょう）した。

「セリアン！　オーレリー……!!　お前たちも頼んだぞっ。お前たちの大事な主人をどうあっても無事に助け出す！　いいな……!!」

ワオオオオオオオンッ……!!

ヒヒヒイイィインッ……‼

こうしてひとりと二頭は願うような気持ちで月を見上げ、強い決意を胸に町の中へと歩を進めたのだった。

そしてジルベルトが町の一番奥まった場所にある蔵へと近づいた時。

ガルルルルッ……！

「オーレリー？　どうした？　何か感じるのか？」

主の気配と匂い、そして憎き男たちの存在を感じ取ったオーレリーとセリアンの反応に、ジルベルトはその口元ににやり……と黒い笑みを浮かべた。

「そうか……、あの蔵にいるんだな。よし、行くぞっ！　セリアン、オーレリー！　ミュリル……、今行くっ！」

ジルベルトとセリアン、オーレリーは慎重に、けれど確かな足取りで目指す蔵へと歩き出したのだった。

それと時を同じくして、ミュリルもまた月を見上げていた。この月をどこかでジルベルト様も見ているかしら――などと思いながら。まさかそのジルベルト当人が、自分のすぐ間近まで迫っていることなど知る由もない。そしてまたジルベルトも、夢にも思っていなかった。まさかミュリルが自力で男たちから脱出するために手製の武器や仕掛けを作り、今まさに脱出しようと窓枠に足をかけていたなど――。

「よしっ……！　行こうっ‼」

　頬をパシンッとひと叩きすると、すっくと立ち上がりました。

　いよいよ決行の時――、恐怖に震えている暇はありません。恐怖に負けたら最後、二度とジルベルト様に会うことはできないのですから。それだけは絶対に嫌です。今にも叫び出したい恐怖を押し込めるようにお腹にぐっと力を入れ、自分を奮い立たせ階段状に並べた木箱を一段また一段と登っていきます。

扉の前には容易には崩せないようしっかりと積み上げたバリケード。もし突破されてしまった時のための仕掛けも万端です。時間も使えるものも限られた中、我ながらよくここまでやったと自分をほめてあげたい気持ちです。

ここまでなんとか成し遂げられたのは、自分の運命に負けず自分なりに幸せになろうと涙ぐましい努力を積み重ねてきたからです。決してこれまでのことは無駄ではありませんでした。今日この時、自分の運命を切り開くためにこうしてその成果をいかんなく発揮できたのですから。

「大丈夫……。きっとうまくいくわ……」

そう自分に言い聞かせ、ついに私は目がくらみそうな高さの窓からその身を乗り出したのでした。

その時でした。外にいくつもの足音が一斉に近づいてくる気配がしたと思ったら、何やらものすごい轟音（ごうおん）が聞こえてきたのは――。

ドオオオオオンッ!!

「……おいっ！　一体どういうことだっ！　何者だっ。お前らっ!?」

ものすごい衝撃と音に思わず縄梯子をつかんでいた手が滑りそうになり、慌てて握り直します。

「……っ⁉」

あの声は間違いなく、私の首を絞め上げたあの大男のものです。もしや首謀者の男が到着したのでしょうか。にしてはどうも物々しいような。けれど何が起きているのかなど確かめようもありません。

私は急ぎ窓からよいしょよいしょと這い出ました。そしてロープと破いた服を結び合わせて作った縄梯子を伝って、慎重に地面へと降りていきます。その間も、扉の向こうからはものすごい轟音と何人もの男たちが騒ぐ声が聞こえてきます。そして今度は――。

ばあああああああんっ‼

ガラガラガラッ、ガシャーンッ‼

バリケードの向こうから扉の取っ手をガチャガチャする音に続き、バリケードが派手に崩れる物音が聞こえてきたのでした。

と同時に聞こえてきた男たちの声。

「くそっ！　こうなったらあの女を盾にここから逃げ出すぞっ。さっさと扉を開けろっ！　……って、何モタモタしてやがるっ‼　さっさと女を連れ出さねぇかっ！」

「いや……それが、扉がどうもうまく開かねぇんですよっ！　何か扉の向こうに……？」

「早くしねぇと捕まっちまうぞっ！　……って何だこりゃ？　あの女っ、扉の前に何か積んでやがるっ‼　中が何にも見えねぇっ」

一体何が起きているのでしょう。なぜ男たちが私を連れてどこかへ逃げ出そうとしているのか、さっぱりわかりません。けれどどうやら、大きな騒ぎが起きているのは確かでした。

とはいえ今はっきりわかるのは、男たちがバリケードに気づき必死にそれを崩そうと騒いでいることでした。

「仕掛けがあるとはいっても、追いつかれるのは時間の問題ね……。急がなきゃ……！」

一体男たちが何から逃げようとしているのか、外で何の騒ぎが起きているのかはわかりませんが、今はひとまず逃げるしかありません。

「……っと‼」

やっとのことで地上に降り立ち、休む間もなくきょろきょろと辺りを見渡し人のいない方へとかけ出します。その背後から聞こえてくるあの男たちの声。

「うわおっ⁉　いってぇーっ‼　なんか尖ったもんを踏んじまったぁぁぁっ‼　血が……血がぁーっ」

「なんか上から振ってくるぞっ⁉　うわあああああっ！　ぐごぁっ……‼　どうなってんだぁ、こりゃあっ」

「あああああっ！　くそっ、尻(しり)に釘が刺さって……イテテテテッ！　まさかこれ、王女様が全部やったってのかぁ⁉　一体どうなってんだ？」

どうやら仕掛けがうまく発動したようです。けれど安心している暇はありません。蔵の周辺一帯に、何人もの人間が集まっている気配がします。

もしかすると私を探しにきてくれた警邏隊かもしれない。そんな希望もちらとよぎりましたが、どちらにせよ相手は男性に違いありません。となれば助けを求めにそちらに向かうわけにもいかず、躊(ちゅう)躇(ちょ)していると。

ヒヒヒイイイインッ‼

そのいななきに、はっと顔を上げました。

ワオオオオオンッ‼

続く犬の鳴き声も、確かに聞き馴染みのあるもので。

「そんな……まさか。でも……‼」

期待に胸が震えます。もしあれがセリアンとオーレリーなら、もしかすると――。

「セリアン……？　オーレリー！　いるのっ？　……ジルベルト様⁉」

恐怖も忘れ、反射的にかけ出していました。藁にもすがるような気持ちで、声のした方へと月明かりを頼りにかけ出せば。

「あっ‼　……おいっ、あれ見ろよ！　女だっ！　女が窓から逃げたぞっ」

「なんだとっ⁉　くっそぉーっ！　こうなったら絶対に捕まえて目にもの見せてやる……‼」

男たちが私の逃走に気がついたのと、視界の先に見覚えのあるシルエットが飛び込んできたのは同時でした。私の愛しいボディガードたちと、私が生まれてはじめて恋をした人のシルエットが――。

「セリアン、オーレリー‼　……ジルベルト様！」

ヒヒイイインッ！

ワオンッ！　ワウワウワウゥッ‼

暗い闇の向こうから迫りくる、確かな鳴き声。そして。

「ミュリル！　どこだっ⁉　私はここだっ‼　ここにいるっ」

その声に、視界を涙でにじませながら私は力いっぱい叫んでいました。

「ジルベルト様っ‼　私はここですっ。私を……私を……助けて‼　ジルベルト様っ。私は……私はここにいます！」

七歳のあの日、口に出せなかった言葉。それをようやく口に出すことができたのです。私を助けて、という言葉を――。

その声にその人はゆっくりと振り向き、そして。

「ミュリル！」

「ジルベルト様っ！」

声のした方へと足をもつれさせながら急ぎかけていけば、そこには美しいたてがみをたなびかせながら猛然とこちらへと向かってくるセリアンと、耳を大きくはためかせてかけてくるオーレリーの姿がありました。そして、その後ろから青みがかった銀髪をきらめかせてかけてくるジルベルト様の姿も。

やはり幻聴などではありませんでした。信じられない気持ちで目の前の光景に目を輝かせ、泣き出しそうな気持ちでもう一度その名前を口にしようとした、その時――。

「おーいー……。王女さんよおー……」

その覚えのある声に、はっと身を強張(こわば)らせます。

「……!!」

いつの間にか私の目の前に大きな影が立ちはだかっていました。月明かりを背に、目の前に立ちふさがる大きな影。酒臭い匂いと怒りに満ちた荒い息を吐き出しながらそこに立ちはだかっていたのは、あのリーダー格の男でした。

ゆらり、とその巨体を揺らしながら近づいてくる男に、思わず後ずさります。一気に全身から汗が噴き出すのを感じていました。

「ひっ……。い……いや……！　こ……こな……い……で」

毛むくじゃらの腕をこちらに伸ばし、まるで覆いかぶさるように近づいてくるその姿。叫ぼうにも声が喉の奥に張りついて出てきません。体も震え足もすくんで、動くこともできず。

「こうなったら……お前を殺してやるっ……!!　何もかも滅茶苦茶にしやがって……！　この女ぁっ！」

そしてついにその毛むくじゃらの手が、私の胸ぐらをつかもうとしたその瞬間——。

思わずぎゅっと目をつむったその前に、見えたもの。月の光に反射してキラリと光ったものは何でしょう。

ああ、こんな恐怖の中で人生を終えるくらいなら恐怖症と無理やりにでも闘うほうがましでした。だってもしほんの少しでも恐怖を克服できていたら、ジルベルト様にもっと近づくことができていたかもしれないのです。いってらっしゃいの挨拶だって、ピクニックだって。そして何より私にこんなあたたかな気持ちを教えてくれた感謝も、恋心を伝えることだってできたはず。なのに、そのひと欠片さえ伝えることができないまま恐怖にまみれて人生を終えることになるなんて。

そうあきらめかけたその時でした。

「私の妻に手を触れることは許さんっ!!」

ガキィィイインッ……!!

何かが激しくぶつかり合うような硬質な音に目を開ければ、ジルベルト様が男が持っていたナイフを剣で弾き飛ばしたところでした。

「ジルベルト様っ……⁉」

「ミュリルッ！　無事かっ⁇　セリアン！　今すぐミュリルを安全なところに連れて行けっ‼　お前の主人を守るんだっ！」

濃紺の夜空と月明かりを背に長い剣をスラリと構え立つ姿は、冴え冴えとしてゾクリとするほど美しく。思わず目の前の男の存在も忘れて見惚れていました。

「なんだっ、お前はっ？　関係ねぇ奴はすっこんでろっ‼　俺はこの女に用があるんだよっ！」

男はポケットから別のナイフを取り出すと、ジルベルト様に猛然と襲いかかりました。

キイイイインッ‼

ガシィッ！　キイィインッ……‼

次々に繰り出される男の攻撃をジルベルト様は華麗な剣さばきで跳ね除け、男をじりじりと後退させていきます。

「くそっ！　邪魔だっ。どけっ‼」

何度も繰り出される攻撃を難なくさばきながら、男を追い詰めていきます。そして鋭い声で叫んだのです。

「ふざけるなっ！　関係ないだと⁉　あるに決まっているだろうっ‼　私は正真正銘ミュリルの夫なんだからなっ」と。

その瞬間、ぴたりと男の動きが止まりました。

「お……夫だぁっ⁉　馬鹿言えっ！　王女はまだ結婚してねぇだろうがよっ⁉　……って、まさか……」

そしてみるみるその顔に浮かび上がる驚愕と絶望の色。

「まさかこいつは……、王女じゃないっ？　人違いかよっ⁉」

ようやくここにきて、自分たちの勘違いに気がついたようです。男はしばし呆然と口を開いたまま、その場で固まっていました。

「な……なんだとぉ……⁉　くっそぉっ！　つまりははじめからこの計画は失敗……？　ちっ！　こうなったらっ！」

男が憤怒に顔を染め、怒りに任せて突進するのが見えました。ジルベルト様ではなく、なんと私に向かって――。もはやこれまでかと血の気が引いた、次の瞬間。

ヒヒイイイインッ……‼

ワオオオオンッ……‼

目の前に濃茶色の巨体が現れたと思ったら、セリアンが私を守るように男の前に立ちはだかっていました。その長い脚を高々と上げ威嚇の雄叫びを上げながら。

「んおっ？　な、なんだっ？　この馬はっ！」

大きな目にギョロリと見下ろされ男がたじろいでいる隙に、今度はすかさずオーレリーが男の背後に回り込みます。同時に、夜の闇に男のつんざくような絶叫が響き渡りました。

「ぎゃあああああっ‼　痛えっ！　離せっ、この馬鹿犬っ！　尻が……俺の尻がぁっ」

見れば、オーレリーがグルルル……と激しいうなり声を上げながらガッチリと男の尻に食らいついていました。情けない叫び声を上げながら、地面に転がる大男。その尻をガッチリとくわえこんだまま離そうとしないオーレリー。激痛に雄叫びを上げながら地面を激しく転がり回る男を、絶対に逃

がすまいと頭上からギロリとにらみを利かせるセリアン。

そしてジルベルト様はと言えば――。

「それまでだ。観念しろ！　私の大切な妻に手を出したことを地獄で後悔させてやる……！」

これまで見たこともないような凄絶な黒い笑みを浮かべ、大きく腕を振り上げると男の喉元にギラリと光る剣先を突きつけたのでした。わずかでも動けば喉を突かれそうなその切っ先に、男は冷や汗を垂らし固まっていました。

「オーレリー!!　その男を絶対に離すなよっ！　セリアン、早く行けっ。ミュリルを安全な場所に連れ出せっ！」

ジルベルト様の緊迫した声に、セリアンは私をぐいと鼻先で自分の方へと引き寄せ口で引っ張り上げようとしました。反射的にその背にまたがった私でしたが、その瞬間ちらと見えたのです。男がジルベルト様の顔面に土を投げつけ、その隙に地面に落ちていたナイフをつかみ上げたのが。

「ジルベルト様、危ない！」

とっさに体が動いていました。ぐっとセリアンの手綱を引き、私は男に向かって太ももに隠し持っていた例の錆びたナイフを思い切り投げつけました。すると――。

ガコンッ!!

「うぉあっっ!!」

痛々しい音とともに、運よくそれは男の額のど真ん中に命中したのでした。その衝撃に男がよろめいた隙に、ジルベルト様が男の腕をぐいと後ろにつかみ上げ――。

「く……くそっ！　何しやがるっ！　離せっ、離せーっ!!」

男は雄叫びを上げその場に倒れ込み、見事捕獲されたのでした。

そしてその背後から聞こえてきたバタバタと走り回る足音と、続く手下たちの痛々しい悲鳴。

「お前たちっ！　観念しろっ。ここまでだっ！　誘拐及び監禁の罪で捕縛するっ」

気づけば、蔵の中でも大捕物がはじまっていました。

「助けてくれぇ！　俺はただ金が欲しくて……！　頼まれた通りに連れ出しただけなんだぁっ！」

「縛り首は嫌だぁーっ。勘弁してくれぇっ!!　悪いのは俺たちじゃないっ。俺たちを雇ったあの貴族のいけすかねぇ男が悪いんだっ！」

男たちが叫びながら警邏隊の制服を身につけた屈強な男たちに連れ出されていくのを呆然と見つめながら、私は理解したのです。私を助け出すために、警邏隊を引き連れたジルベルト様たちがこの蔵に乗り込んできていたのだと。

こうして私は首謀者に引き渡されることなく、人生二度目の誘拐から無事助け出されたのでした。

そして辺りがようやく静まった頃――。

「宰相殿っ！　ご無事ですかっ？　こっちは皆捕縛完了です!!」

おそらくは入隊したての隊員なのでしょう。人のよさそうな青年がジルベルト様のもとへとかけ寄ってきました。

「ご苦労だった。その男も連れて行ってくれ」

「わかりました！　では他の男たちと一緒に搬送しますっ!!　それから、首謀者の身柄も港で無事拘束したとの連絡が！　……あ、ところで奥様はご無事でしたか？」

青年がふとこちらをのぞき込もうとしたその時、ジルベルト様はまるで私の姿を自分の体で覆い隠すように青年の前に立ちふさがると。

「あ……、ああ。問題ない。妻は私が連れて帰るから、男たちの輸送は頼んだぞ」

そう言って、私の視界をさえぎりました。きっと私が隊員の姿に怯えないようにとの気遣いなのでしょう。すると青年はにかっと笑みを浮かべ、尻を押さえながら地面に這いつくばっていた男を縛り上げると――。

「あ、はい！　了解いたしました。ご無事でなによりですっ！　では、失礼しますっ」

そう言って男を連れ去っていき、あとには私とジルベルト様、すっかりいつもの穏やかさを取り戻したセリアンとオーレリーとが残されたのでした。

「……」

「……」

突然の静けさに困惑し思わず顔を見合わせれば、ジルベルト様がはっとしたように慌てて顔を背けると。

「えー……あー……、ゴホンッ！　こ……これを……羽織るといい……」

そう言って、自分のマントを脱ぎこちらに差し出しました。

「え？」

今日はさほど肌寒くもない気候なのになぜマントなんて、と首を傾げそうになったその瞬間、思い出したのです。自分が今どんな格好をしているのかを――。

一瞬にして顔面蒼白になった私は慌ててそれを受け取り、体に巻きつけました。

「あの……こ、これは……、縄梯子の代わりに服を使ってしまったもので……。す……すみません……。お借りいたします……」

この場から今すぐ消えてしまいたいほどの恥ずかしさに襲われながらもごもご釈明すれば、ジルベルト様は咳払いをしつつ首を横に振りました。

「いや……。その……男たちに何かされたのでないのならいいんだが……。その……けがはないか？　体中すり傷だらけのようだが……。本当に男たちに何も乱暴なことは……？」

「いえっ!!　もちろん多少は怖い思いはしましたけど、ほとんどは逃げ出す時にできた傷で……。本当にこれといってひどいことは……」

まぁ首を絞められたりはしましたけど、少なくとも私の仕掛けたあれやこれやの方がずっと彼らに深手を負わせた気もしますし。ちゃんとオーレリーが仕返ししてくれましたから、もう十分です。きっとあの男のお尻には見事な歯型がついて、当分はまともに座れないくらい痛むでしょうからね。実に胸がスッとしました。

心からの感謝を込めてオーレリーをなでれば、「ワフンッ！」と元気な声が返ってきました。

「それにしても、セリアンとオーレリーの声が聞こえた時は本当にびっくりしました……。まさかこんなところにいるわけないのにって……」

しみじみと驚きと安堵をにじませてジルベルト様を見やれば。

「いや、助けにくるのが遅くなってしまってすまなかった……。隣国の王女誘拐事件ともなると、一応は王命による色々な許可を待たなくてはならなくてな。なんとか間に合って本当によかった……」

ジルベルト様の口から深い安堵のため息がもれました。その余裕のない表情から、心から私を心配してくれていたことが伝わってきて喜びが胸に広がります。

「そんな……。まさか来てくださるとは思わず……とても嬉しいです……。セリアンとオーレリーも本当にありがとう……！　とても頼もしかったわ。ふふっ！」

その時ふと、マントから覚えのある香りが漂っているのに気づきました。

「この香りは……、ハーブ？」

首を傾げふと胸ポケットをのぞき込めば、そこには庭に咲いているハーブが一本ちょこんと入っていました。

「これ……どうしてこんなものがポケットに？」

するとジルベルト様が小さく笑って教えてくれました。屋敷を出る時にモンタンが自分の代わりに連れていけ、と手渡してくれたのだと。

「まぁ……、モンタンが。そうだったのですね……。あの子にもずいぶんと怖い思いをさせてしまったわ。帰ったらうんとなでてあげなくちゃ！」

きっと戦力という意味では足手まといになるからと一生懸命考えて、せめて私を勇気づけようとハーブをジルベルト様に託したのでしょう。今頃私の身を案じ待っていてくれているだろう小さな姿を思い出し、じんとします。

「ところで、ジルベルト様はおけがはございませんか？　申し訳ありません……。私が油断していたばっかりにこんな危険な目に……」

宰相の妻という身分が危険と隣り合わせであることはジルベルト様から聞かされていたにもかかわらず、つい気が緩んでいたのです。あまりにもあのお屋敷で暮らす毎日が幸せすぎて。けれどその結果、こんなに危ない目にジルベルト様をあわせてしまったなんて、と深く反省します。

けれどジルベルト様は勢いよくこちらを振り向くと、首を横に振りました。

「いや、君のせいではない。私が屋敷の警護を怠ったせいだ……。すまない……。君の平穏な暮らしを絶対に守ると約束したのに、こんな怖い目にあわせてしまって……。君に何かあれば私は自分を永遠に許せなかっただろう……。無事でよかった……、本当に……。不甲斐(ふがい)ない私をどうか許してほしい……。ミュリル」

心の底からの安堵と申し訳なさを浮かべたジルベルト様の表情に、もうあんな恐怖からは本当に解放されたのだとあらためて実感しました。

「ジルベルト様……」

体の力みがふわりと解けていくのを感じていました。と同時に、やっと過去の呪縛(じゅばく)から解き放たれた——そんな気がしていたのです。

『私はここですっ。私を……私を……助けて!!　ジルベルト様っ。私は……私はここにいます』

あの時、私は確かにそう口にしていました。ジルベルト様が近くにいる。そう思った瞬間に、自然と声に出していたのです。助けて、と——。

幼い日に声に出せなかった助けて、の一言。それをちゃんと言えたことで、何もできずただ震えて泣いていただけの無力な私からやっと自由になれたのです。これはきっと長く見続けていた悪夢の終わり——、今度こそ確かにそう思えたのでした。

そんな私を見てようやく安心したのでしょう。セリアンとオーレリーが、やれやれとほっとしたように大きく鼻息を吐き出したのが聞こえました。

ジルベルト様は私を優しく見つめ、体には触れないようそっと私のマントの襟元を合わせると。

「さぁ、屋敷に帰ろうか……。傷の手当てもあるし疲れただろう。皆もとても君を心配していた。ラナなどもうずっと泣き通しで……。早く顔を見せて安心させてやるといい。モンタンも今か今かと君の帰りを待っているだろうからな」

そう言って、これまでに見たどんなお顔より優しく嬉しそうに笑ったのでした。

「はい……！」

頬を染め合い見つめ合う私たちを、月が優しく穏やかな顔で見下ろしていました。

そして帰りの馬車の中――。

ぱかっぱかっぱかっぱかっ……。

小気味いい蹄(ひづめ)の音と車輪の音が、静かな馬車の中に響きます。

ゴトゴトゴト……。

足元ではすっかりいつもの無邪気な顔でオーレリーが丸くなり、外からはセリアンのいななきも聞こえてきます。その穏やかないつも通りの光景に、ついさっきまで恐ろしい目にあっていたことが嘘(うそ)のように感じられます。

けれど実のところ、馬車の中は別の緊張感に包まれていました。恐怖ではなく、なんとも言えぬ気まずさと恥じらいに満ちた緊張感が――。

「……」

会えたら伝えたいことがたくさんあったはずでした。言いたいことも、伝えなくてはならないことも。けれどこうして手を伸ばせばすぐに届く距離にジルベルト様がいてくれる。それだけで胸がいっぱいで言葉が出てこないのです。それがなんとももどかしくてなりません。

ふと目の前に座るジルベルト様と視線が合いました。

「……」

「……」

ぎこちなく微笑み合い、視線を外し――そしてまた視線がかちりと合いまたぎこちなく微笑み逸らすといった具合に、無言のまま私たちは同じ行動を繰り返していました。

だって、この馬車の中にいるのは私とジルベルト様のふたりきり。お庭で隣に並ぶのと馬車の中で向かい合って座るのとでは、まったく緊張の度合いが違うのです。もちろん一応は夫婦なのですからふたりきりでも何の問題もありませんし、せっかく救出した妻を別の馬車で帰せば間違いなく奇異に見られることでしょう。それを懸念して、こうして同じ馬車に乗り込んだわけですが。

「すまない。同じ馬車に乗ることになってしまって……。その……怖がらせてしまっているなら本当に申し訳ない……」

沈黙に耐えかねてか、どこかしょんぼりとした様子でジルベルト様が口を開きました。

「とんでもありません……！　怖いなんてそんなこと……。私よりもジルベルト様は……その……大丈夫でいらっしゃいますか？　気が遠くなったりだとか、発疹だとか……」

私が恐怖を感じなくなったからといって、ジルベルト様も同じとは限りません。発疹だってもしかして目に見えないところに出ているのかもしれませんし。

けれどジルベルト様はふるふると首を振ると告げたのです。

「そのことなんだが……、不思議なことにどうやら私は君のことはもう怖くなくなったみたいなんだ……。発疹もないし恐怖も感じない。なぜなのかはわからないが……」

「まったく……何も、ですか……？」

私の問いかけに頬を緩ませこくりとうなずいたジルベルト様を見た瞬間、体中に喜びがかけ巡りました。

「実は私もなのです！　ジルベルト様に触れられても大丈夫ですし、ちっとも怖くもないのです……。いえ、その……ちょっと緊張のようなものはありますけど……」

その理由はきっと恐怖症なんかじゃなく恋心のせい。ジルベルト様に感じている、このあたたかく胸がきゅっと締めつけられる特別な感情のせいなのでしょう。もし同じようにジルベルト様が思ってくださっているのだとしたら——。そう思うと胸が大きく高鳴りました。

嬉しさと気恥ずかしさに耐えかねて、ともかくも事の経緯を聞こうと口を開きます。

「そ、そう言えばジルベルト様ってとても剣がお強いのですね。そのなんというか……とても素敵で驚きました」

正直に言えば、あの瞬間大男のことなど一気に吹き飛んでしまうくらい見惚れていたのです。あまりに素敵で。けれどいつもの物静かなお姿からはとても想像もつかない激しさで、驚きもしました。まさかこんなに激しい強さもお持ちだったのか、と。

「ああ……。あれは一応、いざという時に陛下の身を守れるようにと鍛錬を積んでいるからな。今日ほど剣を嗜んでいてよかったと思ったことはない……。君を守ることができて本当によかった」

「そうだったのですね……！　その、とても格好よかったです！　ふふっ！」

思わずそう本音をもらせば、ジルベルト様の顔が真っ赤に染まりました。それがまたなんともかわいらしくて、あの強さとのギャップに一層胸がときめきます。

「な、ならよかった……！　ならば今後はさらに強くなれるよう鍛錬に励むことにしよう……！」

私にほめられて、ジルベルト様もまんざらではなさそうです。嬉しそうに鼻の穴がぴくりとふくらんだのに気づきました。

身を呈して私を守ってくれたセリアンとオーレリー。ハーブに思いを託してくれたモンタン。私の無事を祈り、帰宅を今か今かと首を長くして待ってくれているお屋敷の皆。そして危険も顧みず助け出してくれたジルベルト様。たくさんの愛と優しさに包まれ、私はなんて幸せなのでしょう。

思わずじんと目頭を熱くする私に、ジルベルト様がなぜか沈んだ声で問いかけました。

「……その、君は……後悔してはいないか？　こんな契約結婚を了承したことを……。こんな話を引き受けたりしなければ誘拐の憂き目にあうこともなかったし、こんな怖い思いをせずに済んだのだから……。こんな結婚を承諾しなければよかった、と思ってはいないか……？」

その重く打ち沈んだ表情に、はっとしました。

「そんなこと……！　結婚は私が自分の意思で決めたことですし、今回のことだってジルベルト様のせいなどでは……。ジルベルト様の方こそ後悔なさっておいでなのでは……？」

「私が……後悔？　君と結婚したことを、か……？」

「負担をかけ通しで、挙句こんな危険な目にもあわせてしまって……。もしジルベルト様の身に何かあれば、天職である宰相のお仕事だってどうなっていたか……。やっぱり私はお荷物なのでは、と」

ジルベルト様にとってこの結婚は、女性にまつわる煩わしい問題を排除してとどこおりなくお仕事に打ち込むためのものだったはずです。なのにこうして次々に降りかかる問題に振り回されていては、まったくの逆効果です。

いっそのこと結婚などしなければこんなお荷物を背負わなくて済んだのに、と深くうなだれれば、ジルベルト様がガタリ、と立ち上がりました。

「そんなわけあるはずがないっ!! 君がお荷物だなんて、後悔など絶対に……！ ……うあっ」

ゴンッ……!!

「……!!」

ジルベルト様の頭上で、ものすごい音がしました。どうやら立ち上がった拍子に、頭を馬車の天井に打ちつけてしまったようです。こんな狭い馬車の中で背の高いジルベルト様が急に立ち上がれば、当然ではあるのですが。

「だ……大丈夫ですか？ ジルベルト様……。ずいぶん痛そうな音がしましたけど……」

けれどそんな痛みなどものともせず、ジルベルト様は叫んだのでした。

「私は……、もう君を離してやることができないんだっ！ 君がいない毎日なんて、もう私は絶対に考えられない……！」

「……え、離す?? それは一体どういう……？ ええと、ジルベルト様……もしや頭を打った拍子に何か……」

意味がわからず、思わずきょとんと問いかければ。

「あ、いや……。なんというか、離さないというのは別に閉じ込めておきたいとか束縛したいとかそういう意味じゃなく……」

「……??」

ジルベルト様は真っ赤に顔を染めながらもごもごと言い淀み、ゴホンと咳払いをすると私をまっすぐに見つめ口を開きました。

「……私は、君と結婚したことを微塵も後悔していない。それどころか、あの時の自分の決断を人生で一番ほめてやりたいくらいなんだ！」

「ほめて……？」

それはつまり、私といることがご迷惑ではないということでしょうか。こんなにも迷惑をかけてしまっているのに……？

信じられない気持ちで顔を上げれば、ジルベルト様とぴたりと視線が合いました。

「……君がさらわれたと聞いて生きた心地がしなかった。もし君を失うようなことになったら、きっと私は自分を許せなかった……」

ジルベルト様のお顔はとても必死で、いつもの冷静さの欠片も見えず。その真摯さに目を離せずにいました。

「こんなことになるのなら、なぜもっと早く君に近づく努力をしなかったのかと心から後悔した……。君を失う恐怖に比べれば、発疹なんて大したことじゃない。もう二度と君を離せないと思った……。君を絶対に失いたくないと……」

心が喜びで震えました。ジルベルト様がまさか私のことをそんなにも思っていてくださっていたなんて、夢にも思わなかったのです。まさか私と同じ思いを抱いていてくださったなんて――。

「私は、君とこれから先の人生もずっとともにありたいと思っている……。君を理解するのも守るのも、支えるのも私でいたい。この先もずっと君のそばで……、たとえ触れられなくても君と一緒にいたい……」

　青緑色の吸い込まれるような美しい目にこくり、と息をのみました。そして思ったのです。もう胸の内を隠してはおけない、このあふれ出る思いをとどめてはおけない、と。次の瞬間、口から思いがあふれ出ていました。

「ジルベルト様……。初めて会った時、ジルベルト様は私をお守りのような存在だと言ってくれましたよね」

「ああ……、そうだったな」

　ジルベルト様が、小さくうなずきます。

「……でも、私はあの蔵で月にジルベルト様の面影を重ね合わせた時に、わかったんです。私のお守りは、あなたなんだって」

「お守り……。私が……君の……？」

「過去の恐怖にとらわれて壊れそうになっていた私の心を、ジルベルト様が救い上げてくださったんです。これまでの頑張りはすべて無駄だったのかもしれないと負けそうになっていた私を、ジルベルト様が……」

　そう。あの月が私に思い出させてくれたのです。私はひとりではないのだと。私の恐怖も苦しみも寂しさも、ジルベルト様はわかってくれる。いつだって寄り添って私を支えてくれる、と。

「ジルベルト様があのお屋敷で待っていてくれる……そう思ったら、勇気がわいてきたんです。だから私、持てるすべての力を使って絶対にあの男たちから逃げ出してみせるって思えたんです！」

　窓から差し込むやわらかな月明かりに励まされるように、言葉を重ねます。どうか私の思いがまっすぐに伝わりますようにと祈りながら。

「あとはもう必死でした。絶対にここから出てあなたに会いたいって、それだけを思いながら逃げ出して……。あの時ジルベルト様にどうしても会いたいって思えたから、恐怖に負けることなくこうして脱出できたんです……。だからジルベルト様は、私のお守りです。世界でたったひとつの……お守りなんです……」

「私が……君のお守り……」

ジルベルト様は信じられないといった顔で目を見張ったまま、固まっていました。またも落ちた沈黙に、私たちは無言で見つめ合いました。

「そうだったのなら、とても嬉しい。お互いを支え守り合うお守りのような存在でいられるのなら、どんなにか幸せか……。……ミュリル。君は私の大切なお守りで、私もこの先もずっと君を守れる存在でありたいと願っている。そして……できることならば、君ともっと……」

「……もっと？」

「……私は、君に触れたいと思っている」

「……っ⁉」

触れたいというのはたとえば手を握りたいとか、肩を抱きたいとかそういう意味でしょうか。ですが恐怖症同士の私たちにとってそれは、いくら夫婦とはいえ容易なことではないと思うのですが。

ジルベルト様の顔は、耳の先まで真っ赤に染まっていました。いつしかその赤が私にも移って互いに顔を真っ赤に染めながら、どう応えたらいいものかと悩み視線をさまよわせれば――。

「い、いや！　すまない。違う。いや、違わないんだが。……違うんだ。どうか怖がらないでほしい。

ミュリル……私は、君のことをもっと知りたいと願っている。物理的には近づけなくても……なんというか心だけでももっと触れて……というか近くにありたいと。そういう意味で……」

その言葉を反芻し、ジルベルト様に問いかけます。

「物理的には近づけなくても、心だけでも触れ合っていたい……。ジルベルト様は私とこれから先も、そんな夫婦としてともにありたいと……そう願ってくださっているのですか？　私にずっとそばにいてほしい、と……？」

ジルベルト様はこくり、とうなずきました。

「どう……だろうか？　君も、私とこの先もそんな人生を送りたいと思ってくれるだろうか……？」

そうたずねるジルベルト様はどこか不安そうで。それだけ私との未来を望んでくれているのだと思うと喜びで胸が熱くなります。

その瞬間私の頬からあたたかい涙がはらはらとこぼれ落ち、私たちの心がきれいに重なり合った気がしました。

私たちなりの夫婦のあり方、それはもしかしたら周囲からは奇異に映るものかもしれません。この先もずっと、永遠に東と西とにわかれたままかもしれません。けれどもしそこに私たちなりの幸せの形を見つけることができたなら、どんなにか幸せでしょうか。

こくりこくりと何度もうなずき、ジルベルト様を見やりました。

「私も……私もなりたいです！　ジルベルト様と……きちんと心と心で触れ合えるような本当の夫婦に……！　たとえ他の方たちとは形が違っても、ジルベルト様とならきっと私たちだけの幸せを作っていけると信じたいんです!!」

「本当か……。君もそう思ってくれるのか……？　ミュリル……」

「はいっ！　ジルベルト様……!!」

もう迷いも恐れもありませんでした。私たちはまだまだ普通の夫婦のように触れ合うことはできませんが、それでも心はきちんと触れ合えるのです。深いところで同じ気持ちを抱き、互いの唯一でありたいと心から願っているのですから。

私たちはおずおずと互いに手を伸ばし、指先をそっと合わせました。

「ジルベルト様……」

「ミュリル……」

今はこれが、私たちの精一杯の距離。傍から見ればなんとも遅々としてじれったい歩みかもしれません。けれど互いの指先から感じるぬくもりは、どんな宝物よりもずっと尊く幸せなものに思えたのでした――。

そんな見つめ合う私たちの足元で。

フワンッ……バウゥ……。

寝ぼけた声にはっと視線を向ければ、オーレリーは夢でも見ていたのかワフンッ、とひと鳴きするとまたすやすやと寝息を立てはじめました。その様子に、私たちは。

「ふふっ……」

「ふっ……ははっ」

気がつけば、張り詰めたぎこちない空気はどこかへと消えていました。馬車の中にはあたたかなやわらかな空気が満ちて、それはどこまでも平穏で。

恐怖症という秘密を抱えた弱くて不器用な私たちは、何もかもがはじめてずくめです。こうして同じ馬車に乗るのも、こんなふうにくだらないことで笑い合うのも。けれどそれが何より嬉しく幸せに思えたのでした。

屋敷へと戻った私は、顔を涙でぐっしょり濡らしたラナに痛いほどぎゅうぎゅうと抱きつかれ、肩を震わせて男泣きするバルツたちにあたたかく出迎えられました。

皆びっくりするくらいにおいおい泣いて、そんなに泣いては干からびてしまうのではと心配になるくらいで。もう二度とこんな思いを皆にさせまいと心に固く誓った次第です。本当に申し訳ない気持ちでいっぱいです。

大活躍だったセリアンとオーレリーは大活躍のご褒美にと、皆からこれでもかというほどたくさんのおやつと賛辞を与えられとてもご満悦です。モンタンはと言えば私を見るなり庭をぴょんぴょんと飛び回り全身で喜びを表現してくれ、私をこの上なく癒やしてくれたのでした。

こうして私は、あんな恐ろしい目にあったのが嘘のような穏やかさに包まれもとの日常へと戻ったのでした。

# 4章　お屋敷は本日も平穏なり

## 1

誘拐事件からしばらくたち、お屋敷も私もすっかり平穏を取り戻しました。

「オーレリー！　おいでっ」

耳をぱたんぱたんと揺らしながらかけてくるオーレリーを体全体で抱きとめ、その衝撃で芝生(しばふ)の上に倒れ込みます。

オーレリーは今日(きょう)も相変わらず元気いっぱいご機嫌です。私を救い出した英雄として屋敷の皆におやつをもらいすぎた結果、少々わがままボディになりつつありますが。モンタンは今日もかわいさを振りまいては皆をとろけさせています。

「オーレリー？　皆にもうおやつは当分禁止って伝えておいたから、おねだりしても無駄よ？　健康のためなんだから我慢してね。じゃないと今に、体が重くて走れなくなっちゃうから！」

セリアンは無事私を助け出した一件で、ようやくジルベルト様を私の伴侶(はんりょ)として認めてくれたようです。以前に比べれば、対応もずいぶんやわらかくなった気がします。髪のリボンを食(は)む癖は相変わらずですが。きっとあれは、親愛の情のあらわれなのでしょう……多分。

いつものように皆と穏やかに過ごしながら、鼻腔(びこう)に感じたハーブの爽(さわ)やかな香りにふとジルベルト様に思いをはせます。

「……ジルベルト様、ちゃんと休憩をとれているかしら……？　きちんとお食事をとってくださっているといいのだけれど……」

あの誘拐事件のあと、ジルベルト様はしばらくお屋敷には帰ってきませんでした。通常業務に加え、事件の後処理にも追われて寝る暇もないほど大忙しで。けれどようやくそれも一段落して、日常に戻りはじめていました。

あの事件の犯人たちは、王女誘拐を企てた重罪人として厳刑に処されることに決まりました。黒幕である隣国の貴族の男は最後まで隣国王室への恨み言を口にして自分は悪くないなんて言い張っていたようですが、一族の誰も手を差し伸べることなく刑に処されたと聞いています。

そしてあの雇われの男三人組もまた、最後まで大暴れしていたらしく。特にオーレリーにお尻を噛まれたあの大男は、最後まで犬なんて大嫌いだと叫んでいたそうです。されたこと以上に痛めつける結果になってしまった気もしますが、王女誘拐などという重罪を企てたのですから致し方ありませんね。

大変だったのはアリシア様です。自身の無鉄砲な行動ゆえにこんな事態を招いたのだとお父上である国王陛下にこっぴどく叱られ、自室に謹慎中だとか。随分意気消沈しているそうですが、いずれ必ず償いをしに行くからどうか許してほしいと丁寧な謝罪のお手紙をいただきました。でもまぁアリシア様に何事もなくて、本当によかったです。

そして私たちはと言えば——。

あの日帰りの馬車の中で互いの思いを伝え合い、心と心を寄り添わせつつ私たちなりの夫婦の形を探っていこうと心に決めました。その手はじめの日課として、いくつかの取り決めをしたのです。

そのひとつが、お庭の早朝散歩です。お忙しいジルベルト様とともに過ごす時間を少しでも持つために、朝のひとときを庭をふたりで散歩することにしたのです。ぎこちなくではありますが、最近では手をつないで歩けるようになりました。私たちにとっては大きな進歩です。

そしてもうひとつは、月に二度のお庭でのピクニック。もっとも相変わらず忙しいジルベルト様のこと、たまに予定がうまく合ってもお天気に恵まれなかったりとなかなか難しくはありますが、このお屋敷の恒例行事になりつつあります。

それに加えて、最近もうひとつ日課が増えたのですがそれがなかなかに厄介、いえ大変で――。


「そうそう！　次は右足を前に、そうです！　次はジルベルト、左足を半歩引いてミュリルちゃんの腰をぐっと支えるのよ」

音楽に合わせて繰り出される手拍子と鋭い声に動揺したのか、ジルベルト様の靴が私のスカートの裾を踏んづけてしまいぐらりと姿勢が崩れます。

「ああ、もう！　しっかりなさい、ジルベルト！　それがドレスなら破れてしまっているわよ？　さあ、もう一度頭からやり直し！」

すかさず飛んできた叱責に、ジルベルト様の口から重いため息がこぼれます。気持ちは私も一緒です。頭からやり直し、という言葉に思わずくらりと倒れ込みたい気持ちをぐっとこらえ顔を見上げれば、ジルベルト様も苦虫を噛み潰したようなお顔をしていました。

私たちの新しい日課、それはなんとダンスレッスンでした。

なぜ恐怖症同士の私たちが、わざわざこんな体が密着するダンスなどに挑む羽目になったのかと言えば、国王陛下の一言が発端でした。

『少し先にはなるが、アリシア王女殿下を招いて王家主催の夜会を開くことになった。あのじゃじゃ馬姫がどうしてもそなたに会いたがっていてな。……あぁ、お前たちのお披露目も兼ねているから、ダンスの一曲くらいは踊れるようにしておけ』とのお達しが下ったのです。

なんでも二国間に起きたとある困りごとを我が国が助けたことへの礼という形で、アリシア王女殿下をお招きして夜会を開くことになったとかで。けれど、当然のことながら私たちは一度も家族以外の異性とダンスをしたことなどなく、いくら手を握れるくらいに距離が近づいたとはいえあまりにも無茶振りがすぎる気がするのですが――。

『人前に出ること自体、無理に決まっているではありませんかっ！　またそういう無茶ぶりをっ』

ジルベルト様の当然といえば当然の抗議に、陛下は――。

『まぁそれについては策を用意してあるから心配するな。……それに話は聞いているぞ？　最近手をつないで早朝散歩をするのが常だとか。その調子なら、あとふた月もあればダンスの一曲くらいなんとかなろう？　楽しみにしているからな。はっはっはっはっ!!』

『陛下……。一体その情報をどこから……』

『……』

相変わらず陛下は地獄耳のようです。

こうして問答無用で夜会でダンスを披露することになった私たち。そのために急遽ダンスレッスンが必要となったのでした。けれど私はお父様と弟のマルクとしか踊ったことがありませんし、ジルベルト様にいたっては人前で踊った経験は人生において皆無という有り様です。そこでダンス教師として白羽の矢が立ったのが、ジルベルト様のお姉様ルース様だったのです。

けれどこれがまたなんともスパルタ――いいえ、愛のある厳しさにあふれるもので。

「さぁ、ふたりともっ!!　夜会まであとひと月ほどしかないのよ？　ジルベルトはホールドが甘いっ。もっとしっかりミュリルちゃんの腰を支えてっ。ミュリルちゃんはもっとジルベルトに体を預けて、リラックスして！　さ、もう一度っ!!」

「よりにもよってあの人が指南役とは……。疲れる……」

お義姉様に苦手意識をお持ちのジルベルト様はなんともやりにくそうで、かくいう私も少々その愛ある厳しさにたじたじです。でも夜会で無様に転びでもして、ヒューイッド家とジルベルト様のお顔に泥を塗るわけにはいきません。こうなったらきちんと踊れるように頑張るのみです。

「頑張りましょう！　ジルベルト様。ひと通り踊れるようにはなってきましたし、あとは練習を重ねればなんとか……!!」

「ミュリル……、苦労をかけてすまない……。色々と……」

渋い顔のジルベルト様に思わずくすりと笑い、励まし合いながら再び音楽に乗って動き出します。

くるり……くるり……。

くるり……くるり……。

ジルベルト様とこうして踊るのは気恥ずかしさもぎこちなさもありますが、想像以上に楽しくもあるのです。けれど心と体の距離が近づけば近づくほど、もどかしい気持ちになるのはなぜなのでしょう。恋とは不思議なものです。

そしてひとしきり踊り終え、息を切らせながら出来のほどをうかがうようにルース様に向かい合えば。

「ふーむ……。本番ではミュリルちゃんはベールをつけて踊ることになっているから、互いを直視しなくて済む分もう少し安定すると思うけど……。ジルベルトはどうにも動きが硬いのよね……。こうなったらあの手しかないわね！　あなたたちに足りないのは、あれよ！」

「あれ……??」

「なんだ？　あの手、とは？」

不安を感じ首を傾げる私たちに、ルース様は意味ありげににっこりと微笑むと一通の封筒をポケットからピラリと取り出したのです。

「あなたたちに足りないものと言ったら、当然スキンシップに決まってるじゃない！　となれば……はい、これ！」

「??」

手渡されたその封筒の中身、それはなんと王家の保養地にある別荘を一泊二日自由に使用してよいとの陛下からの許可状でした。

「なんだ……と!?　保養地??　これは一体……」

「ふふんっ！　光栄に思いなさいな。これは国王陛下からあなたたちへの、新婚旅行の贈り物ですってよ。それに今回の働きのご褒美にって。あぁ、旅行の用意は私と母とですっかり整えてあるし、馬車も待たせてあるわ。そうと決まれば、今すぐ出立なさいっ。ふふふふっ!!」

「……えええええっ!?　い……今すぐっ!?」

私たちの驚きの声が見事に重なりました。

突然のことに驚き困惑する私たちをよそに、あれよあれよという間に準備は進み。そしてその日のうちに、わけもわからないまま馬車に揺られ王家の保養地へと出発することになったのでした――。

ゴトゴトゴトゴト……。

カタンッ……、ゴトゴトゴトゴト……。

『あなたたちに足りないのは慣れよ、慣れ！　せっかくだから手をつないでお散歩でもお膝抱っこでも、もうちょっと触れ合って仲良く過ごしていらっしゃい!!　あなたたち、せっかく相思相愛なんだから!!』

馬車に揺られながら、私たちを笑顔で送り出してくれたルース様の言葉を思い出していました。けれどいくら相思相愛とはいっても、まだ密閉空間の中でふたりきりというのは落ち着かないというかなんというか……。

「……」

「……」

沈黙に耐えかねてふと窓の外の景色に目を向ければ、そこには見渡す限りの美しい草原が広がっていました。

その保養地は美しい森の中にあり、とても気持ちのよい場所なのだそうです。そこに私たちだけでなくセリアンとオーレリー、モンタンまで招待してくださったのですから、陛下に感謝しきりではあるのです。そして私たちの旅支度をこっそり用意してくださったお義母様とルース様にも。ですが、あまりに突然のことでどうにも戸惑いが――。

「えーと……、きれいな景色ですね。ジルベルト様」

「あぁ、そうだな……」

「……」

「……」

どうしてでしょう。いざこうしてふたりきりになるとやっぱりぎこちなさは拭えませんね。まぁ恐怖症が治ったわけではないのですし、互いに恋心を自覚しはじめて間もないのですから当然といえば当然なのでしょうが。

「まぁ……せっかくの旅行だ。君は何がしたい？　私はこれまでまともに休みも取ったこともないから、急に旅などと言われても正直何をすればいいのか皆目見当がつかないんだが……」

「そうですねぇ……。私も子どもの時から外出と言えば人気のない森くらいでしたから、言われてみれば旅行なんて……」

意外な盲点でした。まさかふたりとも旅行というものが何をするものなのかを知らなかったとは。

「えーと、たとえばきれいな景色を見たり、おいしいものを食べたりゆっくり本を読んだりとか……でしょうか？」

「……いつもと同じだな」

「そうですね……。同じですね……」

思わず顔を見合わせ、声を上げて笑い合います。

はじめは隣に並び立つこともできないくらい距離のあった私たちは、今ではこうして他愛もないおしゃべりを楽しめるまでになっていました。こんなありきたりの日常が、今はとても幸せに感じます。

「いつも通りでも、いつもと違った景色の中なら新鮮な驚きや喜びもあるのかもしれませんね！

せっかくですから楽しみましょうね。ジルベルト様」

せっかくの心遣いです。新婚旅行は人生で一度きりなのですし、せっかくなら皆で楽しみましょう。そうにっこりと微笑めばジルベルト様の青緑色の目も優しく細くなり、それがあんまりにも甘くて思わず頬(ほお)が染まります。

こうして、ちょっぴりの困惑と気恥ずかしさとけれどそれ以上の喜びと期待に胸を弾ませ、私たちの新婚旅行ははじまったのでした。

「ようこそお越しくださいました。ジルベルト宰相様、ミュリル奥様」

出迎えてくれたのは、年配の人のよさそうなご夫婦でした。きっと陛下から事情を聞いているのでしょう。恐怖症の対象となりそうな方は使用人の中にはひとりもおらず、これならば安心して滞在できそうだとふたりで胸をなで下ろします。

けれどいくら新婚旅行とはいえそこは私たち。いつも通りの流れるような自然さでそれぞれに用意された部屋へと向かい、過ごしやすい服装に着替えてひとまず辺りを散策することにしたのでした。

ピチチチチ……。ピチュピチュピチュ……。

鳥たちのさえずりを聞きながら、手をつないでゆったりと歩きます。

「向こうには湖もあるそうですよ。夏には泳いだり釣りもできるそうです。あとでセリアンたちも連れて行ってみませんか？」

「ならいっそ、日が暮れてから行こう。今夜は天気がいいから、いい月が見られそうだ」

ジルベルト様の提案に、私は胸を躍らせました。きっと素敵な夜になるに違いありません。ジルベルト様と皆で湖のそばで月光浴なんて。

「はい！　楽しみですね」

そして私たちは見たこともないほど美しい景色や素晴らしい食事を心から楽しみ、そして夜を迎えたのでした——。


しんと冷えた夜の空気に響く虫の声。風に揺れる葉擦れの音と、遠くから時折聞こえるフクロウの鳴き声。夜の湖は満天の星をその湖面に映し出し、キラキラと静かにきらめいていました。その幻想的な美しさにしばし息をするのも忘れ、見惚(みほ)れます。

「なんてきれい……」

空にはぽっかりと浮かんだ白い月。湖面に映ったその月がゆらゆらとゆらめいて光を反射する様が、まるで天と地にふたつの星空が広がっているかのようです。

「……君と月を見るのはこれで二度目だな。とはいっても、この間はあんな事件のせいでゆっくり眺める余裕もなかったが……」

ジルベルト様の苦笑交じりのその言葉に、私も思い出しました。私がアリシア様の代わりにさらわれた日に見たあの白い月を。

「そうですね。でもあの時に見た月とは違って、今はとてもあたたかく優しい光を放っているように見えます……」

ひとりで蔵の中から見上げる月はどこか寂しくて心細くて。けれどこうしてふたりで見上げる月はとてもあたたかくて優しくて、心の隅々まで明るく照らし出してくれるようです。

「まるでジルベルト様みたい……」

「まるで君みたいだ……」

私たちの言葉が、ぴったりと重なり合いました。思わず顔を見合わせぷっと噴き出しました。

「ぷっ……!!　ふっ……ははっ!!」

「ふふふふっ!!」

心が重なりはじめたせいでしょうか。ジルベルト様と一緒にいる時間が増えれば増えるほど、愛しさも積み重なっていくようで。ジルベルト様も同じように感じていてくださっていたら、とても嬉しく思います。

「実は私……ジルベルト様にはじめて王宮でお会いした時にも思ったんです。ジルベルト様の目は新緑が映り込んだ湖みたいで、そのきれいな髪は月の光を反射しているみたいって……。だから私、蔵の中で月を見た時にジルベルト様を思い浮かべたんです。その瞬間、寂しく心細かった気持ちがふわりと解けたような気がして……」

そう告げれば、月明かりの下でもはっきりとわかるくらいジルベルト様の頬が赤く染まりました。

「君こそ月のようだ……。見上げればいつもそこにあって、静かに優しく見守っていてくれる。心がとても休まって……なんというか、ほっとするんだ……」

ジルベルト様の言葉に、今度は私が頬を染める番でした。どうやら私たちの思いは同じようです。

同じ恐怖症を抱える者同士の共感と打算ではじまった契約婚ではありますが、今は本当の夫婦となるべくゆっくりと心重ねる日々です。

そしてふと少し前の自分を思い出しました。ひとり家族とも離れセリアンたちとともにひっそり生きていく決意をしていた頃の自分を。

「……もしジルベルト様と結婚していなかったら、私はこんな星空をひとりで見上げていたのかもしれませんね。人里離れた森の中ひっそりと暮らしながら……」

ほんの少し前までの私はそんな暮らしを願っていました。こんな場所で、ひっそりとこの子たちと暮らす人生を。人気のない近くに民家もない人里離れた森のそばに小さな家を建てて、セリアンたちと一緒にひっそりと暮らしていたのでしょう。

そんな人生を思い描いていた頃が、今となっては遠い昔のように感じられます。それはそれできっと幸せではあったのかもしれません。けれど今ではそれがなんとも空虚で寂しく感じられて、ふと言葉を失いました。

もしあの日王宮でジルベルト様に出会わなかったら、求婚の申し入れを断っていたら今この月をこんなにあたたかな気持ちで見つめることなどできなかったのですから――。

「こんなにあたたかな幸せを知ってしまった今となっては、きっと寂しくて泣きべそをかいてしまうかもしれませんね。だってそこにはいないんですもの。ラナもバルツも、屋敷の皆も。そして何よりも、ジルベルト様が……」

明るくおどけて見せたつもりがそのあまりに寂しい想像に声が震えた私を、ジルベルト様の青緑色の澄んだ目が静かに見つめていました。

「私も同じだ……。以前はひとりで生きていけばいいと思っていた。仕事さえあれば人生に意味を感じられる、と――。でも今となってはあの屋敷に君がいないなど考えられない……。不思議なものだな……。幸せになって寂しさを知るとは」

「……そうですね。不思議です」

はじめて知った戸惑いも不安も、寂しさも——。そして心が浮き立つような喜びもときめきもすべて、ジルベルト様とあの日出会ったから知ることができたもの。そのひとつひとつが、まるで星のように胸の中で輝いていました。私の人生を、そしてジルベルト様との未来を照らすように。

「私たちは似たもの夫婦だな」

ジルベルト様が微笑み。

「ふふっ。そうですね。似たもの夫婦です」

私も微笑みで返します。

夫婦という言葉にくすぐったさを感じながら、ジルベルト様もほんのりと赤く染まったお揃いの顔で微笑みを浮かべ見つめ合います。そんな私たちの隣でセリアンはやれやれとばかりに小さく鼻を鳴らし、オーレリーは虫を追いかけて楽しげに走り回り、モンタンは小さなバスケットの中で気持ちよさそうに寝息を立てていました。

夜の森はどこまでも静かで、湖面を吹き抜ける風は少しひんやりとして熱のこもった頬に心地よくて。濃紺の空にきらめく数え切れないほどの星たちはシャンデリアのようにきらめいて、その下で向かい合う私たちを静かに見下ろしていました。

「そういえば、最近考えていたことがあるのです」

「ん？　なんだ？」

「実は、この先のお屋敷での暮らし方についてなのですが……」

今は東と西とにわかれて暮らしている私たちですが、これからはほんの少しだけ互いの共有部分である中央棟でふたりで過ごす時間を持てないか、と考えていました。お互いに近づきたいとは願っても、急に距離を詰めるのはなかなかに難しいものですから。

「たとえば図書室やホール、お庭に面したお部屋などをお互いが好きな時に好きなように立ち寄れるようにしませんか？　そうすれば自然と顔を合わせる機会が増えて、もっと距離を縮めることができる気がするんです」

「なるほど……。そこに行けば君がいるかもしれないし、いないかもしれない。いたらふたりで過ごすもよし、ということか。確かにそれは自然だな」

「もちろんいつかは東と西などにわかれずに普通に暮らせたらいいですけど、もしかしたらそこまでは改善しないかもしれませんし……。でもあのお屋敷のどこにいても、ジルベルト様の気配を感じていたいのです。……一緒にいる時も、いない時も」

これぱっかりは努力や気持ちでなんとかなるものではないので、仕方ありません。でも今よりも互いの息遣いを感じながら暮らすことができれば、そのうちきっと――。

ジルベルト様はなるほどと考え込み、にっこりと微笑みました。

「それはいい案だな。ならさっそく屋敷に戻り次第、バルツにも話してみよう。君の気配をあの屋敷でもっと感じることができたら、もう君の部屋の明かりを寂しい気持ちで眺めることもなくなるかもしれないからな」

「ふふっ……！　ゆっくり私たちらしく、進んでいきましょうね。ジルベルト様」

「あぁ。そうだな……。私たちの時間はまだはじまったばかりだからな……」

ふわり、と優しい風が、私とジルベルト様の間を吹き抜けていきました。

不意につないでいたジルベルト様の手にきゅっと力がこもり、ふと顔を見上げれば――。

「ミュリル……。あらためて誓わせてくれ。契約などではなく、これからもずっと私の妻として私とともに人生を歩んでほしい……。生涯君を守り抜き穏やかに愛することを誓う」

その真摯でとても優しげな目に見つめられ、喜びが全身をかけ巡ります。

「……はい。私もお約束します。これから先もずっとジルベルト様のお守りであり続けることを誓います。ともにいる時も離れている時も、必ず……。ジルベルト様が望んでくださる限りずっと……」

このお守りは、不安に怯える時も幸せな時もあたたかく照らしてくれるもの。もう強いふりをする必要も、平気なふりをして笑う必要もありません。たとえ直接その肌に触れられなくても、皆と同じ形ではなくとも、私たちなりの幸せを探していけばいいのです。ゆっくりと焦らずに――。

その幸せを噛み締めながら月を見上げていると。

「こんなに月がきれいな晩です。……どうか、私と一曲踊っていただけませんか？　ご令嬢」

ジルベルト様は気取った仕草で片方の手を自分の胸に当て、もう一方の手を私に差し出したのでした。その誘いに私はふわりと微笑み、そっと手を重ねます。

「もちろん、喜んで！」

くるり、くるり……。

くるり、くるり……。

柔らかな月の光を浴びながら、私たちは踊ります。時々お互いの足を踏んづけたりよろめいたりしながら、楽しげに笑い声を上げて。

くるりくるりくるり、といつまでも踊り続ける私たちを、月がいつまでも優しく見下ろしていました。

## 2

きらびやかな白亜の宮殿の一角。サラサラという衣擦(きぬず)れの音があちらこちらから聞こえてきます。そして小さな声でささやき合う、おしゃべりの声。

子どもの頃に一度だけ、こんなきらびやかな場に足を踏み入れたことがありました。それはまだ私が男性恐怖症になる前の、恐怖とは無縁の大人(おとな)の華やかな世界に憧(あこが)れを抱いていた頃のお話。

『さぁ、私と踊っていただけますかな？　そこの美しいレディ』

お父様の手に小さな手を乗せ気取った仕草で片足を引き、お辞儀をして。軽やかな調べに乗ってお父様のリードでくるりくるりと踊り出るのです。そんな遠い日の記憶が、ふとよみがえります。けれど今日、私の横に立っているのはお父様ではなく――。

「行けそうか？　ミュリル」

こちらを心配そうにうかがう深みのある青緑色の目。そのきれいな目にのぞき込まれ、にっこり微笑みます。

「平気です。練習もたっぷりしましたし、王妃様が特別にこんなに素敵なドレスまで用意してくださったんですもの。ちゃんとお役目を務めさせていただきますわ。ジルベルト様の伴侶として恥ずかしくないように」

いよいよやってきた夜会の日。王妃様が結婚祝いにと贈ってくださった素晴らしいドレスを身にまとい、顔には男性の列席者の方たちを見ても恐怖を感じずに済むようにと、分厚い夜空のような濃紺色のベールを着けております。

　このベールは、アリシア様が私にと贈ってくださったもの。私とジルベルト様の恐怖症のことは今のところご存じないはずのアリシア様ですが、もしかしたら恐怖症を持つ同士の勘でなんとなく察しているのかもしれません。おかげで男性のたくさんいらっしゃるこんな場でも、なんとか平静を保つことができております。それに何より、隣には私をしっかりと支えてくれるジルベルト様がいらっしゃいますし。

　ジルベルト様の髪と同じ白銀色に縁取られた美しい首飾りには、深みのある青緑色の石がはめ込まれています。それにそっと手をやり、ジルベルト様の腕に手を絡ませしっかりとうなずきました。

「では、行こうか」

「……はい。参りましょう」

　こうして私とジルベルト様のはじめての夜会は幕を開けたのでした。

　ざわり、ざわり……。

　ひそひそ……、ひそひそ……。

　目がくらむような華やかな光の中に足を踏み入れれば、衣擦れの音とおしゃべりの声が嘘のように静まり返りました。とともに驚きと困惑に満ちたざわめきが起きはじめます。

「まぁ……。ミュリル様ったら、なぜベールでお顔を……？　せっかくお顔を拝見できると楽しみにしておりましたのに……」

「挙式ではベールを下ろしたままだったとは聞いていましたけど……。今夜も……？」

　ざわざわ、ざわざわ。

明らかに落胆をにじませたそのざわめきが、さざ波のように会場中に広がります。

皆さん楽しみにしていたのでしょう。ずっと謎に包まれていた宰相の妻である私が一体どんな面立ちをしているのか、それをやっと目にできるチャンスだと。けれど私の顔は婚礼の時と同じように分厚いベールで覆われ、文字通り今夜もベールに包まれたまま。期待に胸を膨らませていた皆さんにとっては、さぞがっかりなさったに違いありません。けれどこればっかりはどうしようもありませんからね。秘密は秘密のまま、ベールで覆い隠したままにしておきます。

「おう、来たな。ようやく今日の主役のお目見えだ」

「まぁ……思った通りよく似合っているわ！　なんてかわいらしい。特別に仕立てた甲斐があったわねぇ。ふふふふっ」

すこぶるご満悦といった顔を浮かべた国王陛下と王妃様に先日の旅行とドレスの感謝を告げるべく歩み寄ります。

「先日はあたたかいご配慮をいただきまして、誠にありがとう存じます。陛下。それに王妃様も、このような素晴らしいドレスまでご用意いただき、感謝の申しようもございません」

深く頭を垂れた瞬間、頭上に陛下の楽しげな笑い声が降ってきました。

「くくくっ！　ジルベルト、たまには奥方と旅行というのもよかろう？　お前は少々根を詰めすぎるからな。これからはたまに休みをとって骨休めをするといい。お前に早死にされるほうが国としても私としても痛手だし、奥方も喜ぶだろうからな」

陛下のにんまりとした笑みに、ジルベルト様がなんとも言えない表情でぶっきらぼうに返します。

「ならばその分陛下には、私の留守中呼び出されることのないよう仕事をいつもの倍の速さで片付けてもらわねばなりませんね。楽しみにしております」

「ぐっ……！」

相変わらずとても臣下が主に向ける言葉とは思えませんが、陛下もとても楽しそうに会話を楽しんでおられますからこれでよいのでしょう。

「ふふっ。それも仕方ないわね。でも本当よ？ ちゃんと向き合う時間を大切にしないと、心というものはすぐに錆びついてしまうものですからね。お互いに心を向け合ってともに時間を過ごすことが夫婦円満の秘訣だわ」

そう言ってコロコロと笑う王妃様のお美しいことといったらありません。相変わらず天使のようなおかわいらしさに、思わず感嘆の息をもらします。やはりぜひ木工作品のモチーフになっていただきたいです。

思わずそんなことを考えていると、王妃様がこちらを意味ありげに見やりにっこりと笑いかけました。

「……？」

その笑みに漂う何とも言えない色に、嫌な予感がするのは気のせいでしょうか。

「あ、そうそう。あなたの木彫り作品についてなのだけど、きっとこれから王都で大流行してよ？ 相当忙しくなるはずだから覚悟しておいてね。今夜だけでたくさん注文が入るはずだから。そのうち私にもとっておきを作っていただきたいわ！ ふふっ!!」

「……はい？ 木彫り作品？ 注文??」

思いもしなかったその言葉に、きょとんと目を瞬かせます。一体どういうことかと王妃様に問いかけようとした、その時でした。

ドスン。

背中に何かやわらかな衝撃を感じて驚き振り向けば、そこには――。

「ア……アリシアさ……。いえ、アリシア王女殿下!?」

見れば、私の背中にぴったりとアリシア様が張りついておいででした。その肩はふるふると震えていて。

「……ううっ。ミュリル～……。ごめんなさい……。私のせいで……ううっ……。でも、無事でよかった……!!」

全身を震わせながらむせび泣くアリシア様の姿に、胸がきゅっとなりました。きっと私のことを心から心配してくださっていたのでしょう。

「殿下、……アリシア王女殿下。お顔をお上げくださいませ。私はこんなに元気ですし、なんともありませんから！　ご心配をおかけしてこちらこそ申し訳ありませんでした。それにこんなに素敵なベールを贈ってくださってありがとうございます。とても素敵で感激しております」

濃紺色のレースを幾重も重ねキラリと輝く宝石までちりばめたこのベールは大層高価なものだそうです。しかも知ってか知らずか、ほどよく視界をさえぎってくれる厚みまで兼ね備えていて。このベールがあったからこそ今日を無事に迎えられたと言っても過言ではありません。

けれどアリシア様はふるふると頭を振り、私の両手をぎゅっと握りしめると。

「ミュリルがあんな目にあったのは、私があんな軽率な真似(まね)をしたからだわ。……本当にごめんなさい。もう絶対にあんな無自覚な行動はしないと約束するわ。……本当に無事でいてくれてありがとう。

本当に……本当によかったわ」

　そう言って、モンタンを彷彿とさせるかわいらしいお顔にようやく輝くような笑みを浮かべてくれたのでした。

「ほら、そこのじゃじゃ馬姫。その話は他言無用だ。もうその辺にしてそろそろ夜会をはじめるぞ。今夜は発表することが目白押しだからな。ちゃっちゃと進めねば」

「わ……わかっております!!　けれど少しくらい再会を堪能してもいいではありませんかっ！　せっかく久しぶりにこうしてミュリルに会えたのに……、陛下は無粋ですわ!!」

　アリシア様らしいその物言いに皆がくすくすと笑い出し、気づけばすっかりアリシア様の涙も乾いていました。

　そして、朗々と響く陛下の声で夜会ははじまったのです。

「皆、よく集まってくれた。今宵は隣国よりアリシア王女殿下を招いている。詳細は省くが、先日ここにいるジルベルト宰相の奥方、ミュリル・ヒューイッドが、アリシア王女殿下との隣国との友好の架け橋となる役割を果たしてくれた。これはそれを祝い、さらなる友好を願うための場だ。皆存分に楽しむがよい！」

　会場が歓声とともに一気にざわめき立ちました。両国の間で何があったのかはわからねど、少なくとも私が隣国の末姫様と懇意であることは皆様理解されたようです。

「まぁ……、ミュリル様が……??　一体何をなさったのかしら……」

「さすがはあのジルベルト宰相様を射止めた方ね！　まさかアリシア王女殿下とも懇意だなんて……素晴らしいわ!!」

陛下が続けます。

「その礼と友好の証にと、隣国より贈り物をたまわっておる。それが、宰相の奥方が身につけているこのベールだ。……さぁ、奥方。前に出て皆にそれをお披露目するとよい。せっかくの贈り物なのだからな」

「えっ……!?」

陛下にそう命じられては首を横に振るわけにもいきません。仕方なくおずおずと歩み出れば、私に観衆の視線が集中しました。ベールのおかげで恐怖心はさほど感じずに済んでおりますが、観衆の視線にさらされて緊張でガチガチです。

「こちらのベールは、我が国の名産である最上級の絹ととりわけ純度の高い宝石とを合わせて作り上げたものです。この度の宰相夫人の働きに心より感謝の意を述べるとともに、二国間の友好が末永く続くようにとその証として贈らせていただきました」

アリシア様のよく通る澄んだ声に、会場から盛大な拍手と歓声とがわき起こりました。

「私たちの今後ますますのあたたかな友情と繁栄を願い、今宵は大いに親交を深めることといたしましょう」

割れんばかりの拍手と大歓声の中、アリシア様は私の手をギュッと握りしめ声を潜めると。

「ミュリル、どうかこれからもよろしくね。あなたは私の大切な大切なお友だちだもの。時々は立場なんか忘れて一緒に遊びましょうね？　またお屋敷にも遊びにいきたいわ!!　……あ、今度はちゃんと護衛も連れていくから安心してね！」

そう言ってにっこりと微笑まれたのでした。その年頃の少女らしいあどけないかわいすぎる笑顔に悶絶しつつ、こくりと笑顔でうなずけば――。

「あぁ！　それから、あらためて宰相ご夫妻のご結婚を心よりお祝い申し上げます。お二人の末永いお幸せを、心よりお祈りしておりますわ。おふたりの未来に大きな幸あらんことを!!」

明るい声でつけ加えたその声に観衆はさらに熱狂し、会場は鳴り止まない拍手と歓声に包まれたのでした。

自分たちに一斉に向けられた熱い視線に困惑する私たちを、背後からくすくすと笑う声がふたつ。

「くくくっ!!　よかったな。ジルベルト。こうして幸せな姿を見せつけておけば、互いにおかしな虫も寄りつきにくくなるというもの。せいぜい末永く仲良くするがよい」

「ふふふっ！　それにあなたの奥方は、唯一無二の芸術家でもあるのですもの。自分の大切な伴侶だと大いに見せつけておかないと、きっと皆放っておかなくてよ？」

陛下と王妃様が楽しげにコロコロと笑うと――。

「そうよ!!　もしミュリルを泣かせるようなことがあったら、私がすぐに国へ連れていくわ！　私の大切なお友だちを悲しませるようなことをしたら絶対にただじゃおかないんだから！　ようく覚えておくのね」

アリシア様までもがそんなことを言い出す始末。

するとジルベルト様はなぜかぐいと私を自分の方へと引き寄せると、きっぱりと言い放ったのでした。

「……心配は無用です。もう二度とあんな危ない目にあわないようすでに警備も固めておりますし、私が命をかけて守りますから!!」と。

「ジ……ジルベルト様……。あの……皆さん見ていらっしゃいますし、その……」

公衆の面前で突然抱き寄せられ顔を真っ赤に染め固まる私に、陛下が目を楽しげに輝かせました。

「うむ。どうやら心配はいらないようだな。ほら、私が言った通りだろう。お前たちはきっとうまくいくと。はっはっはっ！」

「あら、まぁ。うふふ。なんだか今夜は暑いようですわね」

快活に笑い声を上げる陛下と、パタパタと扇で顔を仰ぐ楽しげな王妃様。

「……甘い……甘いわ。それになんだか腹立たしい……。私のミュリルを独り占めしてずるい……。私だってミュリルといちゃいちゃしたいのに……!!」

アリシア様の悔しさのにじんだ声まで聞こえてきます。

周囲からの生温い視線とくふくふという含み笑いに、私はひたすらに身を縮こまらせ顔を赤く染めるしかありません。が、やっとこれで注目から解放されると安堵したのも束の間。

「おお、そうだ。まだまだ皆に伝えねばならぬことがあった。ふたりにあてられてすっかり忘れるところであった。あのことを伝えておかねばな！」

陛下のその言葉にまたしても嫌な予感にかられます。まさかまたおかしなことを企んでいらっしゃらないといいのですが。けれどその予感は見事に当たり――。

顔を引きつらせて見つめる私たちの視線の先で王妃様はすっと立ち上がると、いまだ熱気に包まれる観衆に告げたのでした。

「宰相夫人は、新進気鋭の木工芸術家でもいらっしゃいます。宰相へと贈られた作品も躍動感と美しさに満ちた素晴らしいものでしたし、ご存じの方も多いわね？」

その言葉に、観衆がこくりこくりとうなずいています。

「なんといっても、芸術は国の宝ですからね。こんなに素晴らしい才能を保護するのは王家の義務というもの。そこで……セルファ夫人、ここへ！」

一体何がはじまるのかと困惑する私の目の前で、王妃様に名指しされたセルファ夫人が観衆の中から歩み出ます。そして王妃様は高らかに告げたのでした。

「そこで今後、宰相夫人の作られる作品の保護と適正な売買のためにある取り決めを作ることにいたしましたの。宰相夫人に制作に邁進していただくためにも、作品の販売管理といった一切の手続きをこちらのセルファ夫人にお願いすることにいたしました。さぁ、セルファ夫人。皆に説明を」

「えええええっ!?」

思わず驚きの声を上げた私に、セルファ夫人は穏やかな笑みをたたえこちらへ近づくと。

「ただいまご紹介たまわりましたように、今後は宰相夫人の作品の販売管理一切は私が取り仕切らせていただきますわ。ですから作品をぜひにと望まれる方は、ミュリル様ではなく私にお声がけくださいましね。作品のご依頼からお引き渡しまで私が窓口となりますわ。よろしくお願いいたします！」

思いもよらない事態にうろたえる私に、セルファ夫人がそっと耳打ちしました。

「ふふっ！　ミュリル様？　……社交というのは何も人前に出て皆とお話しすることだけではないのよ。ものを介して人とつながることだって立派な社交だわ。だからあなたはあなたなりのやり方で、胸を張って宰相の妻として社交すればいいのよ」

まるでそれは私が男性恐怖症を抱えていて社交ができないことをご存じかのような口ぶりで、思わずはっと王妃様の方を見やります。すると王妃様のお顔に少しバツの悪そうな色が浮かびました。

「ごめんなさいね。実はセルファ夫人にはあなたたちの事情をすべてお話ししてあるの。実は事情があって隠しているのだけれど、セルファ夫人は私の遠縁に当たるのよ」

「ええっ？　セルファ夫人が……王妃様の……？」

思わぬ事実に目を瞬きます。

「だから、セルファ夫人のことは信頼してもらって大丈夫。社交でも何でも、いつでも気軽に相談するといいわ。きっとあなたを守る盾になってくれるはずよ」

「ではもしやこの取り決めは、私を守るため……⁉」

驚きに言葉を失っていると、セルファ夫人がふくよかに微笑み私の肩に手をそっと置きました。

「本当は王妃様直々に守ってあげたいとおっしゃっていたんだけど、さすがにそうもいかないでしょう？　うるさく騒ぎ立てる者もいますからね。だから私に白羽の矢が立ったの。……ミュリル様、どうかこれからよろしくお願いね。私があなたの盾になってあげますから、あなたはあなたらしく自分のやり方で生きたらいいわ」

セルファ夫人のあたたかな言葉と王妃様の温情に、思わず目頭が熱くなりました。これまでずっと恐怖症であることを誰にも知られてはならないと心も体も縮こまっていたのです。それがいつの間にかジルベルト様と結婚したことをきっかけに、こんなにたくさんの方が私の力になろうと尽力してくださっているのですから。

「王妃様……。セルファ夫人……。私、何と言ったらいいのか……」

幸せの一言に尽きました。となれば、その優しさに全力で応える以外私にできることはありません。

「……王妃様、セルファ夫人。ありがとうございます……‼　私……頑張ってみます！　私なりのやり方で私なりの社交を目指して、精一杯やってみますわ。……王妃様、セルファ夫人。どうぞよろしくお願いいたします！」

心に光が差しました。恐怖症を抱えたあの日からずっと、人並みの社交などあきらめていました。けれど作品を通してたくさんの人とつながっていけるのならば話は別です。それが私にできる精一杯の方法なら、やってみるのみです。

小さく拳を握りしめ奮起しながらふと振り返れば、ジルベルト様も穏やかに私を見つめていました。そしてそのお顔に苦笑を浮かべ言ったのです。

「だが君は時々ひとりで頑張りすぎるからな。決して無理はしないと約束してほしい」

「ジルベルト様……。はい！　ご心配をおかけしてはなりませんもの……。気をつけます！」

それからジルベルト様は、セルファ夫人へと向き直ると。

「……セルファ夫人。あなたの力添えはきっと、妻にとって大きな力になるに違いありません。どうぞこれから妻をよろしくお願いいたします」

そう言って、頭を下げられたのでした。そんなジルベルト様にセルファ夫人は鈴を転がすような声で笑うと。

「ふふっ。別にミュリル様のためだけってわけでもないわよ？　だってほら、宰相様に恩を売っておくのも悪くないものね。慈善には色々と忖度が必要ですもの。あ、そうそう。売り上げの一部はぜひ慈善にご寄付くださいましね」

その笑顔はいたずらっぽくもあり、どこか王妃様に似ている気がしました。

寄り添い微笑み合う私たちの耳に聞こえてきたのは、軽やかな音楽の調べ。

「さぁ、今宵はそなたたちのお披露目も兼ねている。皆の好奇心をたっぷり満たして、仲睦まじいところを見せつけてやるといい」

陛下の声に、ジルベルト様は私にふわりと微笑みかけると。

「……ミュリル」

差し出された手に、私ははにかみながら自分の手を重ねました。そして私たちはゆっくりと会場の真ん中に歩み出て一礼したのでした。

美しい調べに乗り、踊り出した私たちを観衆がほぅ……という吐息とともに見つめていました。それに気恥ずかしさを感じつつも、一歩また一歩と軽やかに滑るように踊ります。

ルース様にたくさんレッスンしていただいて、新婚旅行で心がまた一歩近づいたせいでしょうか。あのぎくしゃくとしたぎこちない動きが嘘のようにジルベルト様のリードが頼もしく、背中に回された手から伝わる熱に胸が大きく高鳴ります。くるりくるりと回るたびに濃紺のベールの隙間からジルベルト様のお顔が見えて、その顔に浮かんだ甘さとあふれんばかりの優しさに喜びが込み上げます。

ふふっ、と微笑み合えば、会場のあちらこちらからため息のような声が聞こえてきました。

「まぁ……なんて仲睦まじい……」

「さすがは噂の純愛夫婦ねぇ……。いいわぁ」

「まぁ……ご覧になって。あの氷の宰相があんなに優しく微笑まれて……」

「あれは冷たい氷なんかじゃありませんわね。甘い甘い氷砂糖ですわ」

「ああ、うらやましいわ……。私もあんな方と純愛を……」

「あら、いやね。あなたもう結婚なさってるじゃありませんの。不穏だわ」

「え？　あら、そういえばそうね。うふふふ……」

あちこちからほぅとも、はぁともつかない感嘆の声が聞こえてきます。

くるり、くるり。

ベールの向こうには安堵の表情を浮かべて微笑むお父様とお母様、マルクの姿が見えました。ジルベルト様のご両親とルース様のお姿も。なんだか胸が一杯になって思わずジルベルト様を見やります。

「ジルベルト様……？」

「ん？　なんだ、ミュリル？」

「ふふっ……。私、とっても幸せです！」

こみ上げる思いを素直に口にすれば、ジルベルト様のお顔が一層甘くなりました。

「そうだな……。私もだ」

けれど気のせいでしょうか。つぶやきの中になにやらおかしな内容が交じっている気がするのは。

「あのベールも神秘的で奥ゆかしくて、素敵ねぇ……。私も試してみようかしら」

「私、さっそくお抱えの職人に作らせることにしますわ！　あれはきっと流行（はや）りましてよっ」

「忙しくなりますわね……。ベールと、あとは急いでセルファ夫人にミュリル様の作品の予約も取りつけなくてはなりませんもの！」

「なんといっても王妃様のお墨つきですもの！　争奪戦必至ですわね……」

「うちの主人が宰相様に作品を見せていただいたらしいのですけど、それは素晴らしかったと興奮してましたわ」

「まぁ！　私もぜひ見てみたいですわ。どこかに展示してくださらないかしら？」

「それに私、ある噂を聞きましたのよ。ミュリル様の作品には幸運のご利益があるとか……」

「あら、私は家内安全と聞きましたわ」

「え？　恋愛成就ではございませんでしたかしら？」

「まぁ！　本当ですの？　なら私はとびきり大作をお願いしようかしら」

「夫婦の寝室に置いたら、おふたりのように仲睦まじくなれるかしら……？」

「それは大事ですわね。やっぱり伴侶とは仲良くしていたいですもの。うふふふっ」

耳に聞こえてくるそんなささやきにくすり、と笑いをこぼします。

そしてその夜、私たちはきらびやかな光を浴びてダンスを心ゆくまで楽しんだのでした。


それからしばらくたった、ある日の昼下がり――。

「奥様！　そろそろひと息入れるお時間ですよー」

ドアをノックする音とともにラナが顔をのぞかせます。熱々のお茶とヒューイッド家の自慢のとびきりおいしそうなケーキの載ったトレイを持って。

「はぁい！　今行くわ。ラナ」

ふぅ、と息をつき小刀をテーブルに置くと、ラナの元へと向かいます。

「さ、甘いもので疲れを取ってくださいな！　にしてもさすがは奥様!!　注文が三年先までびっしりなんて、さすがは王妃様お墨つきの木工芸術家様です！　そんな方にお仕えできて鼻が高いですわ！　ふふんっ!!」

「まぁ、ラナったら大げさね」

あの夜会以来、私の生活は一変しました。木彫作品をぜひにと求める人たちですぐさま予約が埋まり、制作に追われております。しかも恋愛成就や家庭円満のご利益があるらしいなんていうおかしな噂まで広まってしまい、市井の皆さんも私の作った小さな木彫りのお守りをこぞって身につけているとか。これまで世間から身を隠しひっそりと生きてきた私が、まさかこんなに注目を浴びることになるなんて人生とは本当にわからないものです。

疲れた体をゆったりとソファに沈め、しばしヒューイッド家自慢のスイーツに癒やされていると。

「ピクニックのご用意もうすっかり整っておりますよ。セリアンたちのおやつもたっぷり！　旦那様もあと一刻ほどでお帰りになれると、先ほど連絡がございましたわ」

ラナの弾むような声につい笑いがこぼれます。

「ふふっ。ありがとう。今日は風も爽やかでよかったわ。ピクニック日和ね！」

今日は恒例のピクニックデーです。この日ばかりは忙しいジルベルト様も使用人たちと一緒になってのんびりにぎやかに過ごすのです。きっと素敵な一時になることでしょう。

そしてジルベルト様がお帰りになり、いよいよピクニックがはじまったのでした――。

雲ひとつない晴天に、吹き渡る気持ちのよい風。芝も野草も花たちも、太陽をいっぱいに浴びてキラキラと輝いています。

ブヒイイイイインッ!!

ワオオオオオオンッ!!

セリアンが気持ちよさげにいななき、オーレリーはまるでボールのように弾みながら人の間を縫って走り回ります。

「こらっ！　オーレリーったら、危ないわよ。私、熱々のお茶を持ってるのにっ」

　メイドのひとりが紅茶の入ったポットをかろうじて死守しながらオーレリーに叫べば。

「ちょっとセリアン！　敷物の上に寝っ転がらないでちょうだいな。ここは人の座る席よ！　あなたがここに寝ちゃったら誰も座れなくなっちゃうじゃないの！」

　その横では、別のメイドが困り顔でごろりと横になったまま気ままに草を食むセリアンを説得中です。モンタンはと言えば、ちゃっかりラナのお膝の上に陣取って優雅に毛づくろいの真っ最中。

「もうホントに、どうしてモンタンったらこんなにかわいらしいんでしょうねぇ！　この耳の後ろのやわらかい毛のふわふわ具合なんて、もう……！　んーっ！　いい匂いっ」

　モンタンの耳元に顔をうずめていたラナの感嘆の声に激しく同意します。わかります、そこに顔をうずめるとお日様みたいないい匂いがするんですよね。そしてそのかたわらでは。

「バルツ……？　あなたそのシャツ、どうしたの？　それ、蹄の跡じゃ……」

　どう見ても前脚を胸で受け止めたようにしか見えないのですが、バルツはそんなこと気にするふうもなくにこにこと笑みを浮かべていました。

「いやぁ、先ほどセリアンがじゃれついてきましてね！　セリアンは本当に無邪気でかわいいですなぁ！」

　そのくっきりとした蹄の跡からして相当に力強くじゃれつかれたようにも見えるのですが、けがはなかったのでしょうか。けれど痛がっている様子もありませんし、まぁ大丈夫なのでしょう。

「あ……そ、そう？　まぁ、あなたが大丈夫なら別にいいのだけれど……」

にぎやかなおしゃべりと笑い声。セリアンたちの鳴き声も明るく空に響き渡ります。その光景に幸せの吐息をもらしながら、隣に立つジルベルト様を見上げます。

「ふふっ！　皆さん楽しそうですねっ!!　ジルベルト様」

ジルベルト様もすっかり楽な服装に着替え、くつろいでいらっしゃいます。

「あぁ、まったくだ。まさかこんなにこの屋敷がにぎやかになるとはな……。以前では考えられなかった光景だ。なにしろ以前は皆女性たちの襲来に怯えて、四六時中ピリピリしていたからな……」

以前は恐怖のあまり主が寄りつかなくなってしまった広いお屋敷で、使用人の皆もしょんぼりしていたのだそうです。今となっては想像もできませんが。これといって自分が何かしたという気はないのですが、安心して穏やかに過ごせる場所に変化したのなら何よりです。

「これも皆君のおかげだ。こんなに穏やかで幸せな日々をくれて、本当に感謝している。ありがとう、ミュリル」

「私こそ、ジルベルト様のおかげで人生の幸せを見つけることができました！　セリアンたちも毎日とっても幸せそうですし、おかげで長年の恩を返せました。ありがとうございます。ジルベルト様」

その時ふとその気配に気がつきました。ふわりと微笑み合う私たちの背後に近づく影に――。

「あぁっ、セリアン！　だめよっ。リボンを食んじゃだめだったら……！　ごめんなさいっ、ジルベルト様。またリボンが……」

見れば、柵から頭を突き出したセリアンがむしゃむしゃとジルベルト様のリボンを食んでいました。とっても嬉しそうに目を輝かせて。

「こらっ!!　リボンを離しなさいっ。セリアン！」

せっかくのきれいなリボンがよだれまみれです。しかもよく見れば、リボンに髪の毛まで交じっているような気がします。けれどセリアンはどこ吹く風といった顔で、口からリボンをはみ出させたまま。その顔はどこか楽しげにも見えて、やれやれとため息を吐き出します。

するとジルベルト様はいつものように静かに私を制すると。

「……いいんだ。ミュリル」

そしてくるりとセリアンの方を向くと。

「いつでも替えられるよう、リボンは常に何本も携帯してある。……セリアン。何が楽しいのかは知らないが今日は無礼講だ。好きなだけ食べていい」

そう言って、胸ポケットの中から何本もの替えのリボンをずらりと取り出してみせたのでした。

その瞬間、セリアンの目がキラリと輝きました。そして——。

「ジルベルト様っ！　いえ、そんなのダメですっ。ああっ、もうセリアンったら！」

相も変わらずのふたりのやりとりに皆腹を抱え、大いに笑い合います。

庭中に響くあふれる笑顔と笑い声。尽きることないおしゃべりとセリアンたちの鳴き声と、どこまでも気持ちよく晴れ上がった空。平穏そのものといった光景に、ふわりと微笑みます。

「ジルベルト様？」

「ん？」

はじめは、共感と生まれたばかりの小さな信頼、そして利害が一致しただけの契約婚でした。けれど今は違います。隣にいるのは、私にはじめての幸せを教えてくれた大好きな人。

「私たち……、これから新しくはじまるんですね……。これまでは契約上の関係でしたけど、これからは……」

感慨を込めてそうつぶやけば。

「あぁ……。そうだな。これからはじまっていくんだな。君と私は……」

私たちの新しい夫婦人生はまだはじまったばかりです。まわりから見れば、あきれるほどにじれったくも見えるのでしょう。けれど私たちなりのやり方でゆっくりとひとつひとつ大切に積み上げたその先には、きっと私たちだけの幸せが待っているはずです。皆と同じ形ではないかもしれないけれど、いつか心の深い場所で確かにつながっている、そんなふたりにきっとなれるはず。

心の底からあふれ出る幸せに酔いしれながら、ジルベルト様の手をそっと握ります。

「ジルベルト様、……大好きです！」

そうそっと耳元でささやけば、ジルベルト様の耳が真っ赤に染まりました。そしてもごもごとジルベルト様も口ごもります。

「……わ、私も……だ……」

「だ……？」

「だ……大好きだ！」

その小さいけれど確かな言葉に、私たちはお揃い（そろ）の真っ赤な顔で微笑み合ったのでした。

# エピローグ　真実の誓い

カチリ……。

そっと手にしていた手鏡をドレッサーの上に置き、椅子から立ち上がると――。

「では、行きましょうか、ミュリル。ジルベルト様がお待ちかねよ」

嬉しそうに目を潤ませるお母様に手を引かれ、長いドレスの裾をメイドに持ってもらいゆっくりと歩き出します。

東棟から西棟へとつながる中央棟のホールには、ぴしりとスマートな正装姿のジルベルト様が私を待ち受けていました。そのお顔はいつもより少しそわそわと緊張しているようにも見えます。もちろん私もこの特別な日を迎え、どこか足取りもふわふわとしています。

「とってもきれいよ。ミュリル。愛する人があなたを待ってるわ。ミュリル……。私のかわいい宝物。幸せになるのよ」

お母様が私の手をぎゅっと強く握りしめ、そっとベールを整えてくれました。涙で視界をにじませながらこくりとうなずきジルベルト様の方へと歩み寄れば、その手が私へと差し出されました。それをそっと取り、微笑み合います。

「さぁ、では行こうか」

「はい。ジルベルト様……」

やわらかな衣擦れの音を立てながら、ゆっくりとホールへと続く階段をふたりで腕を組んで下りていきます。一歩一歩、ゆっくりと歩幅を合わせて。

そう――。これは私たちの二度目の婚礼なのです。今度こそ偽りなんかじゃなく、心から永遠の愛を誓い合う私たちの結婚式。

偽りの誓いからはじまった私たちの結婚ですが、今日ここからあらためてはじまるのです。東と西にわかれていた私たちが、今度こそともに手をたずさえ未来に向かって一緒に歩んでいくために。そのスタートを切るには、東棟と西棟とをつなぐ中央棟のここからはじめるのがぴったりに思われました。

陛下にはお父様とマルク、ジルベルト様のご両親とルース様のお顔も見えます。どの顔にも心からの祝福と安堵が浮かんでいて、それがなんとも嬉しく胸の中にじんとあたたかなものが広がります。

まだお式がはじまってもいないのに涙で顔をぐしゃぐしゃにしたお父様の手をそっと握れば、肩を震わせながらぎゅっと握り返してくれました。ずっと娘を守りきれなかった後悔に苦しみ、私の幸せをあきらめることなく願い続けてくれた優しいお父様とお母様。でももうそんな後悔に苦しむ必要などありません。だって私はもうこんなにも幸せな人生を歩みはじめているのですから。

「ミ……ミュリル……！　私は……私は……こんなに嬉しいことはない……。お前が幸せになれて本当によかった……!!　よかった……!!　ジルベルト君――っ！　どうか……どうか娘を……、よろしぐだどむよぉぉううっ!!」

その隣でマルクはジルベルト様をキラキラとした憧れの眼差しで見上げていました。

「ミュリルお姉様っ！　すっごくきれいです!!　それに僕……ジルベルト様のようなかっこいいお義兄様ができて幸せです！　今度遊びにきてもいいですかっ!?　将来のためにジルベルト義兄様に色々教わりたいです！」

「あ……あぁ、もちろんだ。いつでも遊びにくるといい」

マルクはずっと兄弟がほしいと言っていましたからね。今度落ち着いたらピクニックに誘ってみることにしましょう。ジルベルト様も、義兄様なんて呼ばれて嬉しそうですし。

そしてジルベルト様は、ご両親とルース様の前に立つと。

「父上、母上。姉上。本日はおいでいただきありがとうございます。……その、色々とありましたが、まぁ……このような形に無事落ち着きましたのでもうご心配には及びません」

やはりまだぎくしゃくとした空気は漂いますが、でも以前に比べればずっとお義母様とルース様に対する態度はやわらかくなった気がします。お義母様は目を涙で潤ませながら、にっこり微笑むと。

「ミュリルさんがそばにいてくださったら、きっとあなたは大丈夫だわ。ジルベルト……、幸せにおなりなさい」

そう言って大きくうなずかれたのでした。その眼差しは深い愛に満ちていて、今はまだわだかまりもあるでしょうがそれも解ける日も近い、そんな気がしました。

「それから、ミュリルさん……」

「はい。お義母様」

お義母様の目がまっすぐに私に注がれ、そして。

「……あぁっ！　こんなに素敵な子が私の娘になってくれるなんて本当に幸せだわっ!!　ミュリルさん……いいえっ、ミュリルちゃんっ!!　今度またどっさりおみやげを持って遊びにくるわね!!　どうか息子を……ジルベルトをお願いね!!」

するとと今度はルース様が。

「ジルベルト！　しっかりミュリルちゃんを守り抜くのよっ!!　こんな素敵な子、世界中どこ探したっていやしないわっ。……ミュリルちゃんっ！　今度は姉妹でどこか景色のきれいなところにでも遊びにいきましょうねっ！　たまには姉妹水入らずもいいものよ？　うふふっ!!」

「あらっ!?　私だけ仲間外れだなんてひどいわっ!!　私も一緒に行きますからねっ！」

相変わらずのにぎやかなやりとりに、思わず苦笑いを浮かべつつうなずきます。

「……ま、まぁ。え、えぇ。もちろんお待ちしておりますわ！」

やっぱり相変わらず愛はお強めなようです。その様子にジルベルト様だけでなく、お義父様のお顔まで非常に渋くなったのはあえて見なかったことにします。

そしていよいよ庭へと続く扉の前に立てば。

ガチャリ……。

バルツとラナがちょっぴり気取った仕草で私たちに一礼すると、ゆっくりと玄関の扉を開いたのでした。それと同時に聞こえてきたのは、割れんばかりの拍手と歓声でした。

「おめでとうございますっ!!　旦那様、奥様っ!!」

「とってもおきれいですっ!!　奥様、旦那様！　おめでとうございますっ」

「さぁ、おふたりとも！　こちらに！」

まぶしいほどの太陽の下では、屋敷で働く皆と私たちに近しい方たちが私たちを今か今かと待ち受けていました。たくさんの祝福の言葉と拍手に圧倒されながら、その中を一歩ずつゆっくりと進みます。

そして祭壇代わりのテーブルの前で立ち止まり向かい合えば、しんと場が静まりました。

「えー、ゴホンッ！　ではこれよりジルベルト様とミュリル様のガーデンウェディングをはじめたいと存じます！　では、まずは……」

バルツが少し上ずった声で婚礼のはじまりを告げ、まずは誓いの言葉――。

「ジルベルト・ヒューイッド。あなたはミュリル・ヒューイッドを、この先の人生も信頼と尊敬の念を持って永遠に愛し敬うことを誓いますか？」

「はい。全身全霊をもって誓います」

「えー、では続いて新婦ミュリル・ヒューイッド。あなたはこのジルベルト・ヒューイッドを、信頼と尊敬の念を持って永遠に愛し敬うことを誓いますか？」

「……はい！　命の限り誓います」

皆があたたかな眼差しで見守る中、私たちは今度こそ本当の誓いを交わしました。

はじめは互いの目を見ることさえ満足にできなかった私たちですが、互いをまっすぐに見つめ合う私たちにはもはや不安も恐怖もありません。あるのはあふれるほどの愛おしさと震えるほどの喜びだけ。それがなんとも感慨深く、胸がじんとします。

「では、……指輪の交換を」

私たちは互いの指に指輪をそっとはめ、その手をぎゅっと握り合いました。

「ミュリル……。君と、君が大切に思うすべてのものを愛し大切に守ると誓う。どうかこれからも私と一緒に人生を歩んでほしい。……心のつながり合った本当の夫婦として」

ジルベルト様の言葉に、しっかりとうなずきます。

「はい……。私もお約束します。どんな時もジルベルト様のおそばで、あなたの唯一のお守りであると誓います……。どうか末永くおそばに置いてくださいませ」

型通りではない心からの誓いの言葉に、胸が打ち震えます。幸せのあまり、ぽろりと目尻から雫がこぼれ落ちていきました。

「では、誓いの握手を……と、それはもう済んでおりましたな……。えーと、では……誓いの……誓いの……何をしましょうかな……??」

段取り通りならば誓いの口づけの代わりに握手をして終わるはずだったのですが、すでにぎゅっと固く手を握り合っている私たちの姿にバルツが困惑しています。

するとジルベルト様は私をそっと抱き寄せると、ベール越しのおでこにキスの真似事をしてくださいました。ベールが髪に触れてそっと揺れただけなのに、まるでそこからジルベルト様の体温が伝わってくるようで胸が大きくドキリと跳ねました。

「……ふふっ！」

気恥ずかしさと嬉しさとで思わず小さく笑い声を上げ見つめ合えば、同時に割れんばかりの拍手と歓声がわき起こりました。

これが今の私たちにとっては精一杯の誓いの口づけです。頬を染めジルベルト様をちらと見上げれば、その顔にはいたずらっぽい笑みが浮かんでいました。

「で……では、これにておふたりの婚礼は、神の御前と皆様の祝福によって結ばれました!!　皆様、どうかおふたりに祝福の拍手を……!!」

こうして私たちは無事に真実の愛を誓い合い、今度こそ本当の愛で結ばれた夫婦となったのでした。

「おめでとうございますっ!!　ミュリル様、旦那様！　ふっ……ううぅっ……!!」

私たちの亀の歩みを見守ってきた同志としての感慨があふれ出たのでしょう。ラナはむせび泣きながらがっちりとバルツと力強い握手を交わしていました。すると今度は背中にぽすん、というやわらかな衝撃を感じ振り向けば――。

「ミュリル！　とってもきれいよっ!!　今日はお招きありがとうっ！　お父様を懸命に説得して、はるばる海を越えてきた甲斐があったわ！」

「アリシア様……!?　その髪の色は??」

そこには輝くような笑顔を浮かべたアリシア様が立っていました。けれどその髪の色は本来の色とはまったく違うもので。

「ふっふーん！　ちゃんとカツラで変装してきたのよ！　それにほら、今度はちゃんと護衛もいるから安心してちょうだいな!!」

さすがにはるばる隣国から来ていただくのは無理だろうと思いつつ、お友だちなのだからせめてお知らせだけでもと今日のことをお伝えしておいたのですが、まさか海を越えて出席してくださるとは夢にも思いませんでした。

「アリシア様、今日は私たちのためにはるばるおいでいただき、本当に嬉しいです。ありがとうございます!!　ふふっ」

「何よ。水臭いわね!!　お友だちの幸せを祝福するのは当然だわ！　……ところでジルベルト様？あの約束を忘れないでくださいませね！　ミュリルを泣かせたら絶対に私、許さないんだから!!」

「ふふっ！　アリシア様ったら！」

「あぁあ！　なんだか私も結婚したくなっちゃったわ！　ま、私には愛する国があるから結婚なんて二の次だけれど」

アリシア様は謹慎中恐怖症について熱心にお勉強されたらしく、その上で自分に何ができるのかを模索中だそうです。頑張り屋で真摯なアリシア様のことですから、いつの日にかきっとアリシア様なりの素晴らしい生き方を見つけられると信じています。

すると今度はその後ろから、軽やかな笑い声が聞こえてきました。

「あら、これはアリシア王女殿下。お目にかかれて光栄ですわ。陛下と王妃様から言付かっておりますよ。ミュリル様に会えて嬉しいからってあまり暴走なさらないように、と。ふふっ‼」

声の主は、陛下と王妃様からの贈り物を手にしたセルファ夫人でした。

「こんなにお顔のとろけきった宰相様が見られるなんて、来てよかったわ。おめでとうございます！おふたりとも！　宰相様のこんなお顔、他の方々が見たらきっと皆さんびっくりなさるわねぇ！」

その言葉に、ジルベルト様の顔がぴくりと引きつりました。

「……セルファ夫人、どうか今日のことはご内密に願います……。これ以上、氷砂糖だの氷塊しただのと言われるのはごめんですから」

「あら、残念ね‼　おふたりの惚気話を慈善パーティで皆さんに教えて差し上げたら、たっぷり寄付が集まると思いますのに？　残念ですわぁ……」

いたずらっぽい顔でコロコロと笑いながら、セルファ夫人はご機嫌で去っていかれました。

そしてもちろんこの子たちも忘れてはなりません。

「セリアン、オーレリー。モンタン！　あなたたちもあらためてこれからも末永くよろしくね‼　ふふっ！」

バルルルルルッ‼

ワンワンワンワンッ‼

ぴょこんっ！

皆今日は特別な日とあって、思い思いにおめかししています。オーレリーの首には蝶ネクタイ代わりのリボンを、モンタンにはレースの首飾りを。そしてセリアンのたてがみには、ジルベルト様の髪と同じ白銀色のリボンを編み込んでいます。赤や緑といったさまざまな色の中からセリアン自ら白銀色を選ぶあたり、やっぱりセリアンはジルベルト様のことを好きなのかもしれないなんて思ったりもします。ちょっと斜め上のわかりにくい愛ではありますが。

その証拠に――。

「ふっ……。セリアン……、やっぱり今日もなのか……」

その声にはっと見やれば、今まさにセリアンがジルベルト様のリボンをくわえようとしているところでした。

「もうっ！　セリアンったら、どうしてお前はそうジルベルト様のリボンを食べたがるのっ……‼

困った子ね！　もうっ」

「いいんだ。好きにしろ、セリアン。今日もちゃんと替えのリボンは用意してあるからな……」

胸ポケットからいつものように替えのリボンを取り出して見せたジルベルト様にセリアンは。

ヒヒンッ！

歓喜の声を上げながら嬉しそうにリボンを食むのでした。

こうして私たちは、今度こそ利害の一致でも秘密で結ばれているのでもなくただ互いへの愛で結ばれた正真正銘の夫婦として、幸せな人生へと歩み出したのでした――。

後世に伝わるこんな話がある。

国を愛した名宰相として名を残した、ジルベルト・ヒューイッド。そして木工芸術家としても名をはせたその妻ミュリルはその生涯を諸外国、とりわけ隣国との友好に尽力したという。

そしてまだ若く末子でありながら、その優れた資質を認められ次代の為政者となったアリシア女王の即位式では、今にも元気に跳ね回りそうなうさぎの彫像が贈られた……という記録が残っているとかいないとか。アリシア女王は生涯我が国との友好に心を砕き、時々は宰相夫婦ともこっそりお忍びで遊びに出かけたなどという記録もあるが、真偽の程は定かではない。

そしてふたりの余生については、民間伝承ながらこんな記述も残っている。

自然に囲まれたのんびりとした地へ移り住んだふたりは、広大な敷地にさまざまな理由で心身を病んだ動物たちを引き取り、その動物たちとともにいつまでも仲睦(なかむつ)まじく暮らしたという――。

# 番外編　ある日の宰相夫婦

## 番外編　ある日の宰相夫婦

1

中央棟でともに過ごす時間が少しずつ増えはじめたある日、それは起きました。

「ジルベルト様……！　もうこのひと月ずっとではありませんか……!!　このままではお体が……」

その日やっとのことでジルベルト様をつかまえた私は、ジルベルト様に詰め寄りました。

「ど……どうしたんだ!?　ミュリル。突然……」

我が国の若き宰相ジルベルト・ヒューイッド。その肩にどれほどの重圧がのしかかっているのかは、妻としても民のひとりとしてもよく理解しているつもりです。屋敷にお帰りになることもなく王宮に泊まり込んでいた頃に比べれば、きっと今のこの忙しさははるかにましではあるのでしょう。短い時間とはいえ、一応は自室でお休みになられているのですし。

けれど、だからといって――。

「い……いや、しかしこのくらいはいつものことで、そう心配するほどのことでは……。それに遅い時間ではあるが屋敷にちゃんと戻ってきているし。まぁ数時間しか滞在していないと言われれば、それまでなんだが……」

「存じ上げていますっ。バルツからも聞いていますし、遅くともお部屋にちゃんと明かりが灯るのも見ております……！　でもそういう問題ではありませんっ……!!　睡眠も足りておりませんし、お食事だってろくにとられていないと……」

事の起こりは、王宮で催されたとある会談中の出来事でした。その折、周辺国のそうそうたる要人の方々とのお話の中で私の作品の話が持ち上がったそうなのです。

『貴殿の奥方が、大層立派な木彫り作品を作られるという噂を耳にしましてな。私も妻も芸術品に目がないもので、ぜひ一度お目通りしたいと……』

その申し出に、外向的側面から考えて無下に断るのも難しいからと、ジルベルト様は私の作品を手にその方のところへとご挨拶に出向いたのだそうです。私には何の相談もなく。

私がその話を聞いたのは、すべてが終わったあとでした。それを聞いて、非常にもやもやしたのです。ただでさえ連日のお仕事でクタクタなのに、予定外の私の分の社交までどうしておひとりで勝手に決めて行動なさってしまったのか、と。せめて事前に相談のひとつもしてくれていたら、ジルベルト様に負担をできるだけかけない方法で何か私にもできることがあったかもしれないのに。

「最近は私だってほんの少しは恐怖症もましになって、宰相の妻として挨拶くらいはできるようになったのに……！　なぜ私に何も言わず無理ばっかりっ！　せめて……せめて一言ご相談してくれたら、ジルベルト様がこんなに無理をせずに済んだのに……」

最近のジルベルト様の多忙ぶりは異常でした。これまでだってお忙しい日が続くことはありましたが、それとは比べ物にならないくらい毎日朝早くから夜遅くまで息をつく間もないほどにお忙しい日が続いていたのです。なのに――。

「一言……一言言ってくだされば……。私だってちゃんと妻として役割を果たしたいのに……!!　どうしてジルベルト様は……！」

ここのところの忙しさのせいで、ピクニックどころか朝の散歩もお見送りもまったくできずにいました。お屋敷の中にジルベルト様の気配なんてまるで感じられないくらいに。

心配のあまり身を乗り出して詰め寄る私に、ジルベルト様は困ったお顔をなさっていました。

「いや……しかし君も、制作依頼がずいぶん先までびっしりで大変だとラナに聞いている。君だってこれ以上根を詰めると体を壊しかねない。あの人物ならば私ひとりで十分対応できるし、君が無理をする必要は……」

「でも……！　ジルベルト様だってここのところお忙しくされているではありませんか……!!　顔色だってよくありませんし!!　だから私は……」

しかもです。バルツに聞いてみてもなぜそうもお忙しいのかよくわからないそうなのです。先日王妃様にお会いした時も、今は特別火急の仕事がたまっているというわけではないのだけれど、なんてもごもごとおっしゃっていましたし。

ではなぜこんなにも根を詰めて働いていらっしゃるのか。そんな疑問が頭をよぎります。なんならひょっとしてお屋敷にいたくない理由でもできたのではないか、なんて――。

気がつけば私は悶々とした思いを抱え込んでいました。

「私だってジルベルト様のお役に立ちたいのです！　なのになぜ、ちっとも私に支えさせてくださらないのですかっ!!」

この日の私はいつになく感情が昂っていました。それでつい大きな声を――。

「……っ!?」

はっと口元を押さえてはみましたが、時すでに遅し。いつにない大声を上げる私を見つめ、ジルベルト様は驚いた顔でこちらを見つめていました。

「ミュリル……？」

一体私はどうしてしまったというのでしょう。なぜこんなにも心の中がざわつきささくれだっているのか。いつもならもっと穏やかに思いを伝えられているはずなのに、どうしてこんな――。

おそるおそるジルベルト様を見れば、その顔には驚きと困惑の色が浮かんでいました。

「申し訳……ありません……。私……つい大きな声を……」

やってしまいました……。ずっと気をつけていたのです。ジルベルト様が女性恐怖症になったのは、幼い頃に自分を亡き娘と思い込んだ心を病んだ女性に激昂され恐怖を感じたのが原因でした。その女性が感情をひどく爆発させて態度を豹変させたその二面性が恐ろしく感じられて、それ以来特に感情的な女性が苦手になったのだと。

だから決して、ジルベルト様の前では感情を昂らせて大きな声で泣いたりわめいたり、怒ったりせずにいよう。そう心に決めていたのです。私はそれほど感情的になる質ではありませんが、それでも生身の人間ですし感情が波立つことだってあります。けれど決してそれをジルベルト様にぶつけるようなことはするまいとそう心に固く誓っていたのに。できるだけジルベルト様の前では感情を波立たせず、穏やかであろうと努めていたのに――。

なのに今日の私は、それとは真逆の態度を取ってしまったのです。

「私……私は……。ジルベルト様が心配で……頼ってくださらないのがとても……。だから……」

じわりと視界が大きくにじんでいきます。

あぁ、最低です。こんな態度を取るべきではありませんでした。ジルベルト様は、国のため民のために懸命にお仕事をなさっていただけなのです。そんなジルベルト様にあんなに乱暴な態度で心ない言葉を投げつけてしまうなんて。

「私……!!　申し訳……ありませんっ……」

　気がつけば私はその場から逃げ出していました。ひどい態度を取ってしまった後悔と、もしかしたらこのことでジルベルト様に嫌われてしまったかもしれないという不安にかられて。

「ふぅっ……！　う……うぅっ……。私……どうしよう……。あんな大きな声で……ジルベルト様、きっと怖いと思ったに違いないわ……!!　うぅっ……」

　東棟の自室へと逃げ込んだ私は、まだ真っ昼間だというのにすっぽりとベッドに潜り込み泣き濡れていました。

　できることならば時を巻き戻したい。そうすればもっと穏やかに気持ちを伝えられたのに。あまりにお仕事に根を詰めているようだからきちんと食事と睡眠だけは取って、お休みしてほしい。体が心配だからどうか無理はしないでほしい、と。なのにあんな伝え方をしては、頑張っているジルベルト様をまるで責めているようです。そんなつもりはなかったのに――。

　ジルベルト様のあの時のお顔を思い出すと、胸がしくしくと痛みます。きっと恐ろしいと感じられたに違いありません。あんなに感情的になって大声を出す妻など、とてもそばにはもう置けないと思っていられるかもしれません。もしそうだとしたら――。

　シーツにくるまって子どものようにしくしく泣いていると、ラナがそっとなぐさめてくれました。

「奥様、大丈夫ですよ。旦那様はこんなことでご機嫌を損ねたりはなさいません。奥様が旦那様のことをいつも心配して気遣っていらっしゃることは、旦那様が一番よくご存じなんですから……。元気を出してくださいな？」

ラナの優しい言葉が、余計に涙を誘います。

「でも……私よりにもよってあんな態度を……。ラナ……、私もうきっとジルベルト様のお顔を見られないわ……。きっと嫌われてしまったもの……。あんな言い方……最低だわ……」

恐怖症を持つ者同士、普通の人が感じる以上に恐怖には敏感なのです。ともすれば心を凍りつかせてしまうほど弱さを抱えていることは、自分が一番わかっていたはずなのに。

宰相の妻として少しは成長できていると考えていたその足元を、すくわれたような気分でした。

「私ったらやっぱりだめね……。ちっとも成長できていないわ……。これじゃあお役に立つどころか、むしろ足を引っ張って邪魔をしているだけ……。妻失格だわ……」

ラナはいつまでも毛布にくるまり丸くなる私をそっとなでてくれました。

「奥様……、大丈夫でございますよ。どうかそう泣かないで……」

「ラナ……？　私どうして今日に限ってこんな態度を取ってしまったのかしら……？　いつもならこんなに感情的になることなんてないのに……」

私は子どもの頃からそれほど感情的になる質ではありません。なのに一体どうして今日に限ってあんなに心がもやもやとしてしまったのか。どうにも自分がわかりません。

「喧嘩くらい誰だっていたしますとも。夫婦喧嘩は犬も食わないと言いますでしょう？　大したことではありませんよ!!」

「夫婦喧嘩……？　あれが……喧嘩なの……??」

思ってもみない言葉に、私はシーツから頭を出してラナにきょとんと問いかけました。

家族以外の人間とあまり深く接してこなかった私は、これまで家族以外の人と喧嘩をした経験など一度もありません。きっと恐怖症という秘密がばれないように、他者と距離を置いて接してきたせいなのでしょう。そんな私がまさか、ジルベルト様と喧嘩を？

「喧嘩だとしたら……どうすればいいの……？　夫婦ってどうやって仲直りすればいいの……⁇」

「そんなの簡単ですよ。大丈夫ですよ！　謝ればいいんです。そして腹を割って素直な気持ちを打ち明け合えばいいんですよ。ジルベルト様と奥様ならちゃあんとわかり合えますとも」

「そう……かしら……。本当にそう思う……⁇」

ラナがいなくなった後、私はひとり考えていました。はじめてのジルベルト様との喧嘩をどうやって収束させればいいのか、と。そして私は——。

「とにかくまずは謝らなくちゃ……」

一度口から出てしまった言葉をなかったことにはできません。となれば、ラナの言う通り誠心誠意ジルベルト様に謝るしかないのです。許してくださるかはわかりませんし、もう嫌われてしまっているかもしれませんが。

けれどとても怖くてお顔を見て謝るなんてできません。それにもしかしたら私の顔を見ることで、ジルベルト様が恐怖を抱かないとも限りませんし。となれば——。

「……お手紙なら感情的になることもないし、きっと素直な気持ちを伝えられるはず……」

最近では直に顔を合わせることも多くなり、以前のようにお手紙をやり取りすることも少なくなっていました。けれど今は、手紙こそがジルベルト様に気持ちを伝えるのに一番いいように思えました。

書いては破り、書いては破りを何度も何度も繰り返し、自分の心の内と心からの謝罪をしたため終わったのはそれから二日後のことでした——。

「バルツ……。これをジルベルト様に渡してくれるかしら……？　この間のことを謝りたくて、手紙を書いたんだけれど……」

長い時間をかけて書いたこの手紙を、勇気を出してバルツに託します。実はジルベルト様と喧嘩をして以来、お屋敷でジルベルト様を見かけていません。バルツによればお仕事が忙しいのか、一度もお帰りになっていないそうなのです。

するとバルツは一瞬はっとしたように黙り込み、気まずそうな顔を浮かべました。

「……⁇　どうかした、バルツ？」

いつもとは違う様子に、なんだか嫌な予感がしました。するとバルツは言いにくそうに告げたのです。

「……そのことなのですが、実は今朝早くに旦那様は急なお仕事で遠方に出発されまして……。お手紙はしばらくお渡しできないかと……」

「ええっ……⁉　こんなに急に……⁇」

聞けば急なお仕事でジルベルト様自ら遠方においでにならなければならなくなったそうで、私にその旨を伝える暇もなく慌ただしく出発されたのだとか。

「そ……そう……。それで、お帰りは……？」

がっくりと肩を落とした私にバルツは。

「それが……お帰りは五日後のご予定でして……」

「五日後……⁇　そんなに長く……」

ジルベルト様と結婚して以来、お帰りが遅くなることはあってもそう何日も屋敷を空けられたことはありません。このお屋敷にジルベルト様がいない——それは、なんだかとても心細く寂しい気持ちがしました。

「そう……。わかったわ……。では、このお手紙は戻られてからお渡しするしかないわね……」

思いもしなかった事態に、私はとぼとぼと退散するしかありませんでした。

すっかり気を削がれた私は、まるで抜け殻のようでした。あの平穏で幸せな時間が遠くに霞んでいってしまう。そんな心もとない気持ちに心を揺らしながら、私はそれからの時間をひとり悶々と過ごすことになったのでした。


それからの数日間は、実に空虚に過ぎていきました。このお屋敷どころか王都にすらジルベルト様がいないという事実は、どうやら私にとって大きな影響を与えるものだったようです。何を食べてもおいしいと感じられず、セリアンたちと一緒にいてもどこか上の空で。

「……様⁉ ……奥様⁉ ミュリル様ったら！ 大丈夫ですかっ……⁇ それ……」

ラナの声にはっと我に返り、ラナの指差す方を見れば——。

「あ……あら……⁇ これは……。私ったら……ついうっかり……。どうしてこんな……」

依頼を受けて、飛び立つ鳥をモチーフにした作品を作っていたはずでした。なのに気がつけば、丸太から小刀で切り出されていたそれは、とても鳥とは似ても似つかない形をしていて——。

「……それ、ジルベルト様……ですよね……⁇」

「……」

いつのまにか手が勝手に、髪を後ろでひとつに結んだ男性の胸像を作っていました。そのお顔はどう見てもジルベルト様そのもので。

「私ったら、手が勝手に……」

こんなことははじめてです。こんなにもジルベルト様のことで頭がいっぱいで、他のことがさっぱり手につかないなんて。

「奥様……。少しお休みになられてはいかがですか？　今日は雨ですからお庭でお茶を、とはまいりませんけど……せめて図書室でゆっくりご本でもお読みになってお過ごしになるとか……」

その言葉に、ふとはじめて図書室に足を踏み入れた時のことを思い出しました。

あれはそう、まだこのお屋敷に来て間もない頃のこと。普段ジルベルト様しかお使いにならない図書室にはお仕事に役立つような難しい本しかなくて、その直後にジルベルト様が慌てて花の育て方だの流行りの恋愛小説などを用意してくれて――。たった半年ほど前なのに、なんだかずいぶん昔のことのようです。

「ふふっ……。あの時ジルベルト様ったら私に恋愛小説なんて用意してくれて……。恋なんて無縁だと信じ切っていた私に、恋愛小説なんて……」

あの頃の私たちは、同じお屋敷にいてもまったく顔を合わせることもなく東と西とにわかれてただ淡々と日々を過ごしていました。その頃は、こんな寂しさも心細さも感じることもなく。なのにどうしてこんなに変わってしまったのでしょう。ジルベルト様に恋をしたからなのでしょうか。

「いつの間に私、こんなに弱くなってしまったのかしら……。ひとりでだって幸せに生きてみせるって息巻いていたはずなのに……」

「あぁ……そういえばそんなことも……ございましたねぇ……」

余計なことを思い出させてしまったとばかりに、ラナが頭を抱えます。

「でも奥様……？　おひとりが寂しいと感じられるようになったのは、今がお幸せだからですわ。愛する人と一緒に生きる喜びと幸せを知ったから、ひとりが寂しく感じられるようになったのです。それはきっと……とても幸せなことだと私は思います」

「幸せを……知ったから……」

そう言えば以前、ジルベルト様もそんな言葉を口にしていた気がします。幸せになって寂しさを知るなんて不思議だと。

ひとりでも幸せに生きてみせる。セリアンたちがいてくれたらきっと寂しくなんてない。たとえ誰かと一緒に生きられなくても、私にだって幸せに生きられる道はあるはず。以前はそんなことを思っていたはずなのに、今となってはどうやってひとりでの幸せを思い描いていたのか思い出せません。

「……そうね。そうかもしれないわ……。ラナ、ありがとう。ジルベルト様がお帰りになられるまでもう少し、自分の気持ちと向き合ってみるわ。だから私はもう大丈夫。ラナは仕事に戻って？」

「でも……」

すっかりラナに心配をかけてしまいました。でも私にかかりきりでお仕事の邪魔をしてはいけません。どの道あと数日たたなければ、ジルベルト様はお帰りにならないのですから。

そしてひとりになった私は、自作のジルベルト像と向き合いながら自分の心を静かに見つめ続けたのでした。

2

ジルベルト様がお出かけになられて三日が過ぎた頃。

「ねぇ、オーレリー。私ってずいぶん子どもなんだわ……。すっかり大人になったつもりでいたけれど、まさかこんなに中身が成長していなかったなんてなんだか恥ずかしくて……。ね、あなたもやっぱりこんな私、情けないと思うわよね？」

オーレリー相手にぽつりとつぶやき、重いため息を吐き出しました。

この数日自分とじっくり向き合ってみて、やっと気がついたのです。私があの時あんなに感情が波立ったのは、寂しさのせいだったということに。

ジルベルト様が私にでもできる社交を勝手におひとりでこなしてしまわれたことも、ほとんどお屋敷にもいらっしゃらず朝の挨拶すらまともにできないことも。ただただジルベルト様に会えなくて、その気配をお屋敷の中で感じることができなくて寂しく不安になったからだったのです。

「まるで親にかまってほしくて駄々をこねる子どもみたいだわ……。恥ずかしい……。なのにジルベルト様をあんなふうに責めたりして……。私ったら……」

心配していたのは本当でも、寂しさゆえにあんな責めるようなひどい態度で接するなど最低です。宰相の妻どころか伴侶失格です。自分のあまりの未熟さにがっくりと肩を落とします。

「ジルベルト様……。今頃どの辺りかしら……？」

なんだか心にぽっかり穴が開いたようです。ジルベルト様がとても遠くて――。

「無理がたたっていないといいのだけど……」

ジルベルト様は私のことをいつも無理をするから心配だとおっしゃいますが、それはジルベルト様も同じです。だからつい心配になってあんなことを口走ってしまったのですから。

「でもだからってこんな子どもじみた駄々をこねるのはやめなくちゃ……。ジルベルト様の伴侶として恥ずかしくない女性にならなくては……。許してくださるかどうか、わからないけれど……」

ふと窓から空を見上げれば、月が昇りはじめていました。

ただでさえも道中は悪路も多く、過酷だと聞いています。その月に、どうか無事に帰ってきますようにと心から願う私なのでした。けれどそんな私の元に、その知らせは届いたのです。ジルベルト様の身に恐ろしい事態が降りかかったという知らせが――。


ジルベルト様がお屋敷を発たれてから四日目の朝――。

絡む相手がいなくて張り合いがないのか、セリアンに元気がありません。いつもなら人参をあげればもっともっとと激しいほどのおねだりをしてくるのに、ここ数日はなんだかその勢いもなく。いつも元気印のオーレリーだってそうです。どこか寂しげに私を見上げてくるのです。あのオーレリーが、です。モンタンはいつもながらかわいらしさ全開ではありますが、時々切なげに大好物のハーブを遠い目で見つめているような。

「さぁ、あなたたち！　元気を出していきましょう！　大丈夫よ、もう明日にはジルベルト様もお帰りだもの。その後のことはどうなるかわからないけれど……、でもきっと大丈夫よ。……きっと」

今考えたところで仕方がありません。それに私がくよくよしていたらこの子たちが心配しますし、空元気でも笑っていなくては。そう自分に言い聞かせながら、いつものように馬房のお掃除に励んでいると。

「た……大変です!!　奥様……！　ミュリル様……!!」

バルツが血相を変えてこちらにかけてきたのでした。

「どうしたのっ!?　バルツ、そんなに慌てて……!!」

そのただ事ではない慌てふためきように、なにやら嫌な予感を感じ急ぎ何事かと問いただせば。

「それが……、たった今知らせが……!!　旦那様が……、ジルベルト様が乗った馬車が土砂崩れに巻き込まれたと……」

思わず手に持っていた桶をゴトン……、と取り落としました。

「い……今なんて……？　バルツ……、今なんて言ったの……!?」

その知らせに呆然と言葉を失い、バルツとともに急ぎ屋敷の中へと戻りました。そしてその知らせを持ってきた使いの者に、事情を聞いたのです。ジルベルト様が仕事を終え宿へと帰る途中、通りかかった道が長雨による土砂崩れで埋まり、馬車ごと巻き込まれたという話を――。

「宿へと続く道が完全に塞がれておりまして……、もしかしたら無事に宿に着いていらっしゃるかもしれないのですがそれすらも確かめようもなく……。近くの町の者たちが懸命に捜索作業をしておるのですが……、なんともひどい有り様だそうで……」

「そんな……まさかそんな……。ジルベルト様……」

気がつけばその場にへたり込んでいました。

ジルベルト様にこんな憂き目が降りかかるなんて思ってもみませんでした。最悪の事態が脳裏をよぎります。

「奥様……。どうか気を確かに……」

　バルツの声が遠くに聞こえます。

「どうしましょう……、バルツ。ジルベルト様に何かあったら……、私どうしたら……。私、まだ何もジルベルト様にしてあげられていないのに……」

　握りしめた砂が手の平からサラサラとすべり落ちていくような空虚さを感じていました。ジルベルト様と過ごしたあの平穏な時間が消えていくような、そんな気が。それは足元が崩れ落ちるような絶望でした。

「ジルベルト様にもしものことがあったら……。私……私……！　うぅっ……」

　何かの間違いであってほしい。そう思いました。

「奥様……！　大丈夫ですっ……!!　あのジルベルト様のことでございますから、きっと涼しい顔で帰ってこられますよ！　そうですとも……、そうに決まって……。くっ……!!」

「奥様！　しっかりなさってくださいませ!!　旦那様はああ見えてお強い方ですっ。奥様を悲しませるようなことはなさいません……！　それだけは絶対に……!!」

　バルツとラナの言葉を遠くに聞きながら、私はジルベルト様の青緑色の目を思い出していました。私を守り抜くと誓ってくださったあの眼差しを。

　ジルベルト様は約束を違えるような方ではありません。いつだってそうでした。なら私にできるのは、それを信じることだけです。それに私は謝ってもいないのです。ジルベルト様を心配するあまり、寂しさからあんなひどい態度を取ってしまったことを。ちゃんとお詫びしてこの思いを伝えるまで、絶対に希望は捨てるわけにはいきません。

私はすくっと立ち上がり、ふたりに告げました。

「バルツ！　ラナ!!　今すぐに出立の用意を！　私、ジルベルト様のそばにまいりますっ!!」

そんな私を、バルツとラナが驚き困惑したように慌てて止めにかかります。

「で、でも……奥様！　きっと現地には男の方もたくさんいらっしゃるでしょうし、奥様は……」

「さようでございます……!!　もしも奥様に何かあれば、私がジルベルト様に叱られてしまいます！

どうか屋敷でお帰りをお待ちくださいませ……!!」

ふたりの気持ちはわかります。けれど私はジルベルト様に約束したのです。一生涯ジルベルト様のお守りでいるのだと。ならば私がおそばにいかなければ。こんな時だからこそ、ジルベルト様のおそばにいるべきなのだと――。

「でも私、約束したの……。どんな時もジルベルト様をお守りするって。これから先ずっとジルベルト様をお守りするんだってそう誓ったんです!!　だからそばに……ジルベルト様のそばに行きたいの……！　だからお願い……！」

私のそのきっぱりとした言葉にラナは一瞬言葉を失い、バルツと顔を見合わせました。そしてしばしの沈黙のあと。

「……わかりました。すぐにお支度してまいります！　でも私もお供いたしますっ。ラナがきっと奥様を守ってみせますっ。ですからまいりましょう……!!　旦那様のもとに……」

頼もしいラナの言葉にこくり、とうなずいたその時でした。その声が聞こえてきたのは――。

「……これは何の騒ぎだ？　ミュリル。皆も一体……??」

背後から聞こえてきたその声に、心臓が止まるかと思いました。だってその声は――。

「……っ‼　ジ……ジルベルト……様……⁉　ど……して……⁇」

そこにいたのは、紛れもないジルベルト様その人でした。信じられない気持ちで目をパチクリさせながら見つめていると。

ガタンッ……‼

大きな物音がしたと思ったら、後ろでラナが腰を抜かして床にへたり込んでいました。

「ひ……ひぃいいいっ……‼　ま……まままま、まさか……旦那様がゆ……幽霊にっ⁉　ひぃいいいっ⁉」

「だ……旦那様⁉　な……なぜここに……？　土砂崩れは……？　これは一体……⁇」

ラナの叫び声と動揺したバルツの様子に、ジルベルト様はわけがわからないといった顔できょとんと目を瞬(まばた)かせると。

「……えーと、帰ってきてはいけなかった……か？」

その間の抜けた言葉に、思わず全身から力が抜けました。

「……ミュリル⁉　ど……どうかしたのか⁇　大丈夫か……？」

それを聞きたいのはこちらの方です。けれど目の前にいるのは確かにジルベルト様本人で、多少のお疲れは見えるもののおけがもなくお元気そうに見えたのです。あぁ、では土砂崩れには巻き込まれていなかったのだ、そう思った瞬間一気に涙があふれ出ました。

「ふっ……‼　よか……た。ご無事で……。何もなくて……。本当に……よかった……！　ジル……様……。ジルベルト様っ……‼」

ぽすんっ……‼

ぎゅううううう……!!

恐怖症のことだとか謝らなきゃだとか、本当の妻になったのだから、とかそんなことは頭から吹き飛んでいました。気がつけば私はジルベルト様の胸の中に飛び込んでいました。その胸のぬくもりに顔をうずめ泣きじゃくる私を、ジルベルト様は。

「ミュ……ミュリル!? 一体どうしたんだっ?? ええっと……。頼むから泣かないでくれ！ ええと……」

ジルベルト様の手がおずおずと私の背中に伸び、なだめるように優しくさすります。その優しい手つきが余計に涙を誘い、涙がとめどなくあふれます。

「ジルベルト様っ……。私、もう……お会いできないかと……。私……私……!!」

「いや、私こそ何も知らせず、黙って仕事に行ってしまってすまなかった。だがこれは一体何の騒ぎなんだ……？ なぜ私が幽霊だなんて……」

困惑顔のジルベルト様をよそに、私もラナもバルツも安堵と驚きからしばらく放心していました。けれどようやく落ち着きを取り戻し、ジルベルト様に打ち明けたのです。こんな騒ぎに至ったことの顛末を。

「私が……土砂崩れに!?」

話を聞き終えたジルベルト様は大層驚いておいででした。

「はい……。ですから今すぐおそばに行こうと騒いでいたところにジルベルト様が現れて、ついあんな騒ぎに……。でも一体どうして……？ お帰りはまだ先のはずでは……」

するとジルベルト様は得心したようにうなずき、ふぅ、と息をつかれたのでした。

「そういうことだったのか……。確かにその時間その道を通る予定だった……。だが思いの外仕事が早く片付いたから、宿には泊まらずにそのまま帰ってきたんだ。その……先日君とあんな別れ方をしたことがどうしても気になって……。それで一刻も早く君のもとに帰ろうと……」

「じゃあ私に会うために、予定よりも早いご帰宅を……⁇」

ということは、あの喧嘩がジルベルト様の命運をわけたということになります。あの日もし喧嘩などせずいつものように送り出していたら、予定通り宿へと向かい土砂崩れに巻き込まれていたかもしれないのですから。

思いもよらない偶然に、私は言葉を失いジルベルト様を見つめました。果たしてこれは喧嘩したことを喜んでいいのか悪いのか。けれど何にせよジルベルト様がご無事でよかった。ただただそう思いました。だってもし何事かが起きていたら、もう二度と喧嘩もできなくなっていたかもしれないのですから。

けれどそれとこれとは話が別です。きちんとあの日のことを謝って、思いを伝えなければなりません。

ぎゅっと手を握り合わせ、私は涙に濡れた目でジルベルト様を見つめました。

「ジルベルト様……あの……。私……ジルベルト様に謝りたくて……。先日は本当に……」

するとジルベルト様は私の言葉をさえぎり、首をゆるゆると横に振ったのです。

「……いや、私の方こそ先日はすまなかった。君はあんなに私のことを心配してくれていたのに、私は君の気持ちも考えず勝手なことを……。君に負担をかけまいと何も話さずにいたことが、かえって君を追い詰めてしまった……。それを謝りたくて急ぎ帰ってきたんだ……」

「そんな……私が悪かったのです……。ジルベルト様は国のために懸命にお仕事に励まれているだけなのに、あんな言い方を……。それに……それに私があんなひどい態度を取ってしまったのはもっと幼稚で情けない理由からで……」

「幼稚で……情けない？」

ジルベルト様の不思議そうな問いかけに、私は恥を忍んで告げたのです。あの日私があんな態度を取ってしまった、本当のわけを。

「それは……あの、私はただ……」

「ただ……??」

意を決して口を開きます。

「もちろんジルベルト様が心配だったのは確かなのですが、それ以上にただ……寂しかったのです。ジルベルト様を朝お見送りできないのも、ジルベルト様の気配をお屋敷のどこにも感じられないことも寂しくて、それでへそを曲げてしまっただけで……」

消え入りたいほど恥ずかしい気持ちでいっぱいでした。こんな子どもじみた理由で感情を荒立てる妻など、もういらないとおっしゃられるかもしれません。けれど――。

「申し訳ありませんでした……。寂しいなんて理由で、ジルベルト様があんなふうに感情的に騒ぎ立てる女性が何よりも恐ろしく苦手だとわかっていたのに……あんなひどい態度を取ってしまって。ごめんなさい……。でもどうか……嫌いにならないでいただきたいのです……。どうか……」

じわりと視界がにじむのがわかりました。恥ずかしさと情けなさと、もしジルベルト様に嫌われてしまったらどうしようという不安で。

「……私が……君を、嫌いに⁉　そんなわけ……！」

その声に顔を上げれば、なぜかジルベルト様は真っ赤(まっか)な顔をしておいででした。

「私が……君を嫌いになるなんてありえない。天地がひっくり返ってもありえない……。私もたまらなく君に会いたかった。君のことが頭を離れなくて、早く顔を見たくてこうして帰ってきたんだ。そもそも仕事を忙しく詰め込んでいたのも、一刻も早く君との時間を持つためだったのだし……」

「……⁉」

今なんと言ったでしょうか？　私との時間を持つためにお仕事を？

驚きに目を見張る私に、ジルベルト様は胸のポケットから一枚の紙を取り出しました。

「実は……これを陛下からもぎ取るために、仕事を急ぎ片付けていたんだ。まぁ今回の遠方での仕事は、それとは関係なく突然飛び込んだものだったのだが……。やっぱり君は私のお守りだな。君との喧嘩が命まで救ってくれたなんて」

見ればそれは、陛下からのあの保養地の使用許可証でした。

「……三日間の休暇？　あの別荘を自由に使っていいって書いてありますけど、これは……」

まさか、という思いでジルベルト様を驚き見つめれば。

「あぁ。この間は夜会も控えていたし、あまりゆっくりできなかったからな……。それに君は言っていただろう？　せっかくあんなにきれいな湖があるのなら、ボートにも乗ってみたいと」

そういえばそんなことを口にしたような気もします。

「だからせっかくなら休みを取ってゆっくり旅行を、と……。その休みをもぎ取るために仕事を大急ぎで片付けていたんだ……。でもそのことで君を寂しがらせ、不安にさせていたとは……。本当にすまない……」

明かされたその真実に、さっき止まったばかりの涙がまたあふれ出していました。

「そ……うだったのですね……。そんなことも知らず……私ったら……！　うぅっ……。ジルベルト様……！　私っ……!!」

「ミュリル……」

「ジルベルト様……」

安堵と喜びのあたたかい涙を流す私を、おろおろとうろたえながら必死になだめる困り顔のジルベルト様。そんな私たちを、ようやく落ち着きを取り戻したバルツとラナが生温い目で見つめていました。とても嬉しそうににこにこと安堵の笑みを浮かべながら――。

こうして無事に仲直りできた私たちは、日の落ちはじめた庭を久しぶりに散歩することにしました。もちろんいつものように、手をつなぎながら。

ふたりで過ごすのも久しぶりです。そのせいか互いの手から伝わるぬくもりがなんとも嬉しくどこか気恥ずかしくもあって、つい頬が緩みます。

「私たち、またはじめてを積み重ねたんですね。まさかジルベルト様と喧嘩をする日が来るなんて思いもしませんでしたけど、そのおかげでもっとジルベルト様と近づけた気がします。……ふふっ」

「あぁ、私もだ。ちょっと子どもじみている気もするが、夫婦とはこうして何度も喧嘩と仲直りを繰り返して絆（きずな）を深めていくものなのだろうな……」

言われてみればあの仲の良いお父様とお母様だって、時には喧嘩をしてしばらく口を聞かないなんてことがあった気がします。きっとジルベルト様のご両親だって同じなのでしょう。ということはつまり、私たちも人並みの夫婦になったということなのかもしれません。

「私、嬉しいです……。自分の中にこんな子どもじみた気持ちがあるなんて、と恥ずかしくもありましたけど、おかげであらためて自分がどれだけ幸せか気づけましたし……。それに、ジルベルト様が私と一緒の時間を作るために頑張ってくださったことも、とても嬉しくて……」

ジルベルト様と過ごすはじめての長休みは、きっととても楽しいに違いありません。すれ違ってしまった分もたくさんおしゃべりをして同じ景色を見て、たくさんのはじめてをまた積み重ねることができるに決まっていますから。

けれど私にはひとつだけどうしても言っておきたいことがありました。それは――。

「でも……ジルベルト様に、ひとつだけ約束していただきたいことがあるのです」

「約束……？」

ふいに立ち止まりジルベルト様を真剣な表情で見つめた私に、ジルベルト様も真剣な眼差しで見返しました。

「私は一日でも長く、この先もずっとジルベルト様とともにありたいのです。……いつか髪が白くなってしわも増えた、お年を取ったジルベルト様ともずっと一緒にありたいのです」

「ミュリル……」

「……ですからどうか、ご無理だけはなさらないでいただきたいのです……。せめて食事と睡眠だけでもちゃんととってくださいませ。でないと私心配で、不安なのです……。だから……」

今回のことで身に沁みました。ジルベルト様がいなくなってしまわれたら、私は寂しくてとても耐えられないでしょう。

ジルベルト様とほんのわずかな時間でも長く一緒にいたい。そのために妻としてできることはもちろん万全を期したいとは思ってはいますが、やはりいつも一緒というわけにはいきません。

「きっといつか……私たちを永遠にわかつ時は来るでしょう。でも……でもせめて神様の決めたその時が来るまでは、一日でも長く一緒に元気でいていただきたいのです……。そのために私も妻としてできる限りのことをいたします。ですからどうか……」

ジルベルト様は私のその言葉を真剣な眼差しで見つめ、ゆっくりとうなずきました。

「あぁ、わかった。約束する……。私もいつか年を重ねた君を見たい……。年老いた君とゆっくり手をつないで歩きたい……。これからはどんなに仕事が忙しくても、食事も睡眠もしっかりとると誓う……。そうだな。私も君にずっと健康で元気でいてもらいたい。そしていつも幸せそうに笑っていてほしい。そのために私も努力し続けると誓う」

その言葉に互いにふわりと微笑み合い、またぎゅっと手を握り合いました。

ジルベルト様との日々は、はじめての連続です。こんなに寂しくなるのも、感情を揺り動かされるのも。涙があふれるのも胸の中がこんなにあたたかく満たされるのも。けれどそのひとつひとつをジルベルト様と積み上げていけることが、嬉しくもあるのです。

「私たち……、はじめて喧嘩をして、仲直りも経験できましたね！　また一歩夫婦として成長できたのかもしれません」

「あぁ、そうだな。次はどんなはじめてを積み重ねていくんだろうな……」

「ふふっ!!　そうですね。次に待ち受けているのがどんなはじめてなのか、なんだか私わくわくしてきました」

「私もだ。ちょっとだけ心配もあるが……」

顔を見合わせくすくすと笑い出した私たちを、草を食んでいたセリアンがやれやれといった顔で見つめていました。

「これからもたくさんのはじめてを、一緒に丁寧に積み重ねていきましょうね。ジルベルト様！」

「あぁ、そうしよう。ミュリル」

人の幸せの形はそれぞれです。色も形も、手触りも——。けれどきっと心の底から望む幸せならば、それはきっと人生を美しくにぎやかに彩ってくれるはず。時に苦しいことや困難が待ち受けていたとしても、その幸せを見失わずにいられたらきっと乗り越えられるはず。

そしてそんな同じ幸せをともに思い描ける誰かや何かと出会える人生は、限りなく幸運に違いありません。だからこそ大切に育み守っていかなければならないのでしょう。幸せは時に壊れやすく脆くもあるのだから。

「守って……いきましょうね。お互いの存在も、私たちにしかたどり着けないとっておきの幸せも——。ふたり一緒に……」

「そうだな……。君とふたりで、この先もずっと……」

どこまでも澄み切った青空の下、セリアンがモンタンと仲良く草を食み、オーレリーは庭中を元気いっぱいにかけ回り。爽やかな香りが風に乗って庭中を満たす中、のんびりと手をつなぎ歩く私たち。

何も知らない私たちはきっとこれからもたくさんのはじめてを、時に戸惑いながら泣いたり怒ったりしながら積み上げていくのでしょう。そしていつの日か年を重ねて人生の終わりを見つめる時が来たら、あんなこともあった、こんなこともあったと懐かしく笑い合うのでしょう。

そしていつか人生の終わりに知るのです。

奇縁で結ばれた私たちのあの出会いこそが、私たちの幸せな人生のはじまりだったのだと——。

# あとがき

　これが私の人生で初めての書籍となります。いつか思い描いた幼い日の夢が本当に叶う日がくるなんて、あとがきを書いている今も夢を見ているようでふわふわとしています。書店に自分の本が並んでいるのを見て、ようやく現実だと実感できるのかもしれません。

　さて、まずは第二回アイリス異世界ファンタジー大賞銀賞という大きなチャンスを与えてくださった一迅社の皆様、選考に携わってくださった皆様に心から御礼申し上げます。右も左もわからぬ私に手取り足取り丁寧にご指導くださいましたご担当様、この本を世に出すために関わってくださったすべての皆様に心から感謝申し上げます。

　またこの作品にイラストという形で新たな命を吹き込んでくださった、イラストレーターの凪かすみ様。自分が生み出したキャラクターが、こんなにも生き生きと表情豊かに作中で息づいている。その感動はとても言葉では言い表すことができません。どのイラストもとても素敵で、家宝にしたいくらいです。こんなに素晴らしいイラストを描いてくださった凪様にも、素敵なご縁をつないでくださった担当様にも重ねて御礼申し上げます。

　そしてこの本を手に取ってくださった読者の皆様へ。たくさんの本の中からこの一冊を見つけ出していただき、本当にありがとうございました。本という存在を通して皆様に出会えたことが、まるで奇跡のように思えます。

　本の虫だった私にとって、本の世界は自由そのものでした。何にでもなれる、何でもできる、どんなところへも行きどんな経験もできる。そんな魔法をかけてくれるもの。同時に、現実の世界で日々たまっていく澱のようなものをろ過してくれる存在でもありました。本を読み終え、パタンと閉じた瞬間に感じるあの気持ち。時に苦しくもある現実の世界でたまった重い気持ちを一時忘れさせ、軽くなった気持ちでまた頑張ろうと思わせてくれる大切な居場所のような存在でもありました。そしてそんな本を生み出してくれた作家様たちに心から感謝し、いつか自分も本を通して誰かにあたたかいものを届けられたらいい。そんなことを思うようになっていました。けれどまさか本当に生み出す側に自分が立てるとは、夢にも思っていませんでした。

　だから私が皆様に届ける本は、心やわらかくほっと笑顔になれるような娯楽でありたいと思っています。たとえ作中どんなシリアスな場面があったとしても、ドキドキハラハラする展開があったとしても、最後には幸せになる。作りものだからこそ、お話の中くらい幸せな結末であってほしい。読み終えた時に、読者の心に幸せな気持ちをもたらすものでありたいのです。

ですからこのお話を書くにあたっても、そのほとばしる思いをタイトルにハピエンと打っています。現実は物語ほどうまくいくことばかりではないけれど、この本を開いてくださった皆様が本をパタンと閉じた時、ふわりとやわらかな気持ちになって笑顔になってくださったらこれほど嬉しいことはありません。

では、この作品について少しだけ。とはいってもまだ本編をお読みでない読者様もいらっしゃるでしょうから、話の筋には触れませんのでご安心を。何を隠そう、私は無類の動物好きです。とにかくモフモフとした生き物が大好きなのです。現在我が家にはかわいい三匹のモルモットがおり、毎日幸せな下僕生活を送っています。そんな私が書いたこの作品には、馬と犬、うさぎが登場します。どの子も一癖も二癖もあるキャラクターで、作者のお気に入りです。もう本編をお読みくださった皆様は、どの子がお気に召したでしょうか？　機会があればどの子が好きか、人気投票をしてみたい気分です。特典のＳＳでは、それぞれの動物視点で描いたちょっとしたお話をお読みいただけます。お気になる方は、そちらもお読みいただければ幸いです。

モフモフなしには生きられない私のことですから、きっとこれから書く作品にもたくさんのモフモフたちが登場することでしょう。せっかくの娯楽ですから、現実にはいないファンタジーならではの空想上のモフモフも書いてみたいとあれやこれやと構想中です。この本をお手に取ってくださった読者様の中には、きっとモフモフ大好き仲間もたくさんいらっしゃることでしょう。そんな皆様にもこの作品をお気に召していただければ幸せです。

もしこの作品を気に入ってくださった方の中で、次はこんなモフモフが登場するお話も読んでみたい、とかこんなキャラクターのモフモフを登場させてほしい、とお考えの方がいらっしゃったらぜひお教えいただけると嬉しいです。歓喜のあまり調子に乗った作者の筆が、ぐんぐんはかどることでしょう。

最後に、本と出会うきっかけを作ってくれた両親に心からの感謝を。自信をなくしがちでヘタレな私をいつも見守り励ましてくれる家族に、心からの愛を。これまでに私が通ってきたすべてのことに、人生を投げ出さず頑張り抜いてきた過去の私にも心からのハグを。そしてこの本が、かけ足で人生を終えてしまった先輩作家でもあり身内でもあるＳＨＯ先生にも届きますように。きっと今頃空の上で楽しく執筆に励んでいるのでしょうから、いつか一緒に作家談義でもしましょう。

ではまたいつか、皆様と別の作品で再会できることを願って。皆様がこの本を読んで、ふわりとしたあたたかな気持ちになってくださいますように――。

# 完全別居の契約婚ですが、氷の宰相様と愛するモフモフたちに囲まれてハピエンです！

2024年9月5日　初版発行

初出……「完全別居の契約婚ですが、氷の宰相様と愛するモフモフたちに囲まれてハピエンです！

～男性恐怖症と女性恐怖症がこの度夫婦となりまして」

小説投稿サイト「小説家になろう」で掲載

**著者　あゆみノワ**

イラスト　凪 かすみ

発行者　野内雅宏

発行所　株式会社一迅社
〒160-0022 東京都新宿区新宿3-1-13 京王新宿追分ビル5F
電話　03-5312-7432（編集）
電話　03-5312-6150（販売）
発売元：株式会社講談社（講談社・一迅社）

印刷所・製本　大日本印刷株式会社
ＤＴＰ　株式会社三協美術

装幀　小沼早苗（Gibbon）

ISBN978-4-7580-9672-0

Printed in JAPAN

**おたよりの宛て先**
**〒160-0022 東京都新宿区新宿3-1-13 京王新宿追分ビル5F**
**株式会社一迅社　ノベル編集部**
**あゆみノワ 先生・凪 かすみ 先生**